부서진
여름

부서진
여름

이정명
장편소설

은행나무

차 례

1장

◇

　그 도시 사람들은 그를 잘 알았다. 산책길에서 그를 알아본 노인들은 가벼운 눈인사를 건넸다. 아이와 산책 나온 젊은 부모들은 저기 지나가는 아저씨처럼 훌륭한 사람이 되어야 한다고 나직하게 얘기했다. 저 사람이 누구냐고 아이들이 되물으면 부모들은 그가 쐐기화로 유명한 화가 이한조라고 대답했다. 그리고 시청 로비에 그의 그림 세 점이 걸려 있다는 말도 자랑스럽게 덧붙였다.

　과장이 섞이지도 틀리지도 않은 말이었다. 한조는 인구 30만이 채 안 되는 이산시의 소박한 자랑거리였다. 그러나 그는 등 뒤에서 들려오는 귓속말이나 자신을 향한 애정 어린 시선들을 무시했다. 그는 단지 그 도시에서 살아가는 것만으로 만족했다. 그가 순박하다는 사람도 까칠하다는 사람도 그를 사랑하고 존경하고 부러워하는 건 마찬가지였다.

한조의 삶은 단순했다. 매일 아침 8시부터 오후 3시까지 화실에서 그림을 그렸고 가끔 정원 벤치에 앉아 언덕 아래 펼쳐진 거리를 바라보았다. 그러다 다시 화실로 돌아갔고 저물 무렵에는 강둑을 산책했다.

시계 초침처럼 정확하던 일과가 흐트러진 것은 그의 마흔세 번째 생일이었다. 느지막이 깨어 아내가 만들어준 샌드위치를 먹은 건 여느 날과 다름없었다. 그는 화실로 가서 창으로 비쳐 드는 빛을 관찰하며 오전을 보냈다.

오후 2시에 그는 아내와 시내 백화점 식품관에 들렀다. 그들은 장바구니 가득 음식 재료를 담았다. 저녁에 생일을 자축하는 둘만의 조촐한 정원 파티를 열 생각이었다. 지난주 홍콩 옥션에서 그의 쐐기화가 기록한 최고 경매가를 함께 축하해도 좋을 것이다.

집으로 돌아오는 언덕길을 오르는 그들의 얼굴은 적당한 피로로 달아올랐다. 하얀 띠처럼 길게 이어진 언덕 위에 그들이 사는 하워드 주택이 보였다. 서양식 적벽돌 벽체에 한국식 기와를 올려 웅장한 규모와 소박한 형식미가 조화를 이룬 한양절충식 주택이었다. 지하 1층, 지상 2층 규모의 박공지붕 뒤로는 집 전체를 아늑하게 감싼 삼나무 세 그루가 목가적인 정취를 자아 냈다.

단조 철문을 열자 세심하게 가꾼 정원에 빛이 소리 없이 내려앉았다. 붉은 덩굴장미가 포치 기둥을 타고 올랐고 달아오른 돌계단에 아지랑이가 피어올랐다. 스프링클러가 물을 뿜는 소리와 베어진 풀의 향기가 함께 밀려왔다. 그 집의 견고함, 그 정원의 윤택함, 그 공간의 안락함이 그들을 품었다.

한조는 오후 내내 정원에서 미묘하게 바뀌는 빛의 기울기와 그림자의 각도를 지켜보았다. 열린 테라스 유리문으로 음식 냄새가 흘러나왔다. 해가 기울자 아내는 잎이 무성한 목련나무 아래 탁자에 흰 테이블보를 깔고 오븐에 구운 닭요리를 내왔다. 흰 민소매 원피스를 입은 그녀는 가늘고 긴 팔, 다리 때문에 옷맵시를 위해 의도적으로 왜곡시킨 명품 진열장의 마네킹을 연상케 했다.

그들은 잔을 부딪치고 음식을 먹었다. 태양의 고도가 기울고 곤충의 날개 마찰음이 귓전을 스쳤다. 작은 날벌레와 이름을 알 수 없는 나비가 날아올랐다. 그는 식어가는 햇살 속에서 자신에게 속한 것들을 돌아보았다. 그가 획득한 지위, 그가 이룬 업적, 그가 확보한 영향력. 아내가 물었다.

"무슨 생각해?"

"지금, 이곳이 완벽한 순간과 장소라는 생각. 이 순간이 우리에게 속해 있고 우리가 이 공간에 속해 있어. 완벽한 하루야."

말을 마치기도 전에 그는 자신의 말 속에 숨은 오류를 깨달았다. 완벽한 순간은 결코 알아챌 수 없고 알아차리는 순간 사라진다는 것을. 그렇더라도 지금 눈앞에 있는 이 행복은 누구도 앗아갈 수 없는 그의 것이었다. 그 분명한 사실을 확인하듯 그는 다시 잔을 채웠다.

찰칵. 아내는 의자에서 돌아앉아 테이블과 그를 배경으로 셀프 사진을 찍었다.

"잘 나왔네. 하늘이 예뻐."

아내가 사진이 찍힌 아이폰 화면을 내밀었다. 사진 속의 그는 어질러진 테이블에 앉아 반쯤 채운 잔을 들고 웃고 있었다. 아내는 술기운 탓인지 평소보다 천진해 보였다. 그들 뒤로 펼쳐진 하늘이 불빛을 머금은 검푸른 비단처럼 윤이 났다. 흐린 겨울이 오면 그는 창밖에 날리는 눈발을 내다보며 이 우아한 저녁 한때를 떠올리리라.

"난 당신이 더 예뻐."

입에 발린 말이 아니었다. 아내가 아니었다면 그는 지금의 위치에 이르지 못했을 것이다. 그녀는 그의 어머니였고 연인이었고 매니저였고 선생님이었고 감시자였다. 그녀는 모자라지도 넘치지도 변하지도 사라지지도 않았다. 마치 표류하는 선원을 등에 태워 해안으로 가는 거북처럼 조용하고도 한결같았다.

문밖 외등에 불이 들어왔다. 공기가 빠르게 식으며 밤을 예고했다. 아내는 민소매 밖으로 드러난 어깨를 두 팔로 감쌌다. 그는 남은 와인을 들이켜고 일어섰다. 아내는 테이블보 자락을 끌어다 어질러진 빈 그릇과 남은 음식을 덮었다. 백화점에서 사온 에그 타르트, 테이블보에 찍힌 와인 잔 자국, 서로를 향한 시선과 나직한 목소리의 여운…….

별채 화실은 따스했고 물감과 테레빈유의 송진 냄새가 감돌았다. 아내는 약간 졸린 눈으로 소파에 앉았다. 그는 화구 선반 뒤로 돌아가 위스키병을 꺼내 잔을 채웠다. 그녀는 난감한 표정으로 고개를 가로저었지만 그를 제지하지는 않았다. 오늘은 그의 생일이고 그에겐 그럴 자격이 있었다.

찬 액체가 넘어가자 목구멍에 불이 붙은 듯 화끈거렸다. 아내는 오래 그린 그림을 보듯 그를 뜯어보았다. 눈에 띄지 않게 굳어가는 입술과 떠듬떠듬 주저하는 말버릇, 처진 눈꼬리에 번지는 붉은 취기를.

그는 잇따라 잔을 기울였다. 연애 시절 이야기는 퍼도 퍼도 마르지 않는 샘물 같았다. 그는 되풀이할 때마다 조금씩 달라지는 기억이 신기했다. 가령 그들은 첫 만남이 7월 8일인지 13일인지를 두고 결론에 이르지 못했다. 실랑이 끝에 그녀의 기억이 옳다는 데 합의한 후에도 그는 의구심을 떨치지 못했다.

"많이 마셨나봐. 피곤이 갑자기 몰려오네."

그는 아내보다 먼저 잠들기를 좋아했다. 잠결에도 자신을 지켜보는 그녀의 눈길을 느낄 수 있었다. 그는 그녀가 바라볼 자신의 모습을 상상했다. 마흔세 살의 남자, 고난을 겪고 인생의 바닥을 치고 다시 빛 속으로 솟아오른 남자. 적당한 주름이 자리잡은 입가에 깃든 유쾌한 자부심, 삶을 사랑하는 예술가의 지성과 자신감.

아내는 소파에 다리를 펴고 눕는 그에게 무릎담요를 덮어주었다. 포근하고 따뜻했다. 그녀가 그의 이마에 손을 얹었다. 얼음 같기도 하고 불길 같기도 했다. 그는 기분 좋은 안도감에 빠져 눈을 감았다.

이제 아내는 책을 읽듯 잠든 그의 표정을 읽을 것이다. 그의 감각과 재능, 지성과 위엄, 재치와 욕망, 그리고 그의 불안과 두려움까지도. 그러다 스르르 그의 곁에서 함께 잠들 것이다. 그들이 꿈꾸는 좁은 소파는 따뜻하고 안전할 것이다. 그들은 서로의 꿈을 지켜보는 파수꾼이 될 것이다.

어느새 그의 숨소리는 잘 익은 과일처럼 뭉그러졌다.

마흔네 살의 첫 아침, 빛이 소리 없이 한조의 눈꺼풀 위로 내려앉았다. 한조는 무겁고 딱딱한 몸을 일으켰다. 지난 밤 아내가 덮어준 담요가 바닥에 뭉쳐져 있었다. 그녀가 즐겨 앉던 스툴 의자는 비어 있었다. 지난밤 취한 자신을 재우고 본채 침실로 가서 잠든 듯했다.

그는 느른한 걸음으로 정원을 가로질렀다. 햇살이 뾰족한 바늘처럼 눈동자에 꽂혔다. 현관으로 들어서자 집 안은 지나치게 조용했다. 평소와 다르게 TV 소음도 음악도 없었고 주방을 오가는 아내의 발소리도 찻잔이 달각거리는 소리도 들리지 않았다. 뜰을 건너왔을 뿐인데 평행세계로 이동한 듯 낯선 느낌이 들었다. 아내는 늦잠을 자는 것일까? 아니면 급히 계란이나 우유를 사러 갔을까?

"여보! 어디 있어, 여보?"

집 안은 호텔방처럼 단정했고 구석구석 청결했다. 그가 아무렇게나 벗어놓은 양말짝도 대충 던져둔 점퍼도 보이지 않았다. 화장실 거울에는 얼룩 한 점 없고 선반에는 정사각형으로 반듯하게 개킨 하늘색 수건이 차곡차곡 쌓여 있었다. 주방 싱크대는 물기 한 방울 없이 깨끗했다. 어제 썼던 접시와 오븐 트레이가 식기 진열장에서 반들거렸다. 오래 집을 비울 사람이 세심하게 갈무리한 집 안처럼 보였다.

그는 현관문을 열고 정원으로 나왔다. 잔디에 맺힌 물기가 슬리퍼를 신은 발목을 적셨다. 야외 테이블은 말끔하게 치워져 있었다. 남은 음식도, 빈 와인병도, 지저분한 테이블보도 없었다.

"여보! 도대체 어디 간 거야? 젠장⋯⋯."

세 살짜리 래브라도 리트리버종 반려견 로스코가 계단참에서 그의 눈치를 살폈다. 시간은 10시 20분을 지나고 있었다. 아침밥을 줄 시간이 훌쩍 지나 있었다. 서둘러 사료를 챙겨주자 로스코는 허겁지겁 먹어치웠다.

"로스코! 엄마 어딨어? 응? 엄마 어디 갔냐고?"

사료통을 말끔히 비운 로스코는 나른한 눈으로 혀를 날름거렸다. 그는 1층 거실과 내실, 손님방, 2층 화장실과 침실을 차례차례 둘러보았다. 아내의 작업실 문을 노크하고 살며시 열어보았지만 허사였다. 1층 보일러실, 주방 옆 식품 보관실, 정원 도구와 연장을 보관하는 창고에도 아내의 흔적은 없었다. 차고로 갔더니 그녀의 소형차가 보이지 않았다. 바퀴 자국도 남아 있지 않았다.

두려움이 엄습했다. 예민한 기질이 불러일으킨 섣부른 추측일지 몰라도 하나의 확신이 머릿속에 달라붙어 떨어지지 않았다.

아내가 사라졌다. 잠시 집을 비운 것도 아니고 곧 돌아오지도 않을 것이다. 그를 떠난 건지, 버린 건지, 도망친 건지는 알 수 없었다. 신고해야 할까? 그녀가 자주 가는 장소들을 찾아 가야 할까? 그런데 그녀가 어디를 자주 갔었지?

그는 반사적으로 거실 전화기를 집어들었지만 아내의 휴대폰 번호가 기억나지 않았다. 그가 필요로 할 때, 그가 원할 때 그녀는 언제나 곁에 있었으니까. 아내가 사라지고 나서야 그녀에 관해 제대로 아는 것이 없다는 사실을 깨닫고 그는 절망했다.

한참 후에야 아내의 단축번호가 겨우 기억났다. 신호음이 물속처럼 멀리 들렸다. 잠시 후 카랑카랑한 기계음이 흘러나왔다.

'지금 저희 고객은 전화를 받을 수 없습니다'

그는 전화기를 카펫 바닥에다 팽개쳤다. 아내에게 무슨 일이 생겼을지 모른다는 두려움과 그녀에게 방치당했다는 분노가 동시에 치밀었다.

그는 이럴 때 아내라면 어떻게 했을지 생각했다. 그녀는 차분히 그를 달래고 아무 일도 아닌 것처럼 대처했으리라. 먼저 집 안을 살피고 다음에 주위 사람들에게 전화를 걸었을 것이다. 그러나 그는 아내와 친한 사람들의 전화번호는커녕 누구에게 전화해야 할지도 몰랐다. 찾아볼 만한 장소도 그럴 기력도 없었다.

숙취 때문에 머리가 지끈거리고 목이 말랐다. 아내가 곁에 없다는 사실이 환지통처럼 고통스러웠다. 그녀가 왜, 어디로 사라졌는지, 그날이 왜 자신의 생일이자 최고 경매가를 기록한 날인지, 그녀의 행방을 아는 사람이 누구인지, 그녀가 돌아올 것인지, 돌아온다면 언제일지, 돌아오면 화를 내야 할지 고마워해야 할지 알 수 없었다.

오후에 그는 로스코를 자전거 빔에 묶고 늘 아내와 함께했던 산책길을 달렸다. 그렇게라도 해야 무언가 한 것 같은 생각이 들었다. 돌아올 때는 아내의 단골 가게를 차례로 들렀다. 서점 겸 CD 판매점, 빵집, 반찬 가게, 페인트와 공구를 파는 철물점…….

가게 주인들은 하나같이 '오늘은 왜 혼자 오셨어요?'라고 물었다. 그때야 혼자인 자신이 그들에게 부자연스럽게 보일 거라는 생각이 들었다.

"우린 나쁜 사람들이 아니야. 그렇지, 로스코? 그러니까 우리에게 나쁜 일은 절대 일어나지 않을 거야."

그는 중얼거리며 발걸음을 재촉했다. 집으로 돌아가면 아내가 아무 일 없던 것처럼 자신을 맞아줄 것만 같았다. 로스코는 지쳤는지 혀를 늘어뜨리고 따라왔다. 기대와 달리 그를 맞은 건 적막과 어둠이었다. 땀에 젖은 셔츠가 등에 달라붙고 그의 몸은 녹초가 되어 있었다.

그는 화실로 가서 로스코에게 사료를 챙겨 먹였다. 종일 굶었는데도 배가 고프지 않았다. 대신 참을 수 없는 갈증이 몰려왔다. 작업대 서랍을 열자 3분의 1쯤 남은 위스키병이 눈에 띄었다. 잔을 채워 한입에 들이켜자 목구멍이 타들어가고 온몸에 찌릿한 기운이 퍼졌다. 술기운 때문인지 어떤 생각이 뇌리를 스쳤다.

아내에겐 두 대의 전화기가 있었다. 하나는 자기 것이고 또 하나는 그의 것이었다. 그녀는 작업 중인 그를 대신해 시도 때도 없이 걸려오는 전화를 받아 응대했다. 큐레이터와 평론가와 기자와 PD들, 작품을 잘 봤다는 관람객들, 그게 무슨 그림이냐며 항의하는 사람들, 대출 알선 스팸 전화, 좋은 토지가 나왔다는 기획부동산 판매원, 보험 영업자, 보이스 피싱……

그가 화실에 틀어박혀 있는 동안 그녀는 온갖 자질구레한 일상사와 잡다한 업무를 도맡았다. 전기세를 내고 막힌 하수구를 뚫고 정원 잔디와 수목을 정리하고 가구를 옮기는 집안일부터 전시회 일정 협의와 계약서 작성, 갤러리와의 연락과 미팅 조율, 취재 응대, 판매 점검과 수익금 정산, 해외 행사 참가에 필요한 항공 예약과 맛집 예약까지 처리했다.

그라면 절대 하지 못할 일이었다. 정원사와 가사도우미와 수리공과 비서와 세무사와 대변인과 해결사 역할을 동시에 할 사람은 어디에도 없을 테니까. 아내가 자신을 위해 해온 그 많은 일을 생각하니 새삼 놀라웠다. 야윈 노새처럼 그의 인생을 대신 짊어지고 걸어오느라 그녀의 삶 전체가 사라져버린 것일까?

신호음이 울리는 동안 그는 로스코의 목덜미를 간질였다. 뚜— 뚜— 두 번째 신호음이 울렸을 때 로스코가 고개를 들고 귀를 쫑긋거렸다. 검은 두 눈이 계단 위의 한곳에 못박혀 있었다. 희미한 전자음의 선율이 들려왔다. 〈렛잇비〉. 아내가 다운로드받은 그의 전화벨 소리였다.

로스코는 무언가를 알아챈 듯 엉덩이를 씰룩거리며 앞장섰다. 그는 멍하니 로스코를 쫓아 계단을 올라갔다. 로스코는 계단참을 돌자마자 복도 오른쪽 문 앞으로 달려가 숨을 헐떡거렸다. 6개월 전부터 아내가 지내던 작업실이었다. 폴 매카트니의 목소리는 그 방 안에서 들렸다.

그는 문고리를 잡고 잠시 머뭇거리다 안으로 들어갔다. 방 안은 평소와 다름없었다. 책장에는 책들이 가지런히 꽂혀 있고 벽에는 그의 그림 네 점이 나란히 걸려 있었다. 전화기는 커다란 원목 책상 모퉁이에 놓인 두툼한 서류봉투 위에 있었다. 전화기를 들자 음악 소리가 뚝 그쳤다. 수화기에서는 아무 소리도 들리지 않았다.

스탠드를 켜자 동그란 불빛이 서류봉투를 비추었다. 봉투는 봉해지지 않은 상태였고 겉면에 아무것도 적혀 있지 않았다. 그는 봉투를 열려다 멈칫했다. 아내가 문을 열고 들어와 당신이 왜 여기 있느냐고, 이 방에서 뭘 하느냐고 따질 것 같았다.

두툼한 A4용지에는 제목으로 보이는 푸른 글자가 적혀 있었다. '나에 관한 너의 거짓말.' 낯익은 필체였다. 언젠가 그에 대한 글을 쓰겠다던 아내의 말이 떠올랐다. 그때는 그 말이 너무 당연하게 들렸다. 누군가가 그에 관한 책을 써야 한다면 그 사람은 다른 누구도 아닌 아내여야 했다. 그녀만큼 그를 잘 아는 사람은 없었으니까.

문득 이 상황이 아내의 치밀한 계획대로 진행되고 있다는 의구심이 들었다. 그녀는 떠나기 전 집 구석구석을 말끔히 청소한 후 전화벨 소리로 그를 원고가 있는 방으로 유인한 것이 아닐까? 아내가 그의 휴대폰을 두고 떠난 건 그에게 종속된 삶을 거부하겠다는 의지, 혹은 독자적인 자신의 삶을 되찾겠다는 선언이리라. 이제 당신 일은 당신이 알아서 해!

물론 아내가 납치와 같은 끔찍한 사고를 당하지 않은 건 천만다행이었다. 그런데도 아내의 의도를 짐작할 수 없다는 막막함이 그를 괴롭혔다. 그녀는 무엇을 계획하는 것일까? 왜 한마디없이 집을 나갔을까? 무슨 불만이라도 있었던 걸까? 불만이 있었다면 왜 진작 말하지 않았을까?

원고 뭉치에서 희미한 아내의 향수 냄새가 났다. 쌉쌀한 건초냄새와 달콤한 꽃냄새였다. 그녀가 의도적으로 뿌려두었을 것이다. 어쩌면 아내는 자신의 글을 읽을 시간을 그에게 주기 위해 잠시 집을 비웠는지 모른다. 만약 그렇다면 이 글은 그녀가주는 선물일까?

A4용지 40쪽 분량의 글은 어떤 소설에서 발췌한 일부분으로보였다. 열여덟 살 여고생과 마흔 줄에 접어든 유명화가의 사적인 관계를 그렸는데 조숙한 소녀의 사랑과 자기중심적인 화가의 배신을 화가 아내의 관점에서 서술하고 있었다.

소설에 묘사된 화가의 생각과 행동은 교묘한 설득력을 지니고 있었다. 그의 행위가 분명히 부적절한데도 허구의 상황이라오히려 거부감 없이 받아들여졌다. 그를 노골적인 호색한이나야비한 인물로 묘사하는 대신 인간적인 매력을 부여해 이해하고 싶게 만드는 구석도 있었다.

그러나 아무리 그를 순수한 예술가로 그려도 마흔이 넘은 남자가 어린 여성을 이용했다는 사실은 변하지 않았다. 그럴듯해 보이는 그의 예술적 감수성이나 다정함도 결국 자신을 사랑하는 여인들의 삶을 망가뜨리는 이기적인 행위에 지나지 않았다. 결국 그는 그림만 생각하는 외골수, 예술적 영감을 위해 여성을 철저히 이용하는 파렴치한일 뿐이었다. 화자는 남편의 배신에 당혹해하는 한편 그에게 버림받은 소녀에게 깊은 유대감을 느끼고 남편에 대한 적대감을 공유했다.

길지 않은 원고를 읽는 동안 그는 세 개비의 담배를 피웠고 여섯 번 숨을 멈추었고 스무 번 가까이 한숨을 쉬었다. 그와 아내가 현실 속에서 주고받았던 대화와 장면들이 소설 속에 심심찮게 등장했기 때문이다. 주인공의 사소한 생활습관과 말버릇은 누가 보아도 자신의 모습이었다. 그러나 그의 인간적인 모습이나 예술가적인 면모는 책을 읽어나갈수록 주인공의 이중성을 부각하고 소녀의 피해자 이미지를 극대화하는 방식으로 작동하고 있었다.

물론 소설의 주인공이 보여주는 뻔뻔한 면모에는 그와 닮은 점이 전혀 없었다. 현실의 그는 바보스러울 정도로 그림만 고집하느라 세상 물정이라고는 아예 모르고 살아오지 않았던가? 그래 봐야 예술적 명성을 좇는 속물 아니냐고 누군가가 비난한다면 끝까지 부인할 수는 없겠지만 적어도 소설 속 인물처럼 여고생을 침대로 끌어들일 정도의 파렴치한은 아니었다.

그건 터무니없는 왜곡이고 거짓이었다. 원고가 논픽션이 아닌 소설 형식을 띠고 있는 것부터 그랬다. 픽션 형식을 빌린 이유는 그것이 실제로 일어난 일이 아니라고 규정함으로써 명예훼손의 위험을 피해가기 위한 장치일 것이다.

그가 지나치게 예민하게 구는 것일 수도 있었다. 아내는 자신의 이름으로 책을 출판한 적 없는 무명작가였다. 생소한 작가의 소설 속 등장인물에서 유명화가 이한조를 연상할 독자가 몇이나 될까? 그러나 작가가 그의 아내라는 사실이 알려지면 상황은 달라진다. 가까운 미술계 인사들이나 눈 밝은 독자들은 소설 속 허구와 현실의 상관관계를 놓치지 않을 것이다. 허구라고 주장해도 현실과 부합하는 몇몇 사실들이 생생한 상상을 불러일으키며 화제가 될 것이다.

아무리 생각해도 이건 불공평했다. 책이 발간되면 천신만고 끝에 이룬 그의 삶은 추락을 피할 수 없을 것이다. 호기심이 그의 주변에 독버섯처럼 자라날 것이다. 기자들은 실화를 근거로 했는지 물어올 게 뻔했다. 그는 터무니없다고 대답하겠지만 소문과 구설, 루머와 추측은 멈추지 않을 것이다. 소설 속 파렴치한으로 추측되는 그의 이름이 인터넷에 퍼지고 피해자를 자처하는 사기꾼들이 나타날지도 모른다. 사람들은 등 뒤에서 수군거리고 사실 여부와 상관없이 그를 부도덕한 인간으로 낙인찍

을 것이다. 그의 그림값은 예전 같지 않고 그림을 사려는 사람
들은 사라질 것이다.

그는 화가에 대한 평판과 작품 가치의 상관관계를 누구보다
잘 알았다. 피카소의 왕성한 애욕과 모딜리아니의 애절한 사랑
이 그들의 신화를 돋보이게 한 건 사실이지만 그는 피카소도 모
딜리아니도 아니었다. 게다가 지금은 21세기였다. 그는 명성을
잃는 것과 경제적으로 거덜나는 것과 결혼이 박살나는 것 중 어
느 쪽이 더 괴로울지 생각하다 멈추었다. 결국엔 모두 잃게 될
테니까.

그들의 결혼이 삐걱거렸다면 그는 이 상황을 좀 더 쉽게 이해
할 수 있을지 모른다. 그러나 그들 부부는 말다툼은커녕 서로에
게 큰 소리조차 내지 않았다. 어디서나 함께였으며 언제나 신뢰
감이 넘쳤다. 가벼운 오해가 있었을지라도 남편을 이토록 파렴
치한 악한으로 묘사할 정도는 아니었다.

그런데 아내는 왜 이런 터무니없는 글을 썼을까? 정말 이 책
을 출간할 심산일까? 그 뒤에 어떤 일이 일어날지 모르는 걸까?
설마 알면서도 이렇게 무모한 일을 벌인 걸까?

벽에 걸린 그림 속의 아내는 빛과 기쁨의 덩어리처럼 보였다.
그는 물끄러미 자신이 오래전에 그린 그녀의 눈을 들여다보며
물었다.

"이러는 이유가 뭐야?"

24

아내는 대답하지 않았다. 그는 다시 물었다.

"도대체 내가 어떻게 되기를 원하는 거지?"

이번에도 그녀는 대답하지 않았다. 공포가 엄습했다. 세상에 드러날 자신의 치부나 파멸 때문이 아니었다. 아내는 그토록 오래 남들에게 감추어온 그의 삶을 통째로 알았다. 그의 현재뿐 아니라 감춰진 과거도, 최고의 영광뿐 아니라 최악의 모습도, 점잖은 겉모습뿐 아니라 구역질 나는 내면까지도.

오래 잊었던 열여덟 살의 여름이 떠올랐다. 시내를 가로질러 흐르는 강변에서 죽은 사람을 본 그해 여름. 얕은 갈수기 물살에 하천의 바닥 자갈이 쓸리는 요란한 소리. 젖은 옷자락에서 뚝뚝 떨어지는 물방울. 뺨에 달라붙은 수초와 이마에 맺힌 물방울……. 그 일은 그때까지 일어난 일들과 달랐고 그 모든 일을 합쳐놓은 것과도 달랐다.

그는 이제 안다. 부끄럽고 부도덕한 과거를 대면할 용기가 없었음을. 지금까지 미루어왔지만 더는 미룰 수 없다는 것을.

지수

오후에 흰 자동차 한 대가 딱정벌레처럼 기우뚱거리며 언덕
을 넘어왔다. 완만한 잔디 언덕에 펼쳐진 선교사 구역에는 각기
다른 양식과 규모의 주택 세 채가 띄엄띄엄 서 있었다. 위로부
터 웅장한 하워드 주택과 단층 별채가 자리잡았고 그 아래에 상
대적으로 규모가 작은 맬컴 주택이 있었다. 맨 아래 언덕 기슭
에는 해밀 중고등학교의 3층짜리 건물 두 동이 나란히 서 있었
다. 하얀 리본을 풀어놓은 듯 길고 좁은 언덕길은 건물들을 느
슨하게 이으며 정상에 이르렀다가 반대편 사면으로 사라졌다.

자동차는 언덕 맨 위의 하워드 주택 앞에 멈춰 섰다. 운전석
에서 흰 정장에 흰 차양 모자를 삐딱하게 쓴 키 큰 남자가 내리
더니 반대편으로 돌아가 차 문을 열어주었다. 흰 재킷과 통 넓
은 바지를 입은 중년 여자가 조수석에서 내리자 뒤이어 흰 교복

차림의 여고생과 예닐곱 정도로 보이는 여자아이가 뒷문을 열고 내렸다. 아이는 레이스가 달린 흰 원피스를 입고 있었다. 푸른 잔디와 선명하게 대비되는 흰옷 때문인지 그들은 하늘을 날다가 언덕에 막 내려앉은 새떼 같았다.

그들은 신대륙에 도착한 선원들처럼 경이로운 눈으로 웅장한 주택을 바라보았다. 한 세기 동안 언덕을 지켜온 이 놀라운 건축물은 1900년대 초 미국 북 장로회 선교부에서 한국에 파송된 의료선교사 스톤 하워드가 지은 집이었다. 하워드 부부는 4남 2녀의 자녀와 하워드 주택에 기거하며 의료선교에 매진했고 6·25 전쟁 후에는 전쟁고아와 빈민을 위한 교육 사업과 무료 진료를 이어나갔다.

오후의 햇살을 받아 주택 정면의 적벽돌 장식이 투명하게 빛났다. 고풍스런 나무 창틀과 웅장한 포치 앞에는 넓은 정원이 시원하게 펼쳐졌다. 정원 끝 경계를 따라 쌓은 무릎 높이 돌담 아래로 허름한 단층 별채의 붉은 기와가 보였다. 하워드 선교사가 정착 초기에 지은 진료실 건물이었다. 그러다 20년쯤 전 언덕 아래에 해밀 병원이 건립된 후에는 방문객 숙소로 바뀌었고 그 후 허드레 물건을 보관하는 창고로 쓰였다.

그보다 30m쯤 아래에는 하워드 선교사보다 12년 후에 파송된 맬컴 선교사 사택이 있었다. 스물아홉 살에 한국에 온 그는 하워드 주택 3분의 1 규모의 소박한 맬컴 주택에서 평생 독신으로 선교사업에 몰두했다. 그가 미국으로 돌아간 후 맬컴 주택은 타지에서 부임한 해밀 중고등학교 교사나 관리인 숙소로 쓰였다.

1968년 하워드 선교사가 숨을 거두자 둘째 아들 조지 하워드 박사가 유업을 이어받았다. 그는 자신의 손으로 받아낸 관리인의 아들 한조를 친손자인 양 귀여워했다. 그림에 대한 아이의 재능을 일찍 알아본 사람도 그였다. 여덟 살 무렵 하워드 주택의 테라스 바닥에 끄적여놓은 한조의 낙서를 박사는 못 본 척해주었다.

평생 해밀 병원에서 일한 박사는 82세 되던 해에 미국으로 돌아갔다. 노령으로 건강이 나빠진데다 지병인 천식이 악화됐기 때문이었다. 박사는 하워드 주택을 떠나기 전 한조에게 스케치북과 그림 도구 한아름을 선물로 안겨주며 비어 있는 별채 지하실을 화실로 쓰도록 허락했다. 한조는 박사가 남겨준 크레파스와 4B연필, 수채물감으로 하워드 주택을 그리며 그가 돌아오기를 기다렸다.

끝내 건강을 회복하지 못한 박사가 애틀랜타에서 폐렴으로 숨지자 하워드 주택은 4년 동안 새 주인을 찾지 못했다. 집이 비어 있는 동안 벽지에는 곰팡이가 슬었고 낡은 양탄자에는 보풀이 날렸다. 걸을 때마다 기분 좋은 소리가 나던 마루는 빠르게 썩어 삐걱대는 소리가 났다. 손때가 낀 창틀 손잡이에는 녹이 엉겨붙었고 비 오는 날이면 삭은 우수관에서 빗물 소리가 요란하게 들렸다.

대대적인 수선공사가 시작된 것은 한 달 전이었다. 외벽 물청소와 지붕 수선은 썩은 바닥과 창틀 교체, 화장실 미장으로 이어졌다. 별채는 손볼 데가 없었다. 구조도 튼튼했고 상태도 양호했다. 그러나 철들기 전부터 한조의 놀이터였고 공부방이었고 운동장이었던 별채는 이제 더는 그의 화실이 아니었다. 이젤과 캔버스 같은 화구와 잡동사니를 깨끗이 치우고 새 주인에게 돌려주어야 했다. 창 너머로 오가는 두 대의 이삿짐 트럭을 바라보며 그는 화실을 빼앗긴 상실감과 새 이웃에 대한 기대로 혼란스러웠다.

잠시 후 2층 창이 열리고 여학생이 나타났다. 언덕을 내려다보던 그녀는 한조와 눈이 마주치자 단도처럼 반짝이는 미소를 지었다. 그는 창가에서 다급히 물러나 어둑한 방구석에 몸을 숨겼다. 아래층에서 아버지의 목소리가 들렸다.

"애들아! 하워드 주택 가족이 도착했구나. 가서 인사드리고 도와드릴 게 없는지 살펴보지 않을래?"

한조는 4~5m쯤 거리를 두고 언덕길을 앞장서서 오르는 형수인을 뒤따랐다. 하워드 주택 뜰 앞의 느릅나무 그늘 밑에 흰 자동차가 세워져 있었다. 열이 식지 않은 보닛 위에 느릅나무 그늘이 어른거렸다. 반쯤 내려진 창으로 달착지근한 방향제 냄새가 흘러나왔다. 그것은 부의 냄새, 우아함의 냄새였다.

은회색 조끼를 입은 남자가 테라스로 통하는 유리문을 열고 다가왔다. 기름을 바른 검은 머리카락을 가지런하게 빗어넘긴 그는 소년처럼 순수한 미소를 지었다. 곡물을 가득 담은 묵직한 마대 자루처럼 다부진 상체는 강인한 인상을 주었다.

그는 자신을 하워드 주택으로 새로 이사 온 장희재라고 소개했다. 아버지에게 들은 대로라면 그는 이산시의 본사를 중심으로 전국 주요 도시에 지점을 둔 렌터카 사업가이자 서부 공장지대에 대형 정비공장을 소유한 자산가이기도 했다.

"안녕하세요? 맬컴 주택에서 왔습니다. 도와드릴 일이 없나 해서요."

남자가 대담한 동작으로 손을 내밀었다. 얼결에 잡은 굳센 손아귀에서 믿음직한 힘이 느껴졌고 셔츠 자락에서 기분 좋은 향수 냄새가 났다. 걷어올린 소매 아래 구릿빛 팔뚝에 몇 갈래로 갈라져 움찔거리는 섬세한 근육이 보였다.

그때 어두운 거실 쪽에서 한 여자가 미끄러지듯 테라스로 걸어나왔다. 하워드 주택의 새 안주인이자 장희재의 아내인 김선우였다. 그녀는 키가 크고 약간 말랐지만 허약해 보이지는 않았다. 풍성한 곱슬머리 때문에 작은 얼굴이 더욱 또렷하게 느껴졌다. 소리를 내지 않고 활짝 웃는 그녀의 고른 이가 반짝였다. 너그러움과 엄격함이 함께 엿보이고 설렘과 긴장감이 동시에 느

꺼지는 웃음이었다. 어떻게 소리도 없이 그렇게 따뜻하고 호의로 가득한 웃음을 지을 수 있는지 수인은 알 길이 없었다.

　어머니는 그렇게 웃지 못했다. 그녀는 좀처럼 웃지 않았고 가끔 웃을 때조차 마지못해 웃음을 잔기침처럼 내뱉었다. 기쁨과 즐거움으로 터뜨리는 웃음이 아니라 지치고 슬픈 웃음이었다.

　"이 주임 댁 아들들이구나. 네가 전교 1등을 맡아놓았다는 수인이고 넌 수인이 동생?"

　그녀는 수인의 이름을 부르며 한조를 가리켰고 '수인이 동생'이라고 말할 때는 수인에게 시선을 돌렸다. 형제는 키가 비슷했지만 처음 보는 사람들은 팔다리가 길고 호리호리한 수인에 비해 가슴이 두툼하고 어깨가 넓은 한조를 종종 형으로 착각했다.

　"아니에요. 제가 동생이구요, 저쪽이 형 수인이에요. 제 이름은 한조예요."

　수인은 그들 가족의 중심이었다. 아버지는 이름 대신 '수인이 아버지'로 통했고 어머니는 '수인이 엄마'로 불렸다. 한조는 초등학교 입학 때부터 자신의 이름보다 '수인이 동생'으로 알려졌다. 수인이 아니면 그들 가족은 없는 것이나 마찬가지였다.

　"그래. 수인이, 그리고 한조. 우린 좋은 이웃이 될 거야."

　그녀는 미풍에 날리는 앞머리를 긴 손가락빗으로 쓸어넘겼다. 열린 테라스 문에서 파란 꽃무늬 원피스로 갈아입은 여고생이 모습을 드러냈다. 동그란 이마와 섬세한 눈꼬리, 빛이 그려낸 듯 목에서 어깨로 흐르는 선명한 곡선. 입가에는 옅은 미소가 어렸고 손에는 제목을 알 수 없는 푸른 표지의 책이 들려 있었다.

"인사해라. 우리 큰딸 지수. 고등학교 1학년이니 한조랑 동갑이구나."

희재의 소개에 지수가 고개를 까딱였다. 짧은 정적이 그들을 스쳤다. 그때 집 안에서 마룻장이 우당탕거리는 소리가 들렸다. 예닐곱 살가량의 여자아이가 구르듯 정원으로 달려나왔다. 뺨은 복숭아처럼 발그레했고 가는 솜털에 맺힌 햇살이 금빛으로 반짝였다. 종아리까지 오는 바지와 도널드 덕이 그려진 티셔츠를 입었는데 가슴에 방금 흘린 듯한 토마토케첩과 알 수 없는 음식물 얼룩이 묻어 있었다. 종잡을 수 없는 아이의 유쾌함은 고풍스러운 집에 생생한 생명력을 부여했다. 가족 모두에게 사랑받고 있다는 사실이 두 눈에 보일 정도였다.

아이는 난간 끝에서 잔디밭으로 내려서려다 발을 헛디디고 휘청거렸다. 지수는 들고 있던 책을 반사적으로 바닥에 엎어놓고 동생에게 달려갔다. 마치 소동을 예상이라도 한 듯 빠르고 군더더기 없는 동작이었다.

잔디에 넘어져 울먹이던 아이는 달려오는 언니를 보더니 대놓고 울음을 터뜨렸다. 빛이 아이의 입안을 빨갛게 물들였다. 아이의 쇄골 위에서 불거진 파란 핏줄이 목젖에 이르러 두 갈래로 갈라졌다. 울음소리가 높아질수록 핏줄은 굵고 선명하게 불거졌다. 지수는 침착하고 능숙한 동작으로 아이를 일으켜 달랬다. 눈물이 마르지 않은 아이의 얼굴에 곧 웃음이 어렸다.

잠시 후 그들은 손을 맞잡고 빙글빙글 돌기 시작했다. 지수의 꽃무늬 원피스 자락이 부풀었다. 맨발에 밟힌 잔디가 진한 향기를 뿜었다. 그들의 뒤꿈치는 새파랗게 물들었다. 보나르의 그림 속 여인과 아이처럼 티 없는 풍경이었다.

순간 눈에 익은 하워드 주택이 삽시간에 낯설어지고 휘어진 거울처럼 다른 시간과 공간이 펼쳐졌다. 마치 지수에게 시간과 공간을 마음대로 왜곡시키는 재주가 있는 것 같았다. 빛이 블랙홀을 지나는 동안 휘어지며 시간의 왜곡이 일어난다는 아인슈타인 이론처럼.

지수의 발이 뾰족한 디딤돌 모서리를 아슬아슬하게 스쳤다. 한조는 그녀의 하얀 맨발이 돌부리에 찢어질까봐 걱정스러웠다. 그러다 문득 그녀의 찢어진 새끼발가락에 맺힌 붉은 피를 보고 싶었다.

해밀 중고등학교 관리 주임인 아버지의 교직원 자격 덕에 한조네 가족은 재단 소유의 맬컴 주택에 무상 입주해 살았다. 적벽돌 벽체에 한식 기와를 얹은 2층 규모의 맬컴 주택에는 거실과 세 개의 방이 있었고 포치와 테라스가 딸려 있었다.

얼핏 일반 교사처럼 들리는 관리 주임 직책은 학교 내의 모든 건물과 시설을 유지, 보수하는 잡역업무를 도맡은 시설관리자를 부르는 편의상 명칭이었다. 하워드 주택 배관을 청소하고 마루와 계단을 손보는 일부터 새는 지붕을 고치고 녹슨 기둥에 페인트를 칠하고 정원을 관리하는 일도 그의 몫이었다. 박사가 살 때 하워드 주택의 가사도우미로 일했던 한조의 어머니 미란은 희재 가족이 이사 온 후 다시 출근하게 되었다.

한조의 아버지 이진만은 솜씨 좋은 목수였다. 각기 다른 모양의 망치와 펜치, 커터와 작은 띠톱이 걸린 그의 가죽 벨트는 카우보이의 총집을 연상케 했다. 그의 손이 닿으면 무너진 곳은 세워지고 부서진 것은 새것으로 교체되고 빈 곳은 채워졌다. 삐걱대는 문짝과 흰 개미가 쏠아놓은 기둥과 무너진 축대와 막힌 배관이 되살아났다.

아이들은 중학생이 된 후로 자연스레 아버지의 일을 돕기 시작했다. 창을 열어 환기하고 덧창의 경첩이 헐거워졌는지 살피고 뜰을 쓸고 길고양이가 정원을 헤집어놓았는지 확인하며 한조는 아름다움을 넘어선 이 집의 고귀함에 사로잡혔다. 그는 언덕 풍경을 압도하는 건축물의 멋진 외관에 경탄했을 뿐 아니라 대지에 뿌리박은 강건한 구조물에 깃든 시간의 흔적을 탐색하는 은밀한 기쁨도 느꼈다.

더러운 곳을 쓸거나 닦고, 낡은 부분을 덧대거나 갈고, 후줄근한 곳을 칠하는 동안 그들 부자는 사라져가는 어떤 존재를 지키고 있다는 사명감을 느꼈다. 보살핌이 필요한 집을 돌보는 그 순간만큼은 망각되지 않는 기억, 소멸하지 않는 역사를 믿는 소박한 신앙공동체의 구성원이 된 것 같았다.

화려한 하워드 주택과 볼품없는 맬컴 주택은 더할 바 없이 평화롭게 공존하는 이웃이었지만 두 가족을 구분 짓는 은밀한 경계는 존재했다. 더없이 친밀한 이웃이라는 관계를 한 꺼풀 벗기면 거기에는 고용인과 피고용인이라는 냉혹한 구조가 도사리고 있었다. 부자와 빈자, 윤택한 자와 누추한 자, 기회를 가진 자와 소외된 자, 섬기는 자와 섬김을 받는 자로 환원되는 비정한 계급체계. 한가족처럼 매일 함께 어울려도 그들은 가족이 아니었다. 하워드 주택은 맬컴 주택 사람들이 꿈꿀 수는 있어도 가질 수 없는 대상, 바라보긴 해도 다가가지 못할 영역이었다.

감춰진 권력 구조는 눈에 보이는 위계질서보다 냉혹하고 치명적인 법이다. 이진만은 아이들에게 입버릇처럼 관리인의 신분을 잊지 말 것과 하워드 주택 사람들의 호의를 당연하게 받아들이지 말 것을 당부했다. 그들이 아무리 친절을 베풀고 다정하게 대해도 마찬가지였다. 두 가족은 경계를 의식하면서도 배려와 호의를 전제로 한 이타적 관계를 유지했다. 서로를 받아들이려 노력하는 한 그들을 불편하게 하는 관계는 존재하지 않는다는 듯.

하워드 주택 사람들의 여유와 너그러움, 절제된 행동거지와 품격은 경외감을 불러일으켰다. 그들은 마치 오래전에 잃어버린 우아한 품성과 순수한 미덕을 간직한 다른 종족 같았다. 그들은 다리가 긴 새들처럼 우아하고 느리게 걸었고 소리를 지르지도 않았다. 한조의 가족은 그렇지 않았다. 그들은 먼 곳에서 큰 소리로 서로의 이름을 부르고 연장을 챙기라거나 구덩이를 더 깊이 파라고 소리를 질러댔다.

선우는 한조와 수인을 소중하면서도 격의 없이 대했다. 어느 날 그녀는 언덕길을 지나가는 한조에게 길고 가는 팔을 흔들었다. 뭔가 고장이 나거나 집에 문제가 생긴 듯했다. 헐레벌떡 언덕을 뛰어올라간 한조에게 그녀는 뜻밖의 말을 꺼냈다.

"그림을 잘 그린다는 얘길 들었어. 별채 지하실은 네가 계속 화실로 쓰는 게 좋겠구나. 그럼 언젠가 네 그림을 보여줄 수 있겠지?"

한조는 그녀의 호의에 감사해야 할지 값싼 동정에 비애를 느껴야 할지 알 수 없었지만 화실을 잃지 않았다는 사실에 안도했다. 그러나 수인은 언제부터인가 하워드 주택을 외면했고 이런저런 핑계를 대며 일을 피했다. 하워드 주택 일거리는 자연스럽게 한조의 독차지가 되었다.

어느 토요일 저녁 식탁에서 한조는 오후 내내 혼자 잔디를 깎느라 땀을 한 바가지나 쏟았다며 불평했다. 아버지는 말없이 음식을 씹기만 했다. 수인이 공부에 집중하고 싶어서라고 여긴 듯했다. 한조는 숟가락을 놓고 포치로 나갔다. 어둠 속에서 베어진 풀의 쌉싸름한 향기가 났다.

"미안하다. 혼자 일하게 해서……. 주말 동안 보충해야 할 과목이 있어. 시험이 얼마 안 남았잖아."

뒤따라 나온 수인이 말했다. 한조는 뭐라고 반박하려다 입을 다물었다. 공부에 관한 한 수인은 온 가족의 전권대사였다. 그는 초등학교 때부터 우등상을 놓치지 않았고 학교 대표로 나간 각종 대회에서 상장과 상패를 쓸어왔다. 그가 받은 여러 단체의 장학금은 형제의 학비와 집안의 긴요한 생활자금으로 충당되었다. 수인이 그 사실을 교묘하게 이용하고 있다는 사실에 한조는 부아가 솟구쳤다.

"시험이 코앞인 건 나도 마찬가지야. 그런데도 난 오후 내내 혼자 잔디 깎고 배수관 청소까지 했어." 한조는 잠시 망설이다 말을 이었다. "공부 핑계를 대지만 형이 하워드 주택에 가지 않는 건 용기가 없어서야. 그냥…… 관리인의 아들이란 게 수치스러운 거라고!"

수인은 부인하지 못했다. 하워드 주택 사람들을 대할 때만큼 자신의 신분을 날카롭게 인식하는 순간은 없었다. 교실에서의 그는 군림하지 않는 지배자였다. 아무 말 없어도 모두가 그의 재능을 받아들였고 침묵은 그의 권위를 돋보이게 했다. 어려운 문제를 풀 때면 수학 선생님조차 긴장한 눈으로 그의 표정을 슬금슬금 살피곤 했다.

교문을 벗어나면 상황은 달라졌다. 하워드 주택에서 그는 관리인의 자식에 불과했다. 그의 신분은 등하교 시간을 기준으로 명확하게 나누어졌다. 파티가 끝나면 재투성이로 돌아가야 하는 신데렐라처럼. 아버지가 관리 주임일 뿐 아들까지 그럴 필요는 없다고 스스로 설득해도 신분은 이름처럼 분명하고 결정적으로 그의 존재를 규정했다.

다음 주말, 형제는 함께 하워드 주택으로 갔다. 그들은 건물 벽을 타고 지붕까지 뻗은 능소화 덩굴을 정리하고 물받이에 쌓인 나뭇잎을 긁어냈다. 그리고 사다리도 없이 포치 기둥을 타고 지붕으로 올라갔다. 말없이 집중한 덕에 해가 지기 전에 끝낼 수 있었다. 그들은 셔츠를 풀어헤치고 지붕 위에 드러누워 저녁 햇살을 받았다.

지붕에서 내려다본 맬컴 주택은 생각보다 초라하고 왜소해 보였다. 수인은 열등감을 느꼈고 그것이 위험한 감정이라는 것을 이해했다. 한조는 수인의 기분에 아랑곳하지 않고 하워드 주택 사람들 얘기를 했다.

"해리처럼 귀여운 여동생이 있으면 좋겠어."

수인은 시큰둥한 표정이었다. 그는 좀처럼 웃는 일이 없었고 미소 지을 때조차 냉소적인 표정을 지었다. 그는 남들이 자신의 인상을 어떻게 받아들일지 생각하지 않았다. 세상 모든 사람에게 불친절하고 무례하기로 작정한 듯했다. 거듭된 요청과 추천에도 그는 학생회나 클럽활동에 심드렁했고 반장도 맡지 않았다. 포르노 잡지를 돌려보며 낄낄대는 또래들은 못 본 척했다. 형의 생각이나 태도를 이해하지 못한 지 오래였지만 한조는 상관하지 않고 자기식 대화를 끌어갔다.

"지수…… 어떤 것 같아? 예쁘지 않아?"

"그럼 너나 잘해보든가."

수인은 굴뚝 난간에 기대어 석양 속에서 싱긋 웃었다. 한조는 그 미소가 적선을 위한 동전 한 닢처럼 자존심이 상하면서도 고마웠다.

선교사 구역이 조성된 언덕의 남서쪽 사면 아래로 구도심이 펼쳐졌다. 교회와 병원을 기점으로 남북으로 곧게 뻗은 중앙로 양편 블록마다 상업지역과 주거지가 자리잡았다. 1km 정도 동쪽에는 도시를 가로지르는 보림천이 흘렀다. 강이라고 하기엔 규모가 작은 하천이었지만 사람들은 거리낌없이 강변도로, 강둑, 강가로 불렀다. 보림천 상류에는 보림댐이 있었고 강폭이 넓어지는 하류에는 곳곳에 비닐하우스가 조성된 넓은 경작지가 펼쳐졌다. 선교사 주택 맞은편 동편 사면 길은 보림천 양안의 강변도로와 곧장 이어졌다.

완만한 언덕 능선과 잘 가꾼 정원이 어우러진 하워드 주택의 아름다운 외관은 아마추어 사진가들과 화가들을 유혹했다. 눈 내린 아침이면 카메라 셔터 소리가 이어졌고 벚꽃이 피는 봄이 면 미술동호회원들이 언덕 사면에 자리잡았다.

빛이 좋은 날 한조는 이젤을 세우고 빛의 움직임에 따라 시시 각각 변하는 하워드 주택의 윤곽과 음영, 날카롭고 부드러운 선 을 관찰하며 하루를 보냈다. 오후가 되면 빛은 현관 기단부와 포치, 1, 2층 창틀과 벽돌 무늬에 뚜렷한 생기를 부여했다. 저녁 무렵 태양은 서쪽으로 스러지며 황금빛 입자를 뿌렸고 날카로 운 빛과 그늘이 강렬한 대비를 이룬 전면부는 퇴역군인처럼 엄 숙한 자태를 드러냈다.

풍경을 관찰하고 인물의 표정에 깃든 감정을 표현하는 한조 의 재주는 탁월했다. 그는 네 살 무렵부터 가지의 비둘기와 담 장 위의 고양이, 울타리를 고치는 아버지를 그렸다. 벽이든 땅 이든 빈 곳만 보면 무언가를 끄적이는 아들을 진만은 걱정스럽 게 바라보았다. 그는 하찮은 손재주가 삶에 보탬은커녕 짐이 될 것을 뻔히 알았지만 다른 진로를 제시하거나 이끌어줄 능력이 있는 것도 아니었다. 그러자 자신을 닮은 아들의 손재주가 긍지 가 아닌 저주로 느껴졌다.

지수는 오후 내내 자기 방의 하늘색 창틀에 걸터앉아 책을 읽 었다. 마치 화구를 펼친 한조가 안중에 없는 듯 무시하는 태도였다. 그러나 2층 창에 못박힌 한조의 시선은 카메라 앞에 선 모델처럼 시시각각 바뀌는 그녀의 표정에서 떨어질 줄 몰랐다. 아무리 그림에 몰두하려 애써도 그녀의 몸짓을 훔쳐보는 은밀한 기쁨이 그를 놓아주지 않았다.

9월이 되자 태양 빛이 도둑고양이처럼 알아챌 수 없을 정도로 조금씩 짧아졌다. 해가 지기 전에 작업을 끝내기 위해 한조는 바쁘게 연필을 놀렸다. 문득 정원의 꽃향기인지 향수인지 알 수 없는 향기가 바람에 실려왔다.

"실망이야. 날 그리는 줄 알았더니 하워드 주택이잖아. 난 그런 줄도 모르고 창가에 붙박혀 있었는데……."

그림을 뜯어보는 지수의 표정은 경탄한 듯도 했고 비웃는 것 같기도 했다. 한조는 실제보다 크게 그린 2층 창을 붓끝으로 가리키며 살짝 말을 더듬었다.

"지…… 지금은 밑그림이야. 우선 주택을 그리고 2층 창에 인물을 그려넣을 거야."

" 인물…… 누구?"

지수는 호기심 가득한 눈으로 물었다. 만약 다른 사람의 이름을 듣게 된다면 터져버릴 듯한 그녀의 기대감에 한조는 말을 더듬었다.

"너…… 널 그릴 거야. 네…… 네가 허락해주면……."

그녀는 한조의 대답이 진실인지 읽는 듯 그의 눈을 한동안 바라보았다. 그러나 그의 대답은 처음부터 정해져 있었고 그녀 또한 그 사실을 알았다. 그는 화제를 바꾸고 싶었다.

"그림을 그리다 보면 시시각각 집의 표정이 달라지고 지붕에서 휘파람 소리가 날 때도 있어. 그럴 때면 이 집이 살아 있다는 생각이 들어. 틀린 말은 아닐 거야. 이 집은 우리가 태어나기 훨씬 전부터 이 자리를 지켜왔으니까."

한조는 뾰족한 새 연필로 물받이 모서리의 섬세한 곡선을 마무리했다. 그녀는 자신의 모습이 담길 네모난 2층 창틀에서 눈을 떼지 않고 대꾸했다.

"네 형도 하워드 주택을 너처럼 좋아하니?"

한조는 눈살을 찌푸렸다. 그녀 역시 다른 사람들이 자신을 바라보는 방식 그대로 자신을 대한다는 실망감 때문이었다. 사람들은 그를 형의 대변인, 혹은 전령으로 여겼다. 그를 만나기만 하면 형의 안부를 묻고 형의 생각을 탐색했고 형에게 하고 싶은 부탁을 넌지시 꺼냈다. 매번 반복되는데도 익숙해지지 않는 상황이었다.

"형에게 직접 물어봐."

다음날도 그다음 날도 한조는 언덕에 캔버스를 펼쳤다. 관리인의 아들이나 인부, 혹은 수리공이 아닌 화가의 눈으로 바라볼 때야 하워드 주택의 정수가 눈에 들어왔다. 그는 현관 기단의 바스러진 축대와 벽돌을 타고 오르는 담쟁이덩굴, 시간에 따라 미묘하게 변하는 기와의 푸른빛을 그렸다.

어느 날은 지수가 찾아왔고 어느 날은 해리가 왔다. 어떤 날은 둘이 함께 와서 그림을 구경했다. 호기심 가득한 그들의 눈빛을 훔쳐볼 때면 그는 왕이라도 된 기분이었다.

가을이 되자 햇살의 기울기가 변했고 바람이 서늘하게 식었다. 일요일 아침, 한조는 하워드 주택 앞에 세워둔 세 대의 자전거 체인에 기름을 먹였다. 두 집안 부모들이 아이들끼리 다녀오는 자전거 하이킹을 허락한 것이었다. 목적지는 댐에서 멀지 않은 지수네 별장이었다.

한조가 뒤 안장에 해리를 번쩍 들어앉히고 먼저 출발했다. 지수가 곧장 따라붙고 수인이 그 뒤를 따랐다. 줄지어 자전거를 타고 달리는 그들은 한 집안의 다정한 오누이들 같았다. 흥분한 믹스종 반려견 노벰버가 앞질러 경중거리다가 아이들이 처지면 우뚝 멈춰 돌아보았다. 노벰버는 언덕 너머까지 따라오다가 흥미를 잃었는지 집으로 돌아갔다.

여섯 개의 은빛 바퀴들은 빛 조각을 흩뿌리며 변전소와 오래된 창고를 지났다. 강변길로 접어든 그들은 물살을 거스르는 연어들처럼 상류로 나아갔다. 제방 도로를 건너자 자동차 두 대가 겨우 비켜 지나갈 만한 좁은 길이 나왔다. 낙엽송과 참나무가 군락을 이룬 숲길이 이어졌다.

5분쯤 가니 잡목 숲 사이로 지수네 별장의 빨간 지붕과 흰 벽체가 보였다. 하워드 주택 사람들은 시시때때로 이 우아한 지중해식 별장으로 몰려갔다. 방학 동안에는 지수의 공부방 역할을 했고 해리는 그곳 다락방에서 놀기를 좋아했다.

별장에 도착한 아이들은 자갈이 깔린 마당에 자전거를 눕혔다. 해리는 곧장 느티나무에 매어둔 그네로 달려가더니 몇 차례 발판을 굴러 흔들리는 속도에 맞춰 훌쩍 뛰어내렸다. 관성의 법칙을 온몸으로 체득한 것 같았다. 한조는 맨손으로 잡은 곤충을 자랑하는 해리를 카메라로 찍었다. 하워드 박사가 남기고 간 은빛 라이카 카메라는 아버지의 유일한 사치품이었다.

그들은 정원에 자리를 깔고 가져온 샌드위치를 먹었다. 그리고 호숫가로 내려가 따뜻하게 달아오른 조약돌을 주워 물수제비를 떴다. 수면에 물무늬가 질 때마다 그들은 누가 간지럼을 태운 듯 동시에 웃음을 터트렸다.

해리는 놀아달라고 떼를 쓰며 한조를 별장 안으로 이끌었다. 1층에는 거실과 두 개의 방이 있었고 2층에는 다락과 야외 테라스로 통하는 홀이 있었다. 해리는 우당탕거리며 계단을 올라갔다. 선실처럼 낮은 다락방 천장은 한쪽으로 기울어져 있었다. 둥근 박공 창으로 빛이 비쳐들었고 멀리 반짝이는 수면이 보였다.

한조는 천장에 머리를 부딪칠까봐 엉거주춤 허리를 굽힌 채 방 안을 정신없이 뛰어다니는 해리를 뒤쫓았다. 정물처럼 고요한 지수에 비해 해리에겐 거침없는 에너지가 있었다. 눈동자와 고개와 손발을 가만히 두지 않았고 호기심 가득한 시선은 작은 새처럼 여기저기 옮겨다녔다. 그 아이는 피부와 근육이 아닌 움직임으로만 이루어진 존재라는 생각이 들 정도였다.

"한조 오빠. 우리 언니 좋아해?"

해리가 느닷없이 물었다. 예닐곱 살짜리 아이의 입에서 나올 성싶지 않은 말이었다. 한조는 자신도 모르게 '그걸 어떻게 알았어?'라고 되물으려다 가까스로 삼켰다.

"해리야. 난 언니도 좋고 너도 좋아."

한조는 아프지 않을 정도로 해리의 볼을 꼬집었다. 해리는 집게손가락으로 입꼬리를 장난스럽게 늘리며 혀를 내밀었다. 장난기 어린 단순한 몸짓인데도 아이의 내면에 소용돌이치는 자기애를 감지할 수 있었다.

"언니처럼 내 얼굴도 그려줄 거야?"

"그래. 네가 크면…… 예쁘게 그려줄 거야."

한조가 해리를 목에 태워 밖으로 나왔을 때 지수와 수인은 벽에 등을 기대고 나란히 앉아 있었다. 눕혀놓은 자전거의 바큇살에 튕긴 햇살이 사방으로 흩어졌다. 지수는 두 눈을 가늘게 뜨고 나뭇잎 사이로 날아오르는 새들을 바라보았다. 둘 다 말은 없었다. 많은 말을 겨우 끝내고 잠시 침묵하는 것 같기도 하고 내내 그러고 있었던 것 같기도 했다. 텅 빈 것이 아니라 터질 듯한 팽팽함으로 가득한 침묵이었다.

돌아가는 길바닥에는 노을이 깔려 있었다. 한조는 뱃사공이 노를 젓듯 규칙적으로 페달을 밟았다. 하루의 기억들이, 풍경들이 눈앞을 스쳤다. 자신의 몸이 풍경과 기억을 담는 그릇이라는 생각이 들었다. 아무리 행복한 순간도 시간이 지나면 사라지지만 억지로라도 기억에 담아둘 수 있다면 거기에 남아 있을 것이다. 살아가는 동안 견디기 힘든 일과 부딪칠 때 바로 이 순간을 떠올릴 거라고 그는 다짐했다.

하워드 주택에 도착하자 활짝 열린 현관문으로 음식 냄새가 났다. 자전거를 세우자 해리가 쪼르르 제 엄마에게 쫓아갔다. 그녀는 아이들을 둘러보며 붓으로 그린 듯한 미소를 지었다.

테라스의 테이블에는 저녁식사가 차려져 있었다. 선우는 식사 내내 아이들에게 음식을 권하고 주스를 따라주었다. 음식을 먹는 아이들을 지켜보며 귀 기울이는 그녀의 눈은 참을성 있고 따뜻했다. 수인은 그녀가 자신만을 바라보는 듯한 착각에 빠졌다. 엄마는 그런 적이 없었다. 그들 형제에게 엄마가 가장 필요했던 시절에도 그녀는 지쳐 있거나 취해 있었다. 식탁에 음식이 차려지면 어린 형제는 말없이 알아서 먹었다.

어둠이 내리고 바람이 싸늘해졌다. 사방에서 귀뚜라미와 풀벌레가 울어댔다. 그들은 웃고 떠들고 샐쭉하고 심술을 부리며 10월의 밤으로 들어갔다. 마치 고향을 떠났다가 어머니의 생일

날 오랜만에 집으로 돌아온 형제자매들처럼.

하워드 주택 1층 응접실을 수인과 한조, 지수의 공부방으로 내놓겠다는 희재의 제안을 진만은 기쁘게 받아들였다. 얇은 판자를 가운데에 세워 둘로 나눈 좁은 2층 방에서 지내는 아들들이 내내 마음에 걸리던 참이었다. 입시를 앞두고 있었지만 변변한 공부방이 없는 수인은 방과후 교실에 남아 공부했고 한조는 아예 공부를 팽개친 터였다. 그날 저녁 진만은 저녁 식탁에서 조심스럽게 희재의 제안을 꺼냈다.

"그런 공부방 전 필요 없어요."

수인은 차갑게 거절하며 숟가락을 내려놓고 제 방으로 돌아갔다. 진만은 수인의 빈자리를 물끄러미 쳐다보다가 자리에서 일어났다. 나무 바닥에 의자가 끌리는 소리가 신음처럼 들렸다. 그는 식물이 뿌리를 내리듯 느린 걸음으로 테라스로 나갔다. 미란은 일부러 요란하게 그릇을 부딪치며 설거지를 했다. 남편에게 조용히 불만을 표시하는 그녀만의 방식 같았지만 아이들에게 변변한 공부방조차 마련해주지 못한 자신에 대한 분노이기도 했다. 한조는 슬그머니 자리에서 일어나 형의 방으로 갔다.

"하워드 주택 응접실 괜찮은 것 같은데…… 넓고 조용해서 공부하기 좋잖아?"

한조의 말에 수인은 귀찮은 투로 대꾸했다.

"지수 아버지 생각은 나더러 지수 공부를 도와주라는 거야. 그걸 모르겠니?"

"좀 도와주면 좋잖아."

"넌 지수 아버지가 어떤 사람인지 몰라. 그 사람이 가족을 끌고 하워드 주택으로 이사 온 이유가 뭐겠어?"

수인의 질문에 한조가 되물었다.

"몰라. 형은 알아?"

"자기가 대단한 사람인 듯 우쭐대도 그 사람은 무식한 졸부일 뿐이야. 하워드 주택을 산 것도 웅장한 영국 귀족 저택 같은 우월감을 느끼고 싶어서겠지."

"아저씨는 형 말처럼 돈만 많은 부자가 아냐. 아는 것도 많고 교양도 넘쳐. 하워드 주택 서재의 그 많은 책들 봤어?"

물론이다. 감춘 듯 드러나던 그 공간의 고요함과 아늑함을 어떻게 잊는단 말인가? 어느 주말 연장통을 들고 들어선 하워드 주택의 서재, 더 정확히 장 사장의 서재, 낮에도 햇빛이 들지 않아 어두침침한 실내, 사방을 에워싼 서가에 꽂힌 책들, 오래된 종이와 먼지의 향기…….

그 순간 그는 다른 사람이 된 듯한 착각에 빠졌다. 그곳에는 그가 읽고 싶었던 책은 물론 학교 도서관에 없는 책들도 즐비했다. 몇 년이 지난 《디스커버리》나 《사이언스 저널》 같은 잡지를 들추며 그는 '기계와 도구의 기능과 작용', '증기기관이 인간의 삶의 양태가 아닌 지능의 진화에 미친 영향', '아인슈타인-닐스 보어 논쟁의 논점'과 같은 흥미로운 기사에 빠져들었다.

그곳이야말로 자신이 있어야 할 자신의 공간이라는 강한 확신이 들었다. 그는 연장통을 바닥에 떨구고 서가의 책등을 쓰다듬었다. 서재의 책상 서랍이 틀어져 삐걱거린다는 어머니의 말은 까맣게 잊었다. 그러다 그는 조용히 책 한 권을 빼들었다. 《음향과 분노》. 등 뒤에서 목소리가 들려왔다.

"내 생각에 포크너보다는 스타인벡이 나을 듯한데…… 괜찮으면 두 권 다 빌려가도 되고."

희미한 빛을 가로질러 다가온 선우는 서가의 책 한 권을 뽑아 표지를 훑어보더니 수인에게 건넸다. 《에덴의 동쪽》. 그녀의 시선이 어깨에 닿는 순간 수인은 자신이 오래전에 잃어버린 그녀의 유일한 아들이 된 것 같았다.

"정말 그래도 돼요?"

"그럼. 책은 필요한 사람이 읽어야 하는 거잖아? 읽고 싶은 책이 있으면 가져가서 읽고 제자리에 꽂아둬. 사실 지수 아빠는 책 읽을 시간이 거의 없거든."

그는 터질 듯한 충만감에도 그 공간이 자신을 밀어낸다는 위화감과 자신이 그곳의 주인이 아니라는 상실감을 떨칠 수 없었다. 순식간에 장 사장에 대한 적대감이 온몸을 휘감았다. 장희재는 그 방의 주인이 될 자격이 없었다.

"그 사람이 서재에 꽂힌 수천 권의 책 중 몇 권이나 읽었을 것 같아? 그 방의 책들은 모두 남들에게 보여주기 위한 장식일 뿐이야."

한조가 장 사장을 동경하는 말을 하면 수인은 차갑게 쏘아붙였다. 한조는 그때마다 고개를 가로저으며 반박했다.

"형은 지수 아버지를 나쁘게만 보는 것 같아. 사장님은 어려운 사람들에게 기부도 하고 좋은 일도 많이 하잖아. 다음 시장 선거에 나간다는 말도 있던데……."

수인은 세상을 좋은 쪽으로 받아들이려는 동생의 낙천적 성격이 부러웠다. 그는 그렇지 못했다. 희재의 스스럼없는 호의와 배려가 불편했고 하워드 주택 사람들에게 느껴지는 호감조차 자신의 존재를 부정하는 짓 같았다. 그렇지만 희재의 뜻을 거스를 수는 없었다. 다음주부터 아이들은 매일 응접실의 8인용 테이블에 모여 공부했다.

다음해 봄, 한조는 하워드 주택의 사계를 그린 네 점의 채색화를 완성해 교내 미술전에 출품했다. 그림 속의 하워드 주택들은 몰아치는 폭풍 속에서 무너지지 않으려고 안간힘을 쓰는 것 같았고 2층 창가에는 흰 원피스를 입은 소녀가 서 있었다.

〈봄〉 편에서 소녀는 무심하게 시선을 떨구고 있었고 〈여름〉 편에서는 폭풍우 치는 밤 어둑한 덧창을 열어젖히고 바람에 맞섰다. 〈가을〉 편에서는 커다란 느티나무 그늘에 가려 거의 보이지 않았고 〈겨울〉 편에서는 눈 덮인 밤 불 켜진 2층 창가에 노랗게 물든 실루엣으로 그려져 있었다.

어떤 그림에서든 그녀는 시간과 운명에 굴복하지 않고 높은 망루에서 미래를 바라보는 투사를 연상케 했다. 최우수상을 받은 〈여름〉 편은 구도나 채색, 세부 묘사에서 찬사를 받았고 사람들이 익히 아는 하워드 주택의 새 면모를 보여주었다는 평을 들었다.

남학생들은 그림에 등장하는 집과 주인공의 정체에 관해 수군댔다. 그 또래 아이들에겐 꽤나 흥미로운 스캔들이었겠지만 보는 사람을 압도하는 그림 앞에서 소문은 힘을 잃었다. 그림이 불러일으킨 다양한 감정과 소문은 오히려 한조에게 보이지 않는 권위를 부여했다. 그 근원이 하워드 주택인지, 지수인지 그림 자체인지는 몰라도 그의 그림에는 거부할 수 없는 힘과 아름다움이 있었다.

저녁 뉴스가 시작했는데도 지수는 돌아오지 않았다. 화면에는 IMF 구제금융 이후 기업의 구조조정과 해고자의 삶에 관한 르포와 노숙자 대책을 촉구하는 기사에 불볕더위를 예고하는 날씨 예보가 이어졌다. 희재는 힐끗 벽시계 숫자를 확인했다. 딸에겐 다른 사춘기 아이들처럼 말썽을 피울 이유도 이전에 그런 적도 없었다.

10시가 가까워지며 불안은 부풀어올랐다. 아직 돌아오지 않는 딸보다 아내에게 더 화가 치밀었다. 자선행사와 동창 모임에 적극 참여하라고 아내의 등을 떠민 건 '정치는 남자가 하지만 선거는 여자가 한다'는 정치판의 불문율 때문이었다. 그렇다 해도 엄마란 사람이 이렇게 집안일을 내팽개치는 건 문제가 있어 보였다. 외부활동을 하더라도 집안 단속은 빈틈없이 하리라는 막연한 믿음이 잘못이었을까?

10시가 넘어 집으로 돌아온 선우는 옷도 갈아입지 않은 채 안절부절못했다. 아직 잠들지 못한 해리에게 잠시 동화책을 읽어주고 내려온 그녀는 11시가 넘자 더 견디지 못하고 맬컴 주택으로 전화를 했다. 맬컴 주택 사람들이 허둥지둥 달려왔다. 남자들은 굳은 표정으로 몇 마디 웅얼거린 후 꿩사냥을 하는 개들처럼 어둠 속으로 흩어졌다. 새벽 2시가 넘어 하나둘 돌아온 그들의 바짓단은 짓이겨진 풀잎에 파랗게 물들어 있었다. 지수는 그때까지도 소식이 없었다.

선우는 손가락이 하얗게 될 때까지 주먹을 거머쥐었다. 할 수 있는 게 없다는 단순한 무력감이 아니라 창자가 꼬인 듯한 격통을 동반한 절망감이 그녀를 짓눌렀다. 그녀는 밤새 친구 집에 있던 딸이 멀쩡히 돌아오리라는 희망을 품다가도 돌아온 딸에게 화를 내야 할지 아무 일도 아닌 것처럼 다독여야 할지 갈피를 잡지 못했다.

밤이 물러가자 선우는 아는 전화번호를 돌렸다. 전화를 받은 학원 강사는 지수가 어제 학원에 오지 않았다고 말했다. 성가대에서 함께 반주하는 여학생은 지난 일요일 연습시간에 지수를 본 것이 마지막이라고 했다. 학교로 건 전화는 마침 개학 준비로 출근해 있던 지수의 담임이 받았다.

"그렇지 않아도 아침에 지수가 안 보여 궁금하던 참이었습니다. 지난주부터 영어 토론대회 준비 때문에 등교를 했거든요. 혹시…… 집에 무슨 일이 있으신가요?"

수화기를 든 선우의 손바닥이 땀으로 축축해졌다. 말하기 힘들 정도로 입안이 쩍쩍 달라붙었다.

"아…… 네…… 큰일은 아닐 거예요."

희재는 마른 각질이 일어난 아내의 입술을 응시하며 입속으로 웅얼거렸다.

"큰일이 아니라고? 이게 큰일이 아니면 뭐가 큰일이지?"

그는 소극적인 지수의 성격이 아내 탓이라고 생각했다. 유전 탓인지 적절치 못한 가정교육 때문인지는 중요하지 않았다. 아내를 닮은 지수의 섬세한 외모는 나약한 인상을 주었고 이지적인 아내의 성격조차 심약함으로 표출되었다. 그는 남들에게 양보만 하지 말고 자기 권리를 당당하게 요구하라며 입버릇처럼 지수를 타일렀고 나약해 보이는 긴 머리카락을 자르라고도 했다. 그러나 머리를 자른 지수는 지수 같지 않았고 누군가가 되려 했으나 되지 못한 것처럼 어색했다.

해리는 지수와 달랐다. 예쁘지는 않아도 뚜렷한 이목구비와 논쟁을 좋아하는 거침없는 성격뿐 아니라 남의 속을 뚫어보는 눈빛까지 희재를 닮았다. 그 아이는 말을 시작하면서부터 어른들을 피곤하게 했다. 끊임없이 질문을 퍼붓고는 대답하지 못하면 한심하다는 눈으로 바라보았다. 단순한 똑똑함과는 달랐다. 어떻게 하면 사랑을 독차지할지 분명히 아는 당돌한 애어른에 가까웠다.

넓은 창으로 비쳐든 햇살이 마루에 사각형의 빛 덩어리를 만들었다. 그는 묵묵히 수화기를 들었다. 더는 신고를 미룰 수 없었다.

오전 11시 30분, 하워드 주택 앞마당에 자갈 쓸리는 소리가 났다. 두 명의 경찰이 경찰차에서 내렸다. 사십대 초반의 형사는 남부 경찰서 수사과 윤산 경사라고 자신을 소개했다. 큰 키는 아니었지만 짧은 스포츠형 머리와 목덜미 사이로 단단한 살집이 주름을 이룬 사내였다.

그의 뒤에 정복 차림의 여순경이 서 있었다. 키가 크고 단단한 골격을 지녔으며 얼굴에 여드름 흉터가 있었다. 의지가 굳고 성실한데 융통성은 부족할 것 같은 인상이었다. 윤산은 그녀가 지난봄 새로 배치된 초임 순경 남보라라고 소개했다.

"생각보다 많은 아이가 생각보다 많은 이유로 집을 나갑니다. 문제아라서가 아니라 모범생도 마찬가지예요. 대부분은 2~3일, 늦어도 일주일이면 스스로 돌아오죠. 24시간이 지나지 않았으니 일단 기다려보죠."

윤산이 말했다. 끊임없이 일어나는 강력사건에 비하면 별것 아니라는 듯 느긋한 태도였다. 피해자 가족을 안심시키려는 의도였겠지만 선우는 위안은커녕 모멸감을 느꼈다. 24시간 전이니 기다리라는 말은 25시간이 지나면 딸이 돌아온다는 건가? 아니면 36시간? 48시간?

윤산은 지수의 인상착의를 구체적으로 말해달라고 했다.

"그러니까…… 아침에 교복을 입고 나갔어요. 머리는 목 중간까지 오는 단발이구요. 그리고 또 뭐였지? 아…… 흰 운동화를 신었어요. 여고생들 교복에 신는 거 있잖아요."

윤산의 얼굴에 낭패감이 어렸다. 교복, 단발, 흰 운동화는 모든 여고생의 공통적 인상착의였다. 남보라는 손바닥만 한 수첩에 선우의 답변을 받아 적었다. 윤산이 다시 물었다.

"그게 전부입니까? 가령 신체에 특징이 있다거나 걸음걸이가 눈에 띈다거나……."

선우는 안간힘을 다해 지수의 걸음걸이를, 말버릇을, 표정을, 사람을 대하는 태도를 떠올렸다. 아무것도 생각나지 않았다.

"모르겠어요. 등에 메는 가방은 짙은 감색이었어요. 아니, 짙은 고동색이었던가?"

선우는 울음을 터뜨릴 듯한 표정으로 남편을 바라보았다. 희재는 고동색은 1년 전 짙은 감색으로 바꾸기 전 책가방이었다고 정정했다. 남보라는 두 사람의 말을 모두 기록했다. 선우가 말을 이었다.

"오후 1시 반쯤에 지수 전화를 받았어요. 같은 조가 된 친구와 학교에서 한 달 후에 열릴 영어 토론대회 준비를 할 거라더군요. 별일 아니라고 생각했어요. 지수는 이전에도 시화전 준비나 합창단 연습 같은 클럽활동이나 자율학습으로 방학 중에 자주 학교에 갔거든요."

"그 친구 이름이 뭐죠?"

선우는 머리를 쥐어짰다. 딸과 한 조가 된 친구의 이름을 기억해두지 않은 자신이 바보 같았다. 무슨 이유인지 몰라도 요람에 누운 지수의 모습이 머릿속에 떠올랐다. 자신만의 세계에 몰두한 까만 눈동자. 허공의 무언가를 잡으려는 듯 바둥대던 팔다리.

"다음에 기억날 때 말씀해주시죠. 저희가 알아내는 방법도 있고요…… 혹시 지수 사진을 볼 수 있을까요? 전단을 인쇄하려면 필요하거든요."

희재가 장식장 서랍에서 가족사진 앨범을 꺼내주었다. 윤산은 대충 훑어보고 남보라에게 건넸다. 남보라는 앨범 갈피를 뒤

적이며 꼼꼼하게 살폈다. 실종자 전단용 사진을 선택하는 기준
은 최근 것이 우선이었다. 아침, 저녁 사이에도 얼굴이 달라지
는 십대의 경우 감정이 드러나거나 웃는 표정은 가급적 배제하
는 것이 원칙이었다.

앨범에 보관된 지수의 사진들은 대부분 정면을 바라보고 있
었다. 밝고 단정한 표정이었지만 어딘지 모르게 딱딱해 보였다.
단순한 이유로 가출했다가 며칠 후에 돌아올 거라 기대하기엔
너무 차갑고 비밀스러운 얼굴. 한참 앨범을 뒤적이던 남보라는
사진 한 장을 가리키며 말했다.

"이 사진은 어떨까요? 딱딱한 사진들보다는 실종자의 성격이
나 분위기를 포괄적으로 보여줄 수 있을 것 같아요."

고개를 숙인 채 살짝 눈을 치뜬 사진 속의 지수는 화난 듯 보
였지만 입가에 옅은 미소가 깃들어 있었다. 윤산은 셀로판 커버
를 벗기고 사진을 챙긴 후 지수의 방을 보고 싶다고 요청했다.
희재와 선우가 2층으로 가는 계단으로 안내했다.

아이의 방은 깊고 어두운 우물 같았다. 그 또래의 방에 붙어
있게 마련인 가수나 배우, 야구선수 사진은 보이지 않았다. 대
신 벽에는 우등상을 비롯한 경시대회 상장들이 걸렸고 선반에
는 상패들이 빼곡했다. 맞은편 벽에는 조지아 오키프의 포스터
가 보였고 침대의 침구들은 말끔히 정리되어 있었다. 남보라는
실눈을 뜨고 물건들의 위치와 특이점을 수첩에 기록했다.

책장에는 과목별 교과서와 참고서, 두 권짜리《죄와 벌》,《서양 미술사》, 르네상스 화집, 과월호 학생 잡지들이 나름의 규칙으로 꽂혀 있었다. 책상에는 읽고 있던 듯한 문고본《햄릿》이 펼친 채 엎어져 있었다. 거트루드가 오필리아의 죽음을 레어티즈에게 전하는 장면이었다. 남보라는 펼쳐진 페이지를 그대로 엎어두고 방을 나섰다.

그들이 아래층으로 내려왔을 때 흰 앞치마를 두른 사십대 여자가 쿠키와 커피 쟁반을 들고 부엌에서 나왔다. 희재가 말했다.

"집안일을 도와주시는 분입니다. 해밀 중고등학교 이진만 관리 주임의 부인이신데요. 요 아래 맬컴 주택에 살고 계시죠."

여자는 마른 손을 앞치마에 닦으며 허리를 숙였다. 윤산은 인사를 나누는 둥 마는 둥 하고 퇴근 시간을 물었다.

"보통 저녁식사 뒷정리가 끝나는 8시 30분 정도입니다. 사장님의 퇴근이 늦으시거나 부부 동반 외출을 하시면 그보다 일찍 끝나고요."

미란은 담담한 목소리로 대답했다.

"어제 저녁에는 어땠습니까?"

"사모님과 지수가 늦는 바람에 10시 가까이 기다리다 퇴근했어요. 11시가 조금 넘어 사모님께서 지수가 돌아오지 않았다고 집으로 전화를 하셨어요. 전 곧바로 하워드 주택으로 와 사모님과 함께 지수 방과 테라스, 지하실과 정원을 살폈어요. 남편과 두 아들은 사장님과 함께 언덕 아래 버스 정류장부터 언덕 뒤쪽 능선까지 찾았고요."

윤산은 고개를 끄덕이며 사진을 안주머니에 넣었다. 그러더니 자리를 뜨려다 쿠키를 한 움큼 집어 점퍼 주머니에 챙겼다.

"사진을 쓸 일이 없길 바랍니다. 지수가 돌아오면 바로 돌려드리죠."

돌아오는 차 안에서 남보라는 윤산에게 물었다.

"선배님 아까 하신 말씀 있잖아요."

"무슨 말?"

"정말 지수가 가출했다고 생각하세요?"

"그거야 나도 모르지."

"그런데 왜 실종자 부모에게 쓸데없는 희망을 심어주신 거예요? 그런 말은 하지 않아도 되잖아요."

남보라의 목소리는 비난처럼 들렸다. 윤산은 부스스한 머리카락을 긁적였다. 이 신참은 서툴지만 신중했다. 공정치 못한 처사에는 욱하는 면모도 보였다. 아직은 범죄의 세계를 모르기 때문이리라. 상식과 논리로 이해가 가능한 일보다는 말도 안 되고 받아들일 수 없는 일이 더 자주 벌어지는 불합리하고 어처구니없는 세계를.

"나도 그러길 바라기 때문이야. 그 사람들처럼 나도 아이가 아무 일도 없던 것처럼 돌아오기를 바란다고. 납치범의 전화가 오거나 피살체가 발견되기 전까지는 단순가출이라 생각하는 게 모두에게 좋아. 어떤 경우든 희망을 갖는 건 좋은 태도니까."

윤산은 쿠키 하나를 주머니에서 꺼내 와삭 소리 나게 씹고는 따가운 빛에 달아오른 아스팔트를 노려보며 액셀러레이터를 밟았다.

단순가출로 분류되었던 사건은 사흘 만에 강력사건으로 전환되었다. 납치 가능성은 일단 논의에서 밀려났다. 납치범은 사건 발생 48시간 전에 어떤 방식으로든 접촉을 시도한다는 범죄 행동 패턴에 따른 잠정적 결정이었다. 경찰은 실종자 전단과 포스터를 제작하면서도 피살 가능성을 배제하지 않았다.

의경 1개 중대가 하워드 주택과 학교, 댐과 유수지, 시내 일원을 잇는 삼각지역을 수색했다. 이틀간의 수색 결과는 변변찮았고 특별한 용의점을 둘 인물도 없었다. 기차역에도 버스 정류장에도 지수가 도시를 빠져나간 흔적은 보이지 않았다.

형사들은 유수지에서 3백여 미터 떨어진 숲속 별장을 수색했다. 거실 가구와 주방 조리도구에는 특이점이 없었다. 냉장고에는 즉석요리 제품과 통조림, 음료수뿐이었다. 오래 돌보지 않은 마당에는 잔디가 우묵하게 자랐고 쓰레기통에는 먹다 남은 음식물 찌꺼기와 포장지뿐이었다.

건진 것이 없진 않았다. 별장으로 가는 오솔길 옆 덤불에 버려진 자전거 한 대. 소유자를 확인한 결과 지수 것으로 밝혀졌는데 언제 버려졌는지는 정확히 알 수 없었다. 자전거가 왜 별장 뜰이 아닌 길 옆에 있는지 의문을 가질 법했지만 수사의 우선순위는 지수의 행방을 찾는 데 있었다.

윤산은 별장에서 멀지 않은 댐 관리소를 찾았다. 여섯 개의 수문이 늘어선 물막이 둑 옆의 두 동짜리 시멘트 건물이었는데 상근인원은 소장을 포함한 직원 네 명이었다. 윤산은 지난 열흘간의 강수량과 저수량, 수문 관리 현황 자료를 요청했다. 감색 유니폼 점퍼 차림의 직원들이 부산스레 캐비닛을 뒤져 몇 권의 서류철을 가져왔다. 장마가 끝난 7월 셋째 주 이후 평균 강수량은 70mm에 그쳤고 저수량도 최저 수준이었다.

"저희는 갑문 관리 지침을 준수하고 있습니다. 사건 당일에도 갈수기 지침에 따라 상수도 공급과 하천 산소농도 유지에 필요한 최소한의 유량만 방류했죠."

관리소장은 난처한 표정을 지었다. 만약 유수지에서 사람이 사망하는 불미스러운 일이 일어나거나 시신이 하류로 흘러갔다면 외부인 통제 소홀이나 방류량 관리 하자 같은 문제가 불거질 수도 있다. 큰 사건이 일어나면 사람들은 어떻게든 원인을 찾으려 들고 못 찾으면 만들어서라도 사건을 이해하려 드니까.

"평소 당직 근무와 다름없었습니다. 7시 30분경 저녁을 먹고

11시 30분까지 VCR을 비롯한 기계 점검을 마쳤습니다. 12시가 조금 넘어 당직실에서 잠들었고요."

사건 당일 야간 당직자는 두 손으로 작업모를 말아쥐고 고분고분 질문에 대답했다. 윤산이 다시 물었다.

"잘 기억해봐요. 산책로에서 수상한 사람을 봤거나 유수지 근처에서 여고생을 봤거나⋯⋯."

듣고 있던 관리소장이 끼어들었다.

"야간 당직자 업무는 댐 시설 감시와 설비 유지, 갑문 관리입니다. 규정대로 근무했으니 책임질 일도 없죠. 유수지 산책객을 감시하는 건 업무 외 영역이니까요."

윤산은 CCTV 영상기록을 요청했다. 여섯 개의 수문과 유수지 양쪽, 50m 하류 양안에 2대씩 총 12대였다. 화면 상태가 불량하고 녹화기능도 떨어져 수문과 유량을 실시간 관찰하는 데나 쓰이는 듯했다. 그나마 조명도 설치되지 않아 야간에는 까막눈이었고 48시간이 지난 영상은 자동 삭제되었다.

허탕을 친 윤산과 남보라는 지수의 학교생활과 교우관계 탐문에 나섰다. 자료를 취합해보면 지수는 말이 없고 조용한 성격으로 보였다. 성가대 단원은 지수가 합창 부분에서 입만 벙긋거리다가 트리오 시점이 되어서야 실제 발성을 했다고 말했다. 담임교사는 지수가 학교에서 친구들과 잘 지냈지만 방과후에 따로 어울리지는 않았는데 그런 내향성이 모범생들의 일반적인 특징이라고 말했다. 지수가 문제 성격으로 보일 것을 경계하는 듯했다.

그러나 윤산의 눈에 지수는 단지 친구가 없다기보다 의도적인 고립을 선택한 것 같았다. 외로운 아이였지만 외로움을 들키기를 원하지 않았던 것 같기도 했다. 그 외 눈에 띄는 진술이나 증거는 좀처럼 나오지 않았다.

의경 중대는 언덕 정상에서 시작해 해밀 중고등학교 일대 간선도로 세 블록과 능선 반대편 보림천 너머 신시가지를 포함하는 광범위한 지역으로 수색 범위를 넓혔다. 도로와 건물 같은 노출 공간은 물론 건물 틈과 지하실, 강변 갈대숲과 맞은편 숲도 수색 대상이었다. 이제 그들이 찾는 것은 지수가 아니라 지수의 시신이었다.

수사가 진행되는 동안 하워드 주택의 상아색 전화기는 고대 유물처럼 조용했다. 간간이 보험 영업이나 정당의 여론조사 전화가 걸려올 뿐이었다.

푹 꺼진 희재의 눈에는 그늘이 졌고 옷가지들은 선우의 야윈 몸에서 헐렁하게 늘어졌다. 요란한 자명종 소리에도 그들은 눈을 뜨지 않았다. 하루라는 형벌을 감당할 엄두가 나지 않았다. 억지로 눈을 뜨면 아이의 부재가 숙취처럼 머리를 어지럽혔다.

시간이 그들의 삶을 갉아먹고 있었다.

실종 닷새째 날 정오 무렵, 하워드 주택의 전화벨이 요란하게 울렸다. 누구도 전화를 받을 엄두를 내지 못하고 서로를 바라보기만 했다. 마침내 선우가 수화기를 들었다.

"지금 서로 좀 와주셔야겠습니다."

윤산의 목소리였다. 선우는 무슨 일인지 묻지 못했다. 희재가 수화기를 낚아챘다.

"경사님! 찾았나요? 우리 지수 찾았어요?"

"네. 그렇습니다."

윤산은 수화기를 내려놓고 뻣뻣이 서서 남보라를 바라보았다. 지수의 시신이 발견된 장소는 댐에서 2km 남짓 떨어진 보림천 가운데였다. 갈수기라 방류량을 줄이자 평소 1.5m가 넘던 수심이 얕아졌고 상류에서 흘러오다 바닥 돌에 걸린 사체 일부가 수면 위로 드러났다.

신고자는 강기슭 산책로를 따라 자전거로 등교하던 중학생이었다. 강물에 버려진 마네킹에 태권도복을 입혀 가상 대련 상대로 삼으려고 강으로 들어간 소년의 눈에 개흙이 묻은 교복이 선명하게 들어왔다.

윤산이 현장에 도착했을 때는 바리케이드가 쳐지고 경찰 중대가 배치되어 있었다. 무릎까지 바지를 걷은 세 명의 감식반원이 강 가운데에서 사진을 찍거나 증거를 채집하느라 구부정한 자세로 강물을 들여다보았다.

"감식반이 나가 있으래요. 현장을 훼손한다고……."

신고를 받고 바로 출발했던 남보라가 물가로 나와 말했다. 그
녀의 바지 아랫단과 셔츠 한쪽 팔이 젖어 있었다. 물에서 어정
거리다가 바닥 돌에 미끄러져 넘어진 듯했다. 남보라는 귀퉁이
가 젖은 수첩을 펴들고 몇 가지 사항을 보고했다.

"사체는 엎드린 상태로 발견되었어요. 감식을 거쳐야겠지만
육안상 치명상은 없구요. 처음부터 거기 있었는지 다른 곳에서
사망 후 유기되었는지는 확실치 않아요. 상류에서 흘러오다 돌
부리에 걸린 듯해요. 갈수기라 수심이 얕으니까……."

"그 밖에는?"

"감식반원들 눈치 보느라 꼼꼼히 못 봤어요. 피살자가 맨발인
건 확실해요."

"양쪽 발 모두?"

남보라가 고개를 끄덕이며 되물었다.

"자살일까요?"

윤산은 선글라스를 벗어들고 강을 바라보았다. 피살이 아닐
가능성도 있었다.

"그걸 지금부터 알아봐야지."

윤산에게 살인사건 수사는 단순히 누가 죽였느냐를 밝히기
보다 의문과 비논리를 하나하나 제거해나가는 과정이었고 이를
통해 삶과 죽음의 정합성을 확인하는 절차였다. 자살이라 해도

거기에 이르는 동기와 과정은 명백히 증명되어야 했다.

남보라는 강둑에 주차해둔 순찰차로 가 젖은 양말을 갈아신었다. 지역 신문사와 방송국 차량이 몰려왔고 카메라를 멘 기자들이 강변을 경중경중 뛰어다녔다. 얕은 강바닥을 훑고 흘러가는 물소리가 와글거렸다.

윤산은 아이 부모에게 이 처참함을 어떻게 설명해야 할지 난감했다. 그들에게 최악의 상황이 현실이 되었다고 통보하고, 사랑하는 가족의 시신을 확인하러 오라고 요청하고, 쉰 목소리로 비명을 지르며 딸에게 달려드는 그들을 뜯어말리고, 참혹한 딸 앞에서 무너지는 그들을 부축할 자신이 없었다.

스테인리스 안치대에 반듯이 누운 지수의 얼굴에는 크고 작은 생채기가 나 있었다. 찢어진 아랫입술은 멍들었고 가슴께에 긁힌 자국이 보였다. 엉킨 머리카락은 햇빛에 군데군데 탈색되어 있었다.

두 눈을 감은 딸을 본 희재가 맨 먼저 느낀 감정은 배신감이었다. 널 믿는 게 아니었어. 이제 겨우 열여덟 살인데 다 큰 어른인 척했어. 난 바보처럼 그 모습을 믿었고…….

"따님이 맞는지 확인해주시겠습니까?"

윤산은 서둘러 내뱉고 형사 수첩을 부산스럽게 뒤적였다. 찾거나 적어야 할 메모는 없었다. 비탄에 빠진 그들의 눈을 똑바로 볼 수 없을 뿐이었다.

"안됐지만 저희 아이가 아닙니다."

통통 부은 딸의 얼굴을 모르는 사람처럼 물끄러미 내려보던 희재가 대답했다. 그는 이 상황이 부당하다고 생각했다. 수색에 인력을 더 투입하라고 경찰서장에게 요구할 때만 해도 시체가 발견되리라고는 상상하지 않았다. 사체가 없으면 딸은 죽은 게 아니었다. 무슨 일이 일어나기 전까지는 아무 일도 일어나지 않은 거니까.

윤산은 희재가 거짓말을 한다고 생각하지 않았다. 그는 다만 현실을 받아들이지 못하고 있을 뿐이었다. 윤산은 맞은편의 선우를 돌아보며 다시 물었다.

"다시 한번 확인해주시겠습니까?"

선우는 단검에 찔리기라도 한 듯 가슴 자락을 움켜쥐고 한참 그대로 있었다. 그 자리의 누군가가 말을 걸까봐, 자신의 두 눈을 똑바로 볼까봐 두려운 것 같았다. 무슨 말을 해야 하는데 어떻게 할지 곰곰이 생각하는 듯하기도 했다. 그러더니 그녀는 무너지듯 그 자리에 주저앉았다. 남보라가 그녀를 부축해 의자에 앉히고 찬 얼음수건을 이마에 대고 기다렸다. 빛을 잃은 눈동자가 지수를 응시했다.

"맞아요. 열여섯 번째 생일선물로 사준 빨간 가죽 줄 시계예요."

그녀는 얼굴을 일그러트리면서도 울음을 터뜨리지는 않았다. 남보라는 문득 남자보다 여자가 더 강하다는 생각이 들었다. 그녀가 남편보다 강하지는 않아도 더 정직한 건 분명했다. 딸의 소지품을 인정함으로써 딸의 죽음을 받아들였으니까. 딸의 죽음을 회피한 남편과 달리 그녀는 압도적인 고통과 정면으로 맞서고 있었다.

"이제 어떻게 되는 겁니까?"

희재가 멍한 표정으로 물었다. 윤산은 그에게 질문할 권리가 있고 자신에게는 대답할 의무가 있다고 생각했다. 눈앞의 시신이 자신의 딸이라는 사실을 그들이 받아들인 순간 성립된 권리와 의무였다.

"실종사건은 살인사건으로 전환되고 사건은 수사계에서 강력계로 이관됩니다. 수사반이 구성되는 대로 부검 결과에 따라 수사력을 집중할 겁니다. 집으로 돌아가 계십시오. 새로운 사실이 나오면 연락드리겠습니다."

틀에 박힌 대답을 늘어놓으며 윤산은 자괴감에 젖었다. 그들을 위로할 어떤 말도 찾을 수 없었다. 희재는 자기 어깨를 감싸는 선우의 손길을 냉정하게 뿌리쳤다. 마치 딸의 죽음이 아내 탓이기라도 한 듯.

선우는 딸의 부재가 아주 오래전에 있었던 것처럼 가물가물했다. 처음부터 일어나지도 않은 일이어서 기억조차 남아 있지 않은 것 같았다. 딸이 있다면 지금 교실에서 7교시 수업 중이겠지. 수요일 7교시 수업이 무슨 과목이었더라…….

경찰서 본관에서 30여 미터 떨어진 빈터에 임시 가설된 컨테이너박스에 특별수사반이 차려졌다. 점점 늘어나는 업무와 늘 뒷전으로 밀리는 예산 때문에 궁여지책으로 마련한 우중충한 공간이었다.

강력계장 강일호를 반장으로 정직 후 복귀한 최태곤, 형사 김인식과 윤산이 편성되었다. 남보라는 가족 연락관으로 합류했다. 윤산은 첫 수사 회의에서 지수의 실종 당일부터 시신 발견에 이르는 사건 경과를 보고했다.

"피해자 장지수. 나이는 18세, 그러니까 만으로 17세였고요, 해밀고 2학년이었습니다. 지난 8월 22일 아침에 집에서 나간 후 귀가하지 않았고, 5일 뒤, 그러니까…… 예, 27일 오전 8시 40분경 변사체로 발견되었습니다."

윤산은 실종 단계의 정보 브리핑을 남보라에게 맡겼다. 남보라는 차트를 펼치고 국어책을 읽듯 억양 없는 목소리로 사건 당일 피해자 행적보고를 마쳤다. 강일호는 피해자 부친이 신망 있는 기업인이자 지역사회 중요인물이라는 점, 새 정부의 강력사건 근절 의지를 강조하며 사건의 중대성을 인식시켰다.

조회가 끝나자 컨테이너박스 밖에 기자들이 몰려왔다. 형사들은 무대 위의 배우처럼 카메라 앞에서 신뢰감을 주는 표정을 지어 보였다. 싸구려 액션영화에나 나올 법한 대사를 힘주어 내뱉는 강 반장의 표정에는 위엄이 서려 있었다.

"지금으론 드릴 말씀이 없습니다. 저희는 범인을 잡기 위해 최선을 다할 뿐입니다. 그게 우리 일이니까요."

부검기록부는 이틀 후에 도착했다. 6일 동안 수중 부패가 진행된 시신이었기에 큰 기대를 걸 수는 없었다. 윤산은 부검 기록지의 성의 없는 글씨체를 건성으로 읽었다.

외상 소견; 신체 전반에 42개소의 찰과상과 타박상. 인위적인 폭행, 혹은 얕은 유량과 와류로 인한 수중 장애물 충격.

혈액; 독성 물질 불검출.

내과 소견; 폐포에서 녹조 플랑크톤과 미세 토사 검출. 위장에서 물 500ml 가량과 미량의 플랑크톤 검출. 장기 파열 징후 없음.

사인은 익사였다. 부검의는 시신의 상처와 폐 잔류물로 보아 유수지에서 사망한 후 하천을 따라 흘러내려온 것으로 보고했다. 부패 상태와 유수지 수심, 하천 유량을 감안하면 사망 시점은 실종 당일 저녁으로 추정되었다. 그간의 수사로 이미 짐작했던 사실들을 심드렁하게 읽어내리던 윤산의 눈에 갑자기 힘이 들어갔다.

비뇨기 소견; 사체 내 소량의 정액 검출. 유전자 감식 요망.

　윤산의 머리에 수사를 처음으로 되돌려야 한다는 생각과 수
사가 의외로 빨리 끝날지 모른다는 예감이 동시에 떠올랐다. 지
금까지 그들은 피해자의 이성관계를 배제한 상태에서 접근했
다. 피해자가 문제를 일으킨 적 없는 모범생이라는 증언과 딸을
어리게만 보는 부모의 태도, 풍요로운 가정환경 때문이었다. 그
런데 그것이 그녀의 겉모습일 뿐이라면? 부모는 물론 그녀 자신
도 자기가 어떤 사람인지 모르고 있었다면?
　기능을 잃은 벽걸이 에어컨이 토해내는 미지근한 바람이 컨
테이너박스 내부를 달구었다. 지수의 부모를 다시 만나야 했다.
그들이 딸에 대해 아는 바가 아니라 모르는 사실들을 캐내야 했
다. 그에 앞서 그들이 모르고 있는 사실을 전해야 했다. 딸의 몸
에서 체액이 발견되었다는 얘기를 어떻게 꺼내야 할까?
　잠시 고민한 그는 '사인은 익사입니다'라고 간단히 말하기로
했다.

　윤산과 남보라가 하워드 주택에 도착했을 때 선우는 막 잠에
서 깨어났다. 잠시 눈을 붙인 것 같은데 어느새 해가 서쪽 하늘
에 걸려 있었다. 희재는 두 형사가 기다리는 정원으로 그녀를
데리고 나왔다.

그녀는 정원 테이블에 앉아 석양에 물든 하워드 주택을 바라보았다. 헐거워진 이음새와 곳곳에 난 구멍들, 바랜 지붕과 벗겨진 페인트 자국, 깨어진 포치의 발판돌…… 삶이 완벽하다고 생각했을 때는 결코 보이지 않던 결함과 오점들…….

지금껏 자신이 살아온 집이 그토록 낯설게 보일 수 있다는 사실에 그녀는 충격을 받았다. 마치 수십 년의 우주여행 끝에 집으로 돌아왔는데 지구의 시간이 백만 년쯤 흘러 이전에 알던 모든 것이 사라진 듯했다.

"지수가 내성적인 성격이었습니까?"

윤산의 질문에 희재는 고개를 갸웃거렸다. 질문의 의미를 되묻는 것 같기도 했고 자기 생각을 확신하지 못해 머뭇거리는 것 같기도 했다.

"무슨 말씀이죠?"

윤산은 찬찬히 설명을 이어나갔다.

"저희가 만난 친구들은 지수를 성적이 뛰어난 모범생으로 기억했습니다. 아이들 대부분과 친했던 것 같긴 한데 제 질문에 상세하게 대답할 만큼 친한 친구는 딱히 없었습니다. 보통 그 또래들은 유난히 친한 단짝이 있게 마련이거든요."

"많은 친구와 골고루 친했다는 건 원만한 교우관계의 증거가 아닌가요? 지수는 리더십도 뛰어났고 과외활동에도 열심이었어요."

희재는 지수가 초등학교 때부터 줄반장이었고 학년 대표 릴레이선수였으며 교회 성가대의 소프라노를 맡기도 했다고 덧붙였다. 윤산이 대꾸했다.

"교우 범위는 넓었지만 의외로 깊이가 얕았습니다. 친한 사람에게도 마음을 열지 못했고 깊은 얘길 나눌 친구가 없었어요. 이런 말 들어본 적 있으실 겁니다. 모든 사람과 친하다는 건 한 사람과도 진정으로 친하지 않다는 얘기 말입니다."

"지수의 교우관계에 문제가 있었다는 의미로 들리네요."

희재가 눈을 치켜떴다. 그 적대감은 딸을 보는 희재의 시각이 객관적 사실과 어긋나 있음을 암시한다고 윤산은 생각했다. 그가 생각하는 딸 지수는 그가 보고 싶은 대로 본 모습일 것이다. 그는 딸에 대해 잘 모르거나 전혀 모를 수 있다. 어쩌면 잘못 알고 있는지도.

"지수에게 혹시 고민이 있었을까요? 진학 문제라든가, 성적 문제라든가……."

남보라가 선우를 돌아보며 물었다. 선우는 단정적으로 대답했다.

"없었어요. 성적은 늘 상위권을 유지했어요. 문제가 있어도 형사님이 생각하는 짓을 할 만큼 어리석지 않아요."

가라앉은 선우의 목소리는 어떤 비난보다 날카로웠다. 듣고 있던 윤산이 남보라와 선우의 대화를 가로챘다.

"지수에게 남자친구가 있었습니까?"

"그게 무슨 말이죠?"

"부검 결과 체내에서 신원 미상의 체액이 발견되었습니다."

선우의 입이 딱 벌어졌다. 딸이 사라졌을 때나 죽었을 때보다 더 큰 충격과 두려움이 그녀를 덮쳤다. 희재의 두 눈은 불붙은 석탄 덩어리처럼 달아올랐다. 그는 당장 딸의 방으로 뛰어가 묻고 싶었다. '아니지? 지수야. 이 사람들이 뭔가 잘못 안 거지?' 그러나 딸은 방에 없었다.

윤산은 딱한 눈으로 희재를 바라보았다. 자식에게 문제가 생기면 부모는 마땅한 이유를 찾는다. 그러나 거기에는 그들이 이해할 만한 어떤 이유도 없다. 아무 문제 없는 아이조차 문제가 없다는 그 사실이 문제가 되는 것이다. 윤산은 최대한 상냥한 표정을 짓기 위해 노력했다.

"유전자 감식을 맡겼으니 결과가 확인될 겁니다. 모든 가능성을 염두에 두고 수사에 임하고 있습니다."

허리에 두 손을 걸치고 벼르던 희재가 윤산의 말이 끝나기도 전에 소리쳤다.

"모든 가능성이라고 했소? 이봐요. 내 딸은 잔인하게 성폭행 당하고 살해된 거요. 거기에 무슨 다른 가능성이 있단 말이오?"

선우는 부들부들 떨리는 손가락을 감추려고 카디건 자락을 움켜쥐었다. 남보라는 그들 부부가 수명이 다해 덜컹거리는 기계 같다는 생각이 들었다.

윤산은 포기하지 않고 실종 전후 지수에 관해 집요하게 질문했다. 지수의 태도가 변하지 않았는지, 변했다면 어떻게 변했는지, 누구와 친했으며 누구를 미워했는지, 아니면 누가 그녀를 미워하지 않았는지. 그러나 아무 말도 들을 수 없었다.

"지수 방을 다시 한번 봐도 되겠습니까?"

더 나올 게 없다고 판단한 윤산이 물었다. 선우는 윤산의 요청을 조심스레 거절했다.

"글쎄요. 지난번에도 보셨잖아요. 부모인 우리들도 딸아이 방에 함부로 드나들지 않았어요. 예민한 아이였고 딸을 믿기도 했으니까요."

그녀의 불안을 눈치챈 남보라가 나섰다.

"혹시 놓친 게 있을 수도 있어서요. 선배님은 여기서 기다리세요. 제가 부모님 모시고 금방 다녀올 테니까요."

그들은 넓은 정원에 윤산을 남겨두고 집 안으로 들어갔다.

희재는 허락도 없이 함부로 들어와 딸의 방을 뒤져도 되는지 알 수 없었다. 딸이 있다면 들어가도 되느냐고 물어볼 수 있을 텐데.

남보라는 작은 액자 네 개가 나란히 놓인 오목한 창턱으로 다가섰다. 최근 1년 동안 하워드 주택과 언덕 주변에서 찍은 지수의 사진이었다. 테라스에서 대문니를 드러내며 웃는 지수, 잔디에 물을 주며 물방울을 피하느라 풍선인형처럼 팔다리를 흐느적거리는 지수, 교복을 입고 정면을 바라보는 지수⋯⋯. 맨 오른쪽 사진 속의 지수는 바로 이 격자 창틀을 배경으로 의자에 두 발을 얹고 무릎을 껴안고 있었다.

모든 사진에서 지수는 활짝 웃고 있었다. 희재는 누군가가 딸을 웃게 했다는 사실에 당황한 기색이었다. 딸의 방을 오가면서도 그 사진들을 눈여겨본 적이 없는 듯했다. 희재가 말했다.

"중학생이 된 후로 이런 식으로 활짝 웃는 모습을 본 적이 없어요. 빈틈이 없고 아무렇게나 웃지 않는 아이였거든요."

남보라는 희재에게 양해를 구한 후 지수의 서랍을 열었다. 맨 아래 서랍의 문제집 갈피에 뭔가가 끼워져 있었다. 환하게 웃는 표정으로 정면을 바라보는 지수의 사진이었다. 바람이 부는지 머리카락이 얼굴 쪽으로 날렸고 치맛자락도 가볍게 나풀거렸다. 왼쪽 아래 모서리에 푸르스름한 윤곽이 걸쳐져 있었다. 호수인지 강인지 정확하지 않아도 햇살이 비친 수면이란 건 분명했다. 뒤로 멀리 댐의 둑이 보였다.

"이 사진을 찍은 시점이 언제죠?"

남보라에게서 받아든 사진을 한참이나 유심히 바라보던 선우가 입을 열었다.

"정확히는 몰라도 이 물방울무늬 블라우스를 산 게 올해 6월이니 그 후일 거예요. 두세 달마다 며칠씩 온 가족이 별장에 머무는데 지난 6월 말에 다녀온 게 마지막이었어요."

"이 사진으로 보면 지수는 최근에 혼자 댐에 간 적이 있어요. 아니 사진을 찍어준 사람이 있으니 두 명 이상이겠네요."

남보라가 말을 끝내기도 전에 날카로운 깨달음이 희재의 몸을 뚫고 지나갔다. 그의 목줄기에 굵은 핏줄이 불거지고 눈가에 미세한 경련이 일어났다.

"이진만이라고 해밀 학원 관리인이 우리 가족사진을 찍어주곤 했어요. 하워드 박사에게서 물려받은 중고 라이카 카메라가 있거든요."

희재는 무언가에 쫓기듯 서둘러 말했다. 남보라가 되물었다.

"잠깐만요…… 그 사람 이름이 뭐라고 했죠?"

"이진만이요. 그 집에 아들 녀석 둘이 있어요."

수첩에 이, 진, 만이란 석 자를 또박또박 적으며 남보라는 꽉 쥔 주먹을 떠는 선우의 미묘한 표정을 주시했다.

"선하고 성실한 아이들이에요."

선우가 다급하게 말했다. 희재가 갈라지는 목소리로 반박했다.

"그중 한 놈이 제 아비의 카메라를 훔쳤을 거야. 둘이 함께였는지도 모르지. 이 사진을 봐. 우리도 마음대로 드나들지 못한 이 방을 그놈들이 침범한 증거라고!"

남보라가 희재의 말꼬리를 자르며 화제를 돌렸다.

"따님과 이진만의 관계는 어땠나요? 카메라 앞에 경계심 없이 설 정도로 가까웠나요?"

"우리 아이들에게 잘 대해주었어요. 아이들도 따랐구요. 하지만 댐에 함께 간 건 몰랐어요. 알았다면 못 가게 했을 겁니다. 그런데 정말 그자가 우리 모르게 애를 데리고 다닌 거요?"

희재가 대답과 동시에 되물었다.

"아직은 모릅니다. 확인된 게 없어요."

남보라가 대답했다. 희재가 한 걸음 다가서서 맹렬히 다그쳤다.

"그럼 언제 알 수 있는 거요? 어떤 놈이 우리 애를 그랬는지 언제 알아낼 거냐고!"

남보라는 대답 대신 수첩을 접고 자리에서 일어섰다.

"시간을 주셔야 합니다. 그래야 여기저기 들쑤시고 이 사람 저 사람 성가시게 해서라도 따님이 죽음에 이르게 된 진실을 알아낼 수 있습니다."

수첩을 점퍼 안주머니에 넣으며 그녀는 이진만을 만나야 한다고 생각했다. 희재는 달아오른 눈으로 딸의 미소를 응시하며 중얼거렸다. 너에게 무슨 일이 일어났는지 알아낼 거야. 놈들이 네게 무슨 짓을 했는지 밝혀낼 거라고.

유력인사의 딸에게 닥친 의문의 죽음은 대중의 호기심을 자극하기에 그만이었다. 참혹한 사건이 정치를 꿈꾸는 희재에게 어떤 영향을 미칠지에 대한 불순한 추측과 완벽해 보이던 가족에게 닥친 불운에 대한 호기심 어린 동정이 난무했다. 몰려든 기자들의 과도한 취재 경쟁으로 지수의 성적표가 공개되었고 하워드 주택 소개 기사에 한조의 그림이 게재되었다.

"이제 어쩔 거야?"

수인은 한조의 그림이 실린 신문을 책상에 던지며 소리쳤다. 지수가 사라진 밤 이후, 한조는 시간이 어떻게 지나가는지조차 깨닫지 못했다. 그녀가 죽었다는 사실이 그의 삶을 오염시키고 송두리째 바꾼 듯했다. 걱정과 기다림과 두려움과 분노가 번갈아가며, 혹은 한꺼번에 그를 덮쳤다.

지수의 죽음을 슬퍼할 겨를 없이 학생들 사이에는 그의 그림과 그녀의 죽음에 어떤 관련이 있을 거라는 소문이 나돌았다. 부당한 처사였지만 이해할 수 없는 사건을 대하는 그 또래의 호기심을 탓할 수도 없었다. 한조는 아무렇지 않은 척하려 했지만 어떻게 행동해야 할지 몰랐고 머뭇거림은 더한 의구심을 불러왔다. 이전에 친구들이 말을 걸면 자신이 어떻게 행동했는지 생각해내고 그대로 하려고 해도 더 부자연스럽고 가식적으로 느껴졌다.

"형까지 왜 이래? 난 하워드 주택을 그렸을 뿐이라고."

"바보같이 굴지 마. 네가 지수를 그린 걸 모르는 사람이 없어.

년 이 그림으로 교내 미술전 최우수상을 받았고 전교생 앞에서 이산시 고교 미술대회 우수상까지 받았잖아. 그런데도 창가의 여자가 누군지 모른다고 잡아뗄 거야?"

한조는 무슨 말로도 형을 납득시킬 수 없을 것 같은 무력감에 사로잡혔다.

"그래서 내…… 내가 무슨 짓이라도 했다는 거야?"

한조는 말을 더듬지 않기 위해 노력했다. 아무렇지도 않게 대들면 의심이 사라지기라도 할 것처럼.

"뭐야? 죄지은 놈처럼 왜 그래?"

"형이 날 죄지은 놈 취급하고 있잖아."

"난 네가 그럴 놈이 아니란 걸 알아. 근데 남들도 그렇게 생각할 것 같아? 천만에. 사람들은 네가 어떤 놈인지 몰라. 여자가 죽으면 형사들이 제일 먼저 누굴 찾는지 알아? 남자야. 남편, 전남편, 남자친구, 평소에 치근대던 놈들 말이야."

한조는 숨이 막혔다. 실제로 그랬든 그렇게 보였든 학교에는 그가 지수와 사귄다는 소문이 파다했다. 지수는 말수가 적었지만 그에게는 보란 듯 친근하게 대했다. 복도에서 만나도 거리낌 없이 다가와 말을 걸었고 교실로 찾아와 빠뜨리고 온 교재를 빌리기도 했다. 사실 여부와 상관없이 그들은 교내 커플로 공인받은 셈이었다. 분명 근거 없는 헛소문이었지만 그는 싫거나 기분 나쁘지 않았다. 소문이 사실이기를 바랄 때도 있었다. 이런 일이 벌어질 줄 알았다면 잘못된 소문을 바로잡았어야 했던 걸까?

"난 지수의 남자친구도 아니고 치근댄 적도 없어."

한조가 소리쳤다. 수인이 들릴 듯 말 듯한 목소리로 되물었다.

"너, 그날 밤에 어디서 뭐 했어? 지수가 사라진 날 말이야."

"화실에서 그림을 그렸어."

"네가 거기 있는 걸 본 사람 있어?"

수인의 눈동자는 달아오른 백열전구의 필라멘트처럼 번득였다. 짧은 망설임 끝에 한조가 대답했다.

"어…… 없어. 없으면 안 돼?"

"널 본 사람이 없으면 알리바이가 성립되지 않아. 그런데도 거기에 너 혼자였다는 말이 사실이야?"

한조의 눈동자가 흔들렸다. 형이 거짓말을 알아챈 것일까? 그는 화실에 혼자 있지 않았다. 다른 사람이 있었다. 그러나 그는 그 말을 할 수 없었다. 수인은 갈고리처럼 그의 어깨를 움켜쥔 손에 힘을 주었다.

"정신 좀 차려. 넌 거기 혼자 있지 않았잖아. 누구랑 있었는지 말해!"

침착하고 차분한 눈, 사실을 털어놓고 싶게 만드는 눈빛이었다. 지수라고 대답하려고 입술을 달싹이는 한조에게 수인이 다급하게 말했다.

"나랑 함께 있었잖아."

"뭐?"

"생각 안 나? 우린 그날 저녁 5시 반부터 그곳에 함께 있었어. 네가 하워드 주택 스케치를 막 마무리했을 때 내가 가서 네 수학 과제를 도와주었잖아."

한조는 형이 하는 말의 동기와 목적, 의미를 이해했다. 그것은 궁지를 벗어날 확고한 알리바이였다. 그는 형이 자신의 곤경을 외면하지 않았다는 안도감과 형을 위험에 끌어들였다는 자책감을 동시에 느꼈다. 수인이 다시 물었다.

"수학 과제가 뭐였지?"

한조는 말문이 막혔다. 수인은 나직하게 자신의 질문에 대답했다.

"삼차방정식에서 근의 공식을 이용하는 해법이었잖아. 내가 연습문제를 세 개 내줬고. 집으로 돌아온 건 밤 10시 40분 경이었어. 난 책 정리를 하느라 조금 뒤에 갔고…… 그러니까 우린 저녁 내내 거기에, 화실에 있었어. 그림을 그리고, 수학 문제를 풀고……."

수인의 목소리는 차분했지만 어조에는 확신이 가득했다. 실제로 그렇지 않아도 그랬을 거라고 믿고 싶게 만드는 목소리였다. 형의 목소리와 표정에는 교만함이 깃들어 있었다. 그런데도 사람들은 겸손하고 예의 바른 자신보다 형의 교만함을 사랑하는 것 같았다. 사람들의 사랑을 받고 싶었던 그는 형의 자신만만하고 확신에 찬 어조를 따라 말했다.

"그래. 집으로 돌아와 얼마 안 있어 하워드 주택에서 전화가 왔었어. 지수가 돌아오지 않았다고…… 그 뒤에는 지수를 찾아 언덕을 돌아다녔고……."

"기억났구나. 좋아. 절대 잊지 마. 누가 물어도 그대로 말해. 있는 그대로……."

형이 한 말들이 머릿속에서 별자리처럼 빙글빙글 돌아갔다. 그래. 있는 그대로. 5시 반, 별채 화실, 스케치, 수학 과제, 삼차 방정식, 근의 공식, 10시 40분…….

그 단어들은 진실하지 않았지만 새로운 진실을 구축할 것이다. 그들의 형제애는 거짓에 기반을 두고 있었지만 그 거짓은 무엇보다 강하게 그들을 결속할 것이다.

다음날 남보라가 하워드 주택을 찾았을 때 이진만은 장미 정원을 돌보고 있었다. 반들거리는 넝쿨과 강하고 날카로운 가시들, 가지가 휠 만큼 무거운 꽃송이들, 벨벳처럼 부드러운 꽃잎들.

오버롤 청바지 차림의 진만은 야구글러브를 연상케 하는 가시 장갑을 벗으며 남보라를 맞았다. 중대한 시기에 정원 일에 매달린 자신의 한가함에 대한 그녀의 의구심을 누그러뜨리려는 듯 그는 잠시라도 때를 놓치면 정원이 엉망이 된다고 말했다. 남보라는 그에게 사건 당일의 행적을 최대한 구체적으로 말해달라고 요청했다.

"하워드 주택에서 전화가 걸려올 때까지는 평소와 다름없었습니다. 잠자리에 들 무렵 전화를 받고 아이들과 하워드 주택으로 달려갔어요. 지수를 찾아 언덕과 강둑을 헤매다 새벽이 되어서야 돌아왔습니다."

진만이 말했다. 남보라는 재킷 주머니에서 수첩을 꺼내 가족들의 귀가 시간을 받아 적으며 말했다.

"제가 놓친 게 없는지 알아보려는 것뿐이에요. 낮에는요? 그러니까 오후에…….."

"그날은 하루 내내 학교 강당 상수관 교체작업을 했습니다. 단수 조치가 필요해서 개학 전에 끝내야 했거든요. 오전 10시부터 인부 다섯 명과 함께 노후 관로를 파냈는데 오후 6시경에 끝났습니다."

"바로 집으로 오셨나요?"

"작업현장 뒷정리를 마치고 건재상에 들렀습니다. 다음날 새로 깔 상수도관을 아침 8시 30분까지 가져다달라고 얘기해두어야 했거든요."

"학교에서 건재상까지는 얼마나 걸리죠?"

"걸어서 10분 정도입니다."

"그 후에는요?"

"6시 30분쯤 건재상을 나와 걸어서 집으로 돌아왔습니다. 간

단히 저녁을 먹었는데 피곤이 몰려오더군요. TV를 켜놓은 채
소파에서 잠시 졸다가 씻고 나오는데 아내가 돌아왔습니다."

"혹시 그날 지수를 보셨습니까?"

"정오를 지날 무렵 공사현장을 지나가다 절 보고 다가와 인사
를 했어요."

"늘 그렇게 하는 편입니까?"

"무슨 뜻입니까?"

"지수가 평소에도 작업장으로 주임님을 찾아와 인사를 하냐
구요."

"인사성이 밝고 친절한 아이니까요."

남보라는 시내로 내려가 인부들과 건재상을 만나 진만의 진
술과 대조, 확인했다. 그의 말대로였고 어긋난 부분은 없었다.
퇴근 시간이 훌쩍 지나 사무실로 돌아가니 짜장면 쟁반에 얼굴
을 처박고 있던 최태곤이 그녀를 낯선 사람처럼 물끄러미 쳐다
보았다.

왜 갑자기 청소를 해야 한다는 생각이 들었는지 모른다. 낡
은 집이라 자주 바닥이 버석거리긴 했지만 요 며칠 사이 미란은
두 시간씩 집 안을 쓸고 닦고 박박 문질러야 직성이 풀렸다. 커
튼을 걷으면 보이지 않던 오점들이 드러나 그녀의 삶을 위협하
는 듯했다. 마루 틈에서 날아오르는 먼지, 낡은 양탄자 자락에

서 삐져나온 실밥, 자신의 것이 분명한 긴 머리카락, 바람에 쓸
려온 비둘기 깃털과 부스러기 들…….

그 지저분하고 볼품없는 작은 집에 그녀의 삶이 있었다. 그
곳에서 그들은 마주 보며 웃고 이야기를 나누고 얼굴을 붉히고
서로를 어루만지고 울거나 울음을 달래주고 소리치며 살아왔
다. 좋지 않은 일이 있었지만 회복되었고 그런 다음에는 더 굳
어졌다.

비밀과 속임수가 없지는 않았다. 2년 전부터 진만의 허리에
가벼운 통증이 생긴 것, 미란의 자궁근종이 점점 자라는 것, 한
조가 참고서 살 돈을 게임기에 털어넣고 참고서 없이 한 학기를
다닌 것, 수인이 진만의 주머니에서 담배 몇 개비를 빼내 피운
것. 비밀이나 거짓말이라기보다 굳이 말할 필요 없고 어쩌다 알
아도 상관없는 일들.

벌이가 시원찮아도 남편을 원망한 적은 없었다. 남편은 자기
일에 열심이었고 살아가는 데 돈은 큰 문제가 아니었다. 약간의
불편이 있어도 그럭저럭 방도를 찾을 수 있었다. 그러나 수인의
대학 진학은 달랐다. 지금으로선 장학금이 아니면 수인을 대학
에 보낼 재간이 없었다. 일주일 전 진학 담당 교사는 서울 소재
몇몇 대학의 장학금 내역을 설명했다. 설립 역사가 짧아 파격적
인 장학금과 학업 보조금을 제공하는 학교들이었다.

미란은 빈 빨래 바구니를 옆구리에 끼고 네 개의 서랍을 바라

보았다. 맨 위의 남편 서랍과 두 아들, 그리고 맨 아래 자신의 서랍. 그 배열에는 어떤 의문도 없는 이 집의 질서가 존재했다.

아이들이 자라던 시절, 옷가지들은 물이 흐르듯 서랍의 아래쪽으로 향했다. 남편의 점퍼는 품을 줄여 수인의 서랍으로, 몇 년 후에는 한조의 서랍으로 옮겨졌다. 아이들이 크자 서랍 사이의 경계는 더 희미해졌다. 셔츠와 점퍼와 바지들은 누구의 것도 아닌 공동의 소유물이었다. 아들들은 아버지의 셔츠를 아무렇게나 걸치고 다녔고 동생은 형과 청바지를 바꾸어 입었다. 마른 빨래를 개켜 서랍에 넣을 때면 그녀 자신도 누구의 옷인지 아리송할 때가 많았다. 누구 것이라도 상관은 없었다. 그들의 운명처럼 그들은 옷을 공유했으므로.

그럼에도 그녀는 서랍마다 미묘하게 다른 가족들의 냄새를 구별할 수 있었다. 그녀는 오래된 나무와 흙냄새가 나는 맨 윗서랍에서 남편의 작업복 바지를, 그 아래 칸에서 수인의 교복 바지와 체크 셔츠를, 그리고 물감과 기름 냄새가 나는 세 번째 칸에서 한조의 갈색 셔츠와 청바지를 꺼내 바구니에 담았다.

깨끗이 빨아 개켜놓은 옷들을 옷장에서 다시 꺼내 빠는 여자 얘기를 이전에 들었다면 그녀는 얼빠진 짓이라며 웃었을 것이다. 그러나 지금은 그래야 했다. 두 번이 아니라 세 번, 네 번이라도 옷깃과 소매와 무릎을 문질러 빨아야 했다. 혹시 남아 있을지 모를 그 밤의 흔적을 말끔히 지우기 위해.

왜 그런지 몰라도 그날 밤 이 집 남자들은 무척이나 낯설어 보였다. 하나같이 미숙해 보였고 놀란 눈을 하고 있었다. 그들이 그 끔찍한 밤과 어떤 관련이 있는지 상상하지 않으려 애써도 나쁜 생각을 떨칠 수 없었다. 그들은 강인하거나 똑똑하거나 친절했지만 하나같이 그녀의 보살핌을 필요로 했다.

그날 밤 10시가 지나 그녀가 돌아왔을 때 집에는 남편 혼자 있었다. 그녀가 현관에 들어섰을 때 그는 욕실에서 나와 옷을 갈아입는 참이었다. 희미한 형광등 불빛이 그의 얼굴에 푸르스름하게 어렸다.

"저녁은 챙겨 먹었어요?"

그렇게 묻는 그녀를 그는 낯선 사람처럼 쳐다보았다. 해서는 안 될 짓을 하다 들킨 듯 얼떨떨한 표정이었다. 그는 목에 걸친 수건으로 이마를 훔치며 화제를 바꾸었다.

"근데 애들이 둘 다 늦네. 돌아오면 당신이 한마디해야겠어."

미란은 현관문 앞에 널브러진 남편의 흙투성이 오버롤을 물끄러미 바라보았다. 빨랫감은 세탁기 옆에 있는 빨래 바구니에 담아두라는 미란의 말을 세 남자는 약속이나 한 듯 무시했다. 남편은 현관 입구에 작업복을 벗어놓았고 아이들은 제각각 아무렇게나 옷가지를 팽개쳤다. 반쯤 뒤집힌 남편의 바지는 매미의 허물인 양 얇고 투명해 보였다.

잠시 후 열린 현관문으로 한조가 들어섰다. 아들의 몸에서 물감 용제와 시큼한 땀냄새가 났다. 미란이 말했다.

"늦었구나. 이 시간까지 어디 있었니?"

"별채 화실요."

미란은 안도했다. 이제 수인만 돌아오면 된다. 그녀는 조급한 마음에 현관 밖으로 나섰다. 가까운 곳에서 풀벌레가 울었고 바람에 풀냄새가 실려왔다. 언덕의 풀잎들이 은색으로 반짝였다. 희미한 달빛 아래 길고 가느다란 수인의 윤곽이 나타났다.

"왜 이렇게 늦었니?"

"시내에 좀 다녀왔어요."

그녀의 눈가에 불안이 번졌다. 수인은 부모를 주눅들게 하는 자식이었다. 수인에게 무언가를 묻거나 대화를 시도하려면 그녀는 이야기의 목적과 맥락에 대해 몇 차례 남편과 의논하며 논점과 순서를 정리해야 했다. 그래도 수인이 대답하지 않으면 그럴 만한 이유가 있을 거라 여겼다. 나중에 자연스럽게 알게 되거나 알 필요 없는 경우도 많았다. 그러나 그날 밤은 달랐다. 그녀는 알 필요가 있었고 알아야 했다.

"그러니까 어디에 갔었냐고 묻잖아!"

그녀는 자신도 모르게 소리쳤다. 그리고 왜 학교가 아닌 언덕 위에서 오는지, 그날 아침에 갈아입은 바짓자락이 왜 젖어 있는지, 얼굴은 왜 또 그렇게 창백한지 추궁했다.

"누구랑 좀 다퉜어요. 별일 아니에요."

그녀는 누구랑 왜 다퉜느냐고 묻고 싶었지만 그러지 않았다. 물어도 대답을 들을 수 없을 것 같았기 때문이다.

"다친 데는?"

"없어요."

다행이었다. 나머지는 나중에 알게 되겠지. 영영 몰라도 상관 없고.

"됐다. 들어가서 씻어라. 갈아입은 옷은 꼭 빨래 바구니에 담고."

미란은 세제를 푼 빨래통에 다림질까지 마친 수인의 바지를, 지워지지 않은 물감 자국이 남은 한조의 셔츠를, 남편의 오버롤을 담그고 꾹꾹 눌러 밟았다. 세탁기는 믿을 수 없었다.

옷감들을 비비고 주무르느라 손마디가 욱신거렸다. 그 순간 미란은 자신이 왜 이런 짓을 하는지 깨달았다. 남편이나 두 아들 중 누군가가, 아니면 그들 모두가 지수의 죽음과 어떤 식으로든 연관이 있을 가능성.

그런데도 그녀는 그들을 다그칠 수 없었다. 그녀가 믿지 못한 건 가족이 아니라 세상이었다. 수많은 영화와 드라마에서, 사람들의 불평과 하소연에서 그녀는 세상이 얼마나 불공평하고 못 믿을 곳인지 잘 알았다.

그들은 하워드 주택 사람들과 가장 가까이 지냈다는 사실 때문에 경찰의 의심을 받을 수 있었다. 누군가가 지수와 아이들의 관계에 대해 말을 옮길지도 모른다. 아들들이 지수와 친하게 지냈던 것은 사실이니까. 범인을 찾아 혈안이 된 형사들이 두 눈을 번들거리며 찾아오겠지. 철없는 아이들이 머뭇거리면 그걸 물고 늘어질 테고.

그녀는 가족을 돌보고 안심시키고 보호해야 할 의무가 있었다. 천분의 일, 만분의 일이라도 엉뚱한 일이 벌어지게 할 수는 없었다. 그러기 위해 그녀는 할 수 있는 일을 다 할 것이다. 피할 수 없다면 해서는 안 되는 일까지도.

그녀는 묵직한 빨래를 탈탈 털어 빨랫줄에 널었다. 바람을 받은 빨랫감이 비스듬히 날렸다. 남편이, 수인이, 한조가 은빛 구름을 향해 나란히 날아가는 듯했다.

화장을 마친 지수의 유해는 도시 외곽의 추모공원에 안장되었다. 수사반원들은 일 핑계를 대며 장례식 참석을 꺼렸다. 최태곤은 댐 주변의 폭력배들을 샅샅이 점검해야 했고 윤산은 수인을 만나기 위해 학교 도서관으로 가야 한다고 했다. 김인식은 툭하면 시동이 꺼지는 고물 지프차를 정비소에 입고시키러 간다며 사무실을 나섰다. 그 바람에 가족 연락관인 남보라가 순경 정복과 정모를 챙겨 써야 했다.

아침부터 영결식에 추모객들이 모였다. 그들의 등은 구부정했고 고개를 숙이고 있었다. 지수의 친구들조차 노인처럼 보였다. 화장 의식이 거의 막바지에 이르렀을 때 남보라의 휴대폰 벨이 울렸다. 윤산이었다. 그는 수인을 만나 확인한 사건 당일 행적을 얘기하며 한조를 만나 대조해보라고 지시했다.

남보라는 추모실을 빠져나왔다. 한낮의 태양이 순경 정모의 정수리에서 자글거렸다. 남보라는 선글라스를 꺼내 쓰고 얕은 산마루 양편에 펼쳐진 묘역 한가운데로 난 산책로를 따라 걸었다. 멀찌감치 보이는 산사나무 그늘 아래에 얼굴을 두 손으로 감싸고 몸을 한껏 웅크린 소년이 눈에 들어왔다. 남보라는 소년이 앉아 있는 벤치로 다가갔다.

고개를 든 아이의 얼굴은 멀리서 볼 때보다 야위고 핼쑥했다. 흰 셔츠는 땀에 젖었고 머리카락은 이마에 엉겨붙어 있었다. 표정에는 어떤 집안 막내 특유의 돌봐주지 않으면 안 될 것 같은 연약함이 서려 있었다. 남보라는 선글라스를 벗어 앞주머니에 넣으며 말했다.

"한조라고 했지? 힘들 거라는 거 알아. 지수랑 친했으니까. 그래도 괜찮아질 거야. 그렇지?"

한조는 대꾸하지 않았다. 괜찮은 건 없을 것이다. 이 여름의 짧은 순간들은 사라지지 않고 그의 남은 삶을 규정할 것이다.

"몇 가지만 물어봐도 되겠니? 그냥 이런저런 얘기를 하는 거야. 빠뜨린 게 있을 수도 있으니까. 그냥 말이야."

남보라는 그냥이라는 말을 반복했다. 그러나 수사에는 그냥

이 없고 모든 질문에는 목적이 있었다. 한조는 시선을 피하며 입술을 달싹였는데 남보라는 듣지 못했다. 푸념 같기도 했고 마지못해 수긍하는 것 같기도 했다.

"지수가 좋아하는 사람이 있었니? 아니면 지수를 좋아했던 사람이나……."

그녀는 경찰이라는 직업의 대화 지침인 듯 모든 대화를 질문으로 끝맺었다. 자신이 두 질문 모두의 답이라는 생각에 한조는 몸을 떨었다. 매미 소리가 귓전에 성가셨다.

"몰라요. 우린 함께 그림을 그렸을 뿐이에요. 지수는 모델 일을 좋아했어요. 자신을 그리거나 사진으로 찍어주면 기분이 좋아졌거든요."

남보라는 하워드 주택 거실에 걸려 있던 한조의 그림을 떠올렸다. 눈 덮인 하워드 주택에는 현실에서 볼 수 없는 장엄한 아름다움이 있었다. 불 켜진 2층 창가에 선 지수의 노란 실루엣은 자신이 아름답다는 걸 아는 사람의 몸짓 같았다. 거기에 담긴 동경과 열망이 지수가 아니라 그녀를 그린 한조의 감정이 아닐까 하는 생각이 들었다.

"지수를 좋아했니?"

남보라의 질문은 과거형으로 끝났다. 다시는 지수를 그릴 수 없다는 사실이 한조의 척추 마디마디마다 통증으로 다가왔다.

"좋아했으면 그게 잘못인가요?"

한조는 역시 과거형으로 말하는 자신에게 적개심을 느꼈다.
이 상황이 자신이 아닌 다른 누군가에 일어난 일처럼 낯설었다.
남보라가 다시 물었다.

"그날…… 지수를 마지막으로 본 게 언제였지?"

한조의 발목이 힘겨운 세트 승부를 끝내고 벤치로 돌아온 테
니스 선수처럼 잘고 빠르게 떨렸다. 그는 광택이 죽고 먼지 앉
은 남보라의 단화 코를 내려다보며 대답했다.

"아침에 화실로 가는데 지수가 학교로 가고 있었어요. 지수는
방학 중 자율학습에 나가거든요."

"그때 지수에게 뭐 이상한 거 없었어?"

"아뇨. 다른 때랑 똑같았어요."

"어떻게 똑같았는데?"

"그냥 새침하고, 할 말만 했어요."

"무슨 말을 했어?"

"그날 오후에 일이 있어서 화실에 올 수 없을 거랬어요. 방학
동안 제 인물화 모델을 했거든요."

"그날 저녁에 넌 어디에 있었지?"

한조의 이마에 땀이 맺혔다. 초라한 차림이지만 그 아이에게
는 또래 아이들에게서 볼 수 없는 기품이 있었다. 단지 성격이
좋다거나 잘생겼다는 말로는 부족한 진지함. 남보라는 그가 다
루기 힘들 정도로 예민한 아이라는 생각이 들었다. 원래 그런

아이인지 숨기는 무엇이 있는지는 알 수 없었다.

"별채 화실요."

한조는 그 말을 일러주던 형이 어떤 표정을 짓고 어떤 몸짓을 했는지 떠올리려 안간힘을 썼다. 남보라가 다시 물었다.

"혼자?"

"형이랑요. 아버지께서 형에게 제 수학 공부를 봐주라고 하셨거든요."

한조는 구체적인 답변을 이어나갔다. 윤산이 전해준 수인의 진술과 대동소이했다. 수인이 수학 문제의 해법까지 상세히 설명한 반면 한조는 수학 공부를 도와주었다고 말한 정도의 차이였다.

"이제 끝났어요? 가봐도 되나요?"

불안한 눈빛으로 남보라의 표정을 살피며 한조가 말했다.

"물론이야. 별일 아니니까 너무 깊이 생각하지 마. 그냥 물어본 거니까."

남보라는 아무렇지 않게 대답하며 생각을 이어나갔다. 과연 그들 형제는 결백할까?

가족 간 알리바이의 신뢰성은 타인 간 진술보다 낮게 보는 견해가 일반적이었다. 그래도 남보라는 별일 아니라고, 정말 아무일도 아니라고 소년을 안심시켜주고 싶었다.

한조는 엉거주춤 남보라에게서 멀어지며 생각했다. 만약 그날 일을 사실대로 말하면 그녀는 어떤 표정을 지을까? 그날 형은 그와 함께 화실에 있지 않았다고, 그곳에 함께 있었던 사람은 지수였다고, 그녀에게 방학 동안 모델이 되어달라고 했고 지수는 그러겠노라고 했다고, 그리고 지수는 저녁 무렵 거기서 나갔다고…….

그러면 그녀는 그 말을 믿을까?

회의 탁자에는 현장 약도를 비롯한 도표들과 수사 사항이 인쇄된 A4용지 뭉치가 쌓여 있었다. 커피 얼룩과 담뱃불에 찌든 탁자에는 시시한 추론이나 어설픈 논리가 통용되지 않는 엄격함이 있었다.

남보라가 종이컵에 타온 커피를 반원들에게 한 잔씩 돌렸다. 새치가 듬성듬성한 곱슬머리를 헝클어뜨리며 김인식이 보고를 시작했다.

"피살자 교우관계는 별거 없습니다. 최근에 누군가와 다툰 일도 없고 돈을 빌려주거나 받은 적도 없구요."

금전, 치정, 분노라는 원초적 일상사는 베테랑이든 신출내기든 살인사건에 투입된 형사들에게는 공통된 출발점이었다. 살인은 특별한 상황의 특이한 사람들이 아니라 보통 사람들의 평범한 일상에서 일어나는 행위라는 얘기였다.

"이봐들. 시장 후보의 딸이 미치광이에게 당했어. 그러니 뭘 좀 물어와. 위쪽에서 원하는 건 결과라고."

　반장이 담배 필터를 질겅질겅 씹으며 신경질적으로 성냥불을 그었다. 매캐한 유황 연기에 김인식이 잔기침을 뱉어냈다.

　"산책로 입구 매점 주인을 만났는데 피해자를 안답니다. 한 달 정도 전부터 일주일에 한두 번꼴로 산책로를 드나들었답니다. 사건 당일에는 확실히 본 기억이 없구요."

　"다른 애들은? 그 길로 드나들던 다른 애들 얘기 없었어?"

　"문제가 있어 보이는 애들 몇을 확인했는데 별거 없습니다. 산책로 주변에서 담배나 나눠 피우곤 했는데 그날은 시내 당구장에 있었던 걸 확인했습니다. 근데 6개월쯤 전부터 강변을 따라 자전거를 타고 다닌 고등학생이 있답니다."

　"그게 누구야?"

　"이수인이라고 이진만의 큰아들입니다. 또래 남자애들 중 피해자와 가장 가까웠답니다. 이수인의 동생은 피해자를 모델로 그린 그림으로 상을 받았고요. 피해자 부친도 그 아이들을 의심하는 눈치였어요. 아무래도 그 집 애들을 좀 더 파야 할 것 같습니다."

　천장의 낡은 선풍기가 더운 바람을 뿜었다. 남보라는 김인식의 말에 동의하면서도 한조의 얼굴을 떨칠 수 없었다. 허술한 곳이 있고 더 확인을 거쳐야 하겠으나 그 아이의 말을 믿고 싶었다. 그녀는 자신도 모르게 급하게 말했다.

"그렇게 단정할 증거는 아직 없어요. 그 아이들은 실종 당일 밤늦게까지 피해자를 찾아다녔어요. 피해자 부친은 몰라도 모친은 그 아이들을 믿는 것 같았어요."

머쓱해진 김인식이 쏘아붙였다.

"지금 자네 얘기가 말도 안 되게 허황된 것 아냐? 동정심이 끼어들면 수사가 지저분해져. 뭔 주장을 하려면 마땅한 근거를 대든가!"

"저…… 오늘 지수 장례식장에서 맬컴 주택 둘째 아들을 만났어요. 피살자와 친하긴 했어도 그 아이들은 사건 당일 하워드 주택 별채에서 함께 수학 공부를 했어요."

강 반장이 바닥에 커피가 남은 종이컵에 던진 꽁초가 칙 소리를 내며 꺼졌다.

"가족 연락관의 임무는 알리바이 조사가 아니라 피해자 가족 케어 아닌가? 내가 잘못 알고 있나?"

강 반장의 힐난에 남보라의 얼굴이 붉어졌다. 말이 가족 연락관이지 수사반에서 여자가 할 수 있는 일은 별로 없었다. 여자는 검거현장에서 범죄자와의 격투를 감당하지도, 용의자를 추적하지도, 심문실에서 체포한 용의자를 추궁하지도 못하고 부검실에서는 눈을 감거나 구토를 할 거라는 게 반장의 지레짐작이었다. 반원들 또한 그녀를 수사반의 잔심부름꾼 정도로 여겼다. 가령 회의 시간에 인원수대로 커피를 타거나 피해자 가족의 불평을 묵묵히 들을 사람. 수사가 꼬이고 뒷걸음칠 때 짜증이라도 퍼부을 대상.

"그리고 말이야!" 반장은 지지부진한 수사가 그녀 탓인 양 잔소리를 이었다.

"그냥 물어본다고 확실해지는 알리바이가 어딨어? 그들은 형제야. 두 녀석이 알리바이를 짜맞추었을 가능성, 공범일 가능성을 모두 고려해야지. 용의자에게서 의문점을 찾지 말고 의문점을 가지고 용의자에게 덤비라고!"

윤산은 그녀에 대한 반장의 편견을 이해했다. 신참이고 여자인데다 강력계 출신이 아니란 점도 한몫했을 것이다. 그렇다고 부당함을 느끼지 않은 건 아니었다. 서툴고 부족한 점이 있긴 해도 그녀에겐 유능한 형사의 자질이 있었다. 낙관적이고 호기심 많은 천성이지만 진중해야 할 때를 알았으며 사건을 조망하고 단서를 해석하는 능력도 쓸 만했다. 윤산은 조심스럽게 화제를 사건으로 되돌렸다.

"사건을 조금 다른 각도에서 볼 필요는 없을까요? 주변을 훑어도 걸리는 게 없으니 피해 당사자를 더 꼼꼼히 들여다보는 겁니다."

"자네 자살을 염두에 두고 있군. 이봐. 수사계는 사건을 그런 식으로 다루나? 범인의 윤곽이 오리무중이라도 그렇게 단정 지을 근거는 없어."

조롱에 가까운 반장의 질책에 윤산의 얼굴이 붉어졌다. 반장은 수사계 출신인 윤산이 체질적으로 물렁할 거라고 여겼다. 사소한 소매치기나 귀갓길 치한의 조서나 긁적이던 먹물 근성. 선입견일 뿐이지만 아주 근거가 없지는 않았다.

"사체에는 물에 떠내려오면서 부유물에 쓸리거나 찢어진 흔적 말고 의도적인 상처로 보이는 상흔이 없었습니다."

윤산이 항변했다.

"그건 자살의 단서라기보다 피해자가 반항하지 않은 증거로 봐야 합니다. 범인이 면식범이라는 얘기죠."

김인식이 눈썹을 꿈틀거리며 반장의 의견을 뒷받침했다.

"우리가 원하든 그렇지 않든 이 건은 이제 일개 사건의 범주를 벗어났어. 시민들이 살인범을 잡기를 요구하고 나섰고 언론은 우리보다 앞서 범인을 찾고 있어. 모든 사람이 주시하는 유력 정치인의 딸을 자살로 처리하면 어떻게 될 것 같나? 사람들은 살인자를 못 잡는 무능한 경찰이 피해자를 이용해 책임을 회피한다고 생각할 거야."

반장은 속이 타는지 젖은 커피잔으로 회의 탁자를 두들기더니 이내 풀죽은 목소리로 뇌까렸다.

"나 먼저 들어갈게. 내일 아침 출근 즉시 청장 면담이야."

"높은 분들은 왜 사람을 오라 가라 하는 겁니까? 범인 잡기도 바빠 죽을 판인데."

최태곤이 심통 가득한 목소리로 물었다. 반장이 대꾸했다.

"수사가 지지부진하니 청장실 전화통에 불이 나는 거야. 모가지 여럿 날아가는 거 안 보고 싶으면 이것저것 따지지 말고 뒤져. 식구들, 친구들, 이웃들 모조리!"

회의실 분위기는 반장이 쏟아놓은 핀잔과 짜증으로 가라앉았다. 모두 말이 없었다. 누가 먼저 말을 꺼낼 분위기도 아니었다. 한참 후에야 최태곤이 긴 한숨을 내쉬었다.

"별수 없지. 반장 낯을 봐서라도 발바닥에 불나게 뛰어야지. 우선 이렇게 해보자고."

"어떻게?"

김인식이 호기심 가득한 눈으로 되물었다. 수사에 획기적인 전기가 될 단서나 직관을 잔뜩 기대하는 눈치였다. 최태곤은 탁자 맞은편의 남보라를 빤히 보며 말했다.

"우선 커피나 한 잔씩 더 마시며 생각하자고."

남보라는 이러지도 저러지도 못한 채 최태곤과 김인식을 번갈아 바라보았다. 윤산이 테이블 위의 수첩을 접어넣으며 말했다.

"한밤에 커피는 무슨 커피예요? 어이 남 순경. 들어가. 눈 좀 붙여야지."

남보라는 윤산을 따라 자리에서 일어섰다. 11시가 가까워 왔다.

노크 소리가 났다. 진만은 느른한 걸음으로 현관문을 열었다. 윤산은 집 안에 들어서자마자 묻지도 않고 담배를 꺼내 물고 불을 붙였다.

"좋으시겠어요. 아드님들 말입니다. 큰아들은 전교 1등에다 아예 말뚝을 박았고 둘째는 미술 영재라더군요."

윤산이 연기와 말을 함께 뿜었다. 담배를 끊은 그를 못살게 굴며 떠보려는 것 같았다. 진만이 퉁명스럽게 대꾸했다.

"아이들이 하워드 주택 사람들과 가깝게 지냈어도 그 일과는 상관없습니다."

"알고 있습니다. 그냥 확실히 해두려는 거죠."

"확실하지 않은 게 뭐죠?"

"큰 아드님이 강변 산책로에 출몰했다는 증언이 나왔습니다. 그런데 말이죠. 그곳에서 어린 여자애가 죽었어요."

"출몰……이라고 했나요? 형사님. 그 아이는 그날 그곳을 산책한 수백, 수천 명 중 한 명이에요. 그날만 간 것도 아니고 이전에도 자주 다녔구요. 무엇보다 그 일이 일어난 시간에 우리 아이들은 함께 있었어요."

자신의 목소리가 예상외로 크고 거칠어 진만은 멈칫했다. 윤산은 낡은 벽시계의 시간을 확인했다. 3시 55분. 윤산은 화제를 돌렸다.

"하워드 주택 가족사진을 찍었더군요. 특별한 이유가 있습니까?"

"하워드 박사님이 계실 때부터 해온 일입니다. 제가 사진을 곧잘 찍는다고 박사님이 낡은 카메라를 맡기셨어요. 그때부터 병원이나 학교에 행사가 있을 때 기록 사진을 찍었습니다. 박사님 개인 사진과 가족사진은 물론이구요. 현상과 인화 비용을 아끼려고 중고 기계를 사다 지하실에 암실도 직접 만들었구요. 박사님께서 귀국하실 때 선물로 남기신 카메라로 사장님 가족도 찍게 됐죠."

"지수 독사진을 따로 찍기도 했습니까?"

윤산이 진만의 표정을 빤히 살폈다. 자신이 관찰하고 있다는 사실을 노골적으로 드러내는 태도였다.

"지수뿐이겠습니까? 사장님, 사모님, 해리, 거기다 강아지 노벰버까지 찍었죠."

윤산의 눈빛이 미묘하게 변했다.

"지수를 가장 자주 찍었습니까?"

진만은 그가 자신을 의심하는지 아니면 속마음을 떠보려 자극하는지 알 수 없었다.

"그렇다고 할 수 있습니다."

"그럴 만한 이유가 있었습니까?"

"지수가 사진을 좋아했기 때문입니다. 정확히는 사진 찍히는 걸 좋아했죠."

윤산은 암실을 보고 싶다고 요구했다. 진만은 집 밖으로 나가 포치 옆 좁은 계단으로 내려갔다. 계단 아래에 가로 10m, 세로 5m가량의 지하실이 나타났다. 낡은 작업대 양쪽 선반에 두툼한 스크랩북과 갖가지 모양의 유리병과 플라스틱 용기, 페인트 통, 목재와 골판지, 코가 부러진 아그리파상이 있었다. 다양한 크기의 전지가위, 모종삽, 목공 도구도 보였다.

암실은 학교 보수 때 뜯어낸 걸로 보이는 나무 널로 세운 칸막이 안쪽 공간이었다. 진만은 작업대를 지나 나무문을 열고 암실로 들어갔다. 수도꼭지에서 물 흐르는 소리가 들렸다.

윤산은 작업장에 남아 주위를 세심하게 둘러보았다. 코르크 패널에 꽂힌 신문 스크랩 제목들이 눈에 들어왔다. '사춘기 자녀와 소통하는 대화법', '예술적인 재능은 어디에서 오는가?' '사법시험 수석 합격자 인터뷰'…… 아이들 교육에 도움이 될 만한 기사들이었다.

그 옆에는 최근 기사 스크랩이 꽂혀 있었다. '여고생 실종사건 오리무중', '경찰, 실종 여고생 납치에 무게', '실종 여고생 사체로 발견, 초동수사에 비난 쇄도'…….

윤산은 작업대 위에 놓인 대학노트를 펼쳤다. 작업 관련 아이디어들이 다양한 글과 도표, 그림으로 정리되어 있었다. 배수관 연결부 스케치, 교체작업 범위, 동원 인부 수와 임금 계산 흔적, 교사 지붕널 교체 부위 스케치와 교실 구조도…….

"수사 중이라도 남의 노트까지 마구 뒤지면 곤란하죠."

어느새 다가온 진만이 노트를 낚아챘다. 그 서슬에 바닥에 떨어진 노트가 펼쳐지며 색연필 스케치가 드러났다. 댐 양안과 수문교에서 바라본 유수지 풍경이었다. 녹음에 덮인 나뭇가지와 낮은 수위로 보아 최근에 그린 듯했다. 윤산은 문득 그가 자신에게 노트를 보도록 조작했을지 모른다는 의구심이 들었다. 만약 그렇다면 그는 자신에게 어떤 생각을 유도하려는 것일까?

"전과가 있으시더군요. 결혼 전에…… 그러니까 스물여섯 살때였던가요?"

윤산이 수첩을 뒤적이며 아무 일도 아닌 것처럼 물었다. 진만의 표정이 납덩이처럼 굳었다. 윤산은 고개를 들고 진만을 응시했다. 그의 내부에 똬리를 튼 뱀이 머리를 곧추세우고 쏘아보는 듯 섬뜩한 시선이었다. 진만은 까칠한 수염을 손으로 쓸며 대답했다.

"일하던 미싱 공장의 노무 관리자와 사소한 다툼이 있었습니다."

"상대의 안와골이 부러지고 갈비뼈 세 대에 금이 갔더군요. 법정에 전치 12주의 진단서가 제출되었어요. 그걸 어떻게 사소한 다툼이라고 할 수 있죠?"

"하지만 부상은 쌍방 모두에게 발생했습니다."

"폭력행위에 관한 법률 위반으로 1년 6개월의 실형을 사셨

죠? 출소 후 실직자로 지내다가 하워드 박사의 주선으로 해밀
학원에서 일하게 된 것 아닙니까?"

윤산이 추궁했다. 진만은 말을 해야 할지 말아야 할지 망설이
다 입을 열었다.

"그 공장은 가정용 미싱을 제작했습니다. 20여 명으로 구성
된 작업 조장이었던 저는 노조 설립추진위원회 간부였습니다.
노조 설립과정에서 공장장과 노무부장을 비롯한 사측 인력과
충돌이 있었습니다. 몸싸움 과정에서 부상자가 발생했는데 누
군가 책임을 져야 했습니다. 간부 한 명이 절 지목했죠. 전 경찰
에 자진 출두해 폭력사태에 주도적인 역할을 했다고 진술했던
것입니다."

"조직을 위해 희생자를 자처했다는 거네요?"

"그런 건 아닙니다. 집회를 주도하진 않았어도 폭력을 행사한
책임은 있겠죠. 그땐 피가 끓는 나이였으니까요. 그런데 20년도
더 지난 일이 왜 지금 문제가 되죠?"

"그런 일은 숨긴다고 숨겨지지 않아요. 사라진 것 같아도 절
대 사라지지 않죠."

진만은 반박하지 못했다. 그의 범행동기와 행적, 판결까지 상
세히 기재된 사건 파일이 경찰 자료실에 보관되어 있었다. 그는
전과자였다. 평상시에는 잊힌 존재지만 사건이 일어나면 형사
들이 가장 먼저 찾는 잠재적 범죄자.

진만은 가족들이 돌아오기를 기다렸다. 서로의 냄새를 맡고 쓰다듬고 부대끼고 치근대며 이 누추한 집에 생명을 불어넣은 가족들. 떠들썩한 목소리와 키득대는 웃음, 수저와 그릇이 달각달각 부딪치는 소리, 아이들이 계단을 오르내리며 우당탕거리는 소음이 수십 년 전 일처럼 그리웠다.

그는 페인트가 벗겨진 포치의 나무 의자에 앉아 아이들이 어렸을 때를 떠올렸다. 파르스름하던 엉덩이 반점과 투명하게 비치던 실핏줄. 자신을 올려다보던 까만 눈, 물고기처럼 빠끔거리던 입술…….

그는 이 집에서 수인에게 걸음마를 시켰고 한조의 젖니를 빼주었다. 해줄 수 있는 건 많지 않아도 아이들이 사랑받는다고 느끼기에는 충분했다. 사춘기에 들어선 아이들은 갈라지는 소리로 퉁명스럽게 대꾸하거나 부서질 듯 방문을 닫았다. 그래도 그는 잔소리가 지겨울 나이가 된 아들들의 반항기를 은근히 즐겼다.

"아이들은 당연히 말을 듣지 않아. 그게 아이들이 자기 인생을 찾는 증거라고."

태평스런 그의 말에 아내는 눈을 흘겼다. 요즘 아내는 확실히 말수가 줄었다. 아내가 돌아오면 그날 밤 이야기를 하고 싶었다. 그들은 서로에 대해 알 자격이 있고 그럴 의무도 있는 가족이니까. 그에겐 오늘처럼 가족들이 필요했던 적이 없었다.

소주병을 반쯤 비웠을 때 풀밭에 스치는 수인의 발소리가 들렸다. 자신을 닮지 않은 반듯한 이마. 그 눈부신 존재가 자신의 아이라는 사실이 믿기지 않았다. 진만이 수인을 편애한다는 사실은 분명했다. 그렇다고 한조를 사랑하지 않은 건 아니었다. 그는 아들들 각자가 충분하다는 생각이 들 정도의 사랑을 주는 데 최선을 다했다. 편애를 받는 수인도 사랑을 뺏긴 한조조차도 눈치채지 못하도록.

"이리 와서 아버지랑 얘기 좀 하지 않을래?"

언제부터인가 진만은 어떤 결정을 하기 전에 수인의 눈치를 봤고 심부름조차 부탁조로 시켰다. 그는 아들에게 누추하고 왜소하고 보잘것없는 남자였다.

"안 좋은 일 있으세요?"

수인은 아버지를 달래듯 말했다. 혼자가 된 느낌이야. 진만은 그렇게 말하는 대신 독한 소주잔을 비웠다. 형사의 질문들이 머릿속에 맴돌았다. 그자는 자신과 두 아들, 그중에서도 수인의 알리바이에 의구심을 보였다. 수인이 한밤에 지수를 찾아 언덕 넘어 하천까지 갔다고 말할 때 그의 눈이 반짝였다. 아이들에게 죄를 뒤집어씌울 단서와 증거를 찾느라 혈안이 된 그 냉혹한 눈.

그토록 열심히 일하며 가족을 돌보고 이웃과 신뢰감을 쌓아왔는데도 그 순간만큼은 공포를 감당할 수 없었다. 무언가가 이 집을 향해 전속력으로 돌진해 소중한 것들을 깡그리 부숴버릴 듯한 두려움.

"형사가 왔다 갔다. 그날 저녁 한조가 어디 있었느냐고 묻더라."

"뭐라고 하셨어요?"

"너랑 있었다고 했지."

진만은 잘했는지 묻는 표정으로 아들을 바라보았다. 자신의 눈치를 보느라 안달하는 아버지에게 수인은 짜증이 났다. 아버지는 지식이 풍부하지도 덕이 높지도 않았고 그저 알량한 손재주로 그럭저럭 살아온 사람이었다. 일이 고된 날이면 식탁에서 숟가락을 놓자마자 9시가 되기도 전에 고개를 떨구고 코를 고는 육체노동자. 위엄이나 깊은 통찰을 기대하기보다 대책 없이 다정하기만 해서 의지할 수 없는 아버지. 그 사실이 가슴 아파 수인은 짜증을 낼 수 없었다.

"잘하셨어요. 그건 사실이니까요. 너무 걱정 마세요."

무엇을 걱정하지 말라는 건지 몰라도 아들의 말을 들으니 진만은 마음이 놓였다. 높은 이마 때문인지 수인의 얼굴은 사려 깊게 보였다.

"너에 대해서도 묻더구나. 네가 유수지 근처로 산책하는 걸 본 사람이 있다고……." 진만의 얼굴은 술기운으로 달아올랐다. "그날 거기 갔었니? 유수지 말이다."

"말했잖아요. 전 한조와 함께 있었어요."

저녁 빛에 물든 아들의 얼굴이 오염되지 않은 보석처럼 붉게 빛났다. 아들이 자신보다 어른스럽다는 생각이 들었다.

"그래. 네가 확실하다면 확실한 거지."

언덕 아래 학교 음악실에서 서툰 피아노 연습곡이 들렸다. 문득 이 집이 아들에게 너무 좁다는 생각을 멈출 수 없었다. 그는 알았다. 입 밖에 낸 적은 없어도 아들이 이 허름한 집을 벗어나고 싶지 않은 적이 한순간도 없음을. 가난과 암담한 미래와 자랑스럽지 못한 부모와 잡일꾼의 아들이라는 신분을 영원히 벗어나지 못할 거라는 불안으로부터 도망치려는 생각을 내내 품어왔다는 것을.

이제 한 학기가 지나면 아들은 서울로 갈 것이다. 대학에 가고 사법시험에 합격하고 법관이 될 것이다. 이 아이에겐 이루고 획득하고 성취하고 향유할 자격이 있다. 어떤 불운도 이 아이를 건드리지 못할 것이다. 수인이 말했다.

"아버지가 무슨 생각 하시는지 알아요. 하지만 그건 사실이 아니에요."

태양이 서쪽 시가지에 붉은 띠 같은 먼지구름을 드리웠다. 뾰족한 교회 종탑과 둥근 학교 강당 아치가 꿀빛으로 물들었다. 아래쪽 언덕길에 한조가 나타났다. 아이는 언제 그렇게 자랐는지 모를 긴 다리로 건들거리며 걸어왔다. 그는 벌떡 일어나 아들의 이름을 불렀다.

"한조야! 이한조!"

붉은 노을을 등지고 서서 아이가 웃었다. 그러더니 가방을 옆
구리에 끼고 달려오기 시작했다.

수색영장을 발부받은 수사반은 이진만의 작업실에서 서류박
스 두 개 분량의 사진과 필름, 스케치와 신문 스크랩을 확보했
다. 주로 선교사 주택을 위시한 언덕 주변과 시내 일원 풍경이
었다. 학교 행사 스케치, 교회의 부활절과 성탄절 행사 등 기록
사진과 다양한 하워드 주택 가족사진도 있었다. 반듯하게 빗은
머리카락으로 활짝 웃는 희재의 사진은 선거 포스터용으로 찍
은 것 같았다.

의미 있는 사진들은 두 번째 뭉치에서 나왔다. 수문교의 안전
난간에 기대어 웃는 지수 사진이었다. 철제 난간의 가로 살대에
허리를 기댄 그녀의 어깨 너머로 잔잔한 수면이 반짝였다.

"이거야! 장지수는 사진을 찍기 위해 이진만과 함께 댐으로
갔어."

최태곤이 사진 더미에서 골라낸 사진 한 장을 들고 흔들며 소
리쳤다.

"한두 번이 아니라 여러 번 간 게 확실해. 사진마다 입고 있는
옷들이 다 다른 거 보이지?"

김인식이 인화지를 한 장 한 장 가리키며 말했다. 물방울무늬 원피스, 청바지와 흰 피케셔츠, 하늘색 셔츠와 체크 스커트……
신발은 흰 테니스화와 검은 구두, 분홍색 캔버스화였다. 머리카락 길이와 앞머리 모양도 다른 걸 보면 같은 날 바꿔 입은 옷 같지는 않았다. 응달진 능선의 잔설과 녹음이 우거진 댐 풍경에선 명백한 계절 변화가 드러났다.

"놈은 그날 사진을 빌미로 피해자를 현장으로 유인했어. 이전에도 몇 번 간 적이 있으니 아이는 별 의심 없이 약속장소로 갔을 거고."

최태곤이 손가락을 부딪쳐 딱 소리를 냈다. 남보라가 끼어들었다.

"밤에 사진촬영이라니 이상하지 않아요? 목격자도 없고……"

"여자애가 현장에 갔을 때는 해가 있었어. 여름엔 밤 8시가 가까워도 환하니까. 목격자가 없는 건 댐까지 연결된 좌안 산책로에 사람이 뜸했기 때문이겠지."

최태곤의 설명을 듣던 윤산은 고개를 끄덕였다. 최태곤이 제대로 설명하지 못하면 대신 명쾌하게 정리해줄 수도 있었다. 그래도 어딘가 어긋나 있다는 느낌을 지울 수는 없었다.

이진만에겐 기만투성이 현실에 아랑곳하지 않는 관조적 태도가 있었다. 그는 자신이 놓인 가혹한 상황과 동떨어져 있고 사건의 심각성을 제대로 인식하지도 못한 듯했다. 무분별한 순진함이랄까? 현실에 지극히 무감각한 우매함이라 해야 할까?

"아무리 생각해도 그자에겐 살해동기가 마땅치 않아요."

윤산이 말했다. 최태곤은 콧등에 가로 주름을 그으며 콧구멍을 씰룩거렸다.

"동기는 잡아놓고 족쳐야 나오는 거야. 사진이 나온 이상 놈은 끝장난 거야."

윤산은 이진만이 빠져나가기 힘들 것 같다고 생각했다.

이진만은 다음날 오전 11시가 조금 넘은 시간에 체포되었다. 학교 정문으로 경찰차 두 대가 들어섰을 때 한조는 2교시 수업 중이었다. 창가 줄에 앉은 그는 미국 청교도의 역사를 설명하는 영어 선생님을 주시했다. 필기 같은 건 하지 않았다. 설명을 듣고 있으면 선생님의 모든 말을 이해할 수 있었다.

두 대의 경찰차는 경광등과 사이렌을 울리지 않았다. 차에서 내린 세 명의 남자와 한 명의 여자가 고요한 운동장을 가로질렀다. 한조는 선생님의 설명에 집중할 수 없었다. 경찰이 왜 학교로 왔는지 알고 싶지 않았다. 아버지가 그 사실을 알고 있을지 궁금할 뿐이었다.

3교시 수업 종이 울렸을 때 그는 교실로 돌아가는 대신 옥상 계단을 올랐다. 그는 운동장이 훤히 내려다보이는 옥상 꼭대기의 저수조 난간에 걸터앉았다. 형사들은 곧장 상수도관 매설작업장으로 향했다. 줄자를 든 진만은 아무것도 모른 채 상수관 위치를 측정하는 데 몰두해 있었다.

김인식이 진만에게 다가가 농담이라도 주고받는 듯 함께 웃었다. 며칠 동안 깎지 않은 수염 탓인지 진만의 표정은 웃고 있는데도 어둑했다. 뒤에 선 윤산과 남보라는 웃지 않았다. 그들 모두 무대 위에서 연기하는 배우들처럼 어딘지 모르게 어색했다.

최태곤이 점퍼 자락을 젖히자 허리춤의 수갑이 날카로운 금속성 광택을 뿜었다. 진만은 칼레의 시민들처럼 구부정하게 서서 양팔에서 두꺼운 작업용 토시를 벗었다. 무언가를 생각해내려고 애쓰느라 미간을 찌푸린 그의 몸은 왜소해 보였다. 김인식이 그의 어깨를 누르고 수갑을 채웠다. 그는 통증을 느꼈는지 허리를 비틀었지만 저항하거나 몸부림을 치지는 않았다.

두 명의 형사가 진만의 양팔을 잡고 운동장 저편으로 멀어졌다. 그들은 힘겹게 노를 저어 빛의 바다를 건너려는 듯 느릿느릿 발걸음을 옮겼다. 그 순간 그 자리에 그대로 있으면 평생 후회할 듯한 생각이 들었다. 한조는 벌떡 일어나 계단을 두 칸씩 뛰어내려갔다. 운동장 저편에 주차해놓은 경찰차의 선명한 푸른 띠가 보였다.

"아버지. 어디 가세요?"

한조의 고함 소리에 형사들이 동작을 멈추었다. 진만은 구르

듯 달려오는 아들을 바라보며 소리쳤다.

"여기서 뭐 하는 거냐? 수업 안 들어가고?"

한조는 경찰차와 부딪치기 직전에 가까스로 멈추어 섰다. 숨이 턱 밑까지 차고 가슴이 죄어들었다.

"어…… 어디 가시는지 말해요. 얘기 안 하면 엄…… 엄마가 화낼 거예요."

진만은 말하지 않았다. 말하지 않아도 알 거라 여겼는지 알면 안 된다고 생각했는지 한조는 알 수 없었다. 윤산이 아픔을 느낄 정도로 한조의 어깨를 꽉 움켜쥐었다.

"우리가 아버지와 잠깐 할 얘기가 있어. 별일 없으면 집으로 돌아가실 테니 걱정 마라."

윤산의 말투는 부드러웠지만 혹독한 선고처럼 들렸다.

"그런데 왜 수갑을 채우고 지랄이에요?"

"이 자식. 버르장머리가 개떡이네."

최태곤이 갈고리 같은 손으로 한조의 멱살을 잡았다. 진만의 얼굴에서 핏기가 가셨다. 위엄을 연기하는 배우 지망생처럼 서툰 표정이었다. 남보라가 소리쳤다.

"그만둬요. 아직 아이잖아요."

최태곤은 한조를 팽개치고 운전석으로 돌아갔다. 남보라는 최대한 부드럽게 들리는 목소리로 한조를 달랬다.

"걱정 마. 아버지는 별일 없을 거야."

한조는 그녀의 말을 믿고 싶었다. 이 모든 일이 아무것도 아니며 비록 완벽하지는 않았어도 이전 삶으로 돌아갈 수 있기를 바랐다. 형사들이 양팔을 감아쥐느라 진만의 점퍼 소매가 뒤틀렸다. 김인식이 손바닥으로 그의 머리를 눌러 차 안으로 밀어 넣었다. 열린 차창 밖을 바라보며 진만이 말했다.

"한조야. 형에게 전해라. 아무 일도 아니니 걱정하지 말라고."

한조는 아버지의 말이 당부인지 꾸지람인지 종잡을 수 없었다. 기어 물리는 금속성 소음과 함께 흙더미를 튀기며 헛바퀴를 굴리다 차가 출발했다. 후미 창 너머 아버지의 뒷모습이 흐릿하게 보였다. 흐트러진 정수리 머리카락이 삐죽 솟아 있었다. 아버지는 겁에 질려 있는 걸까? 생각에 잠겨 있는 걸까?

"싫어요! 저녁에 아버지가 직접 와서 얘기하세요."

한조가 멀어지는 경찰차를 향해 소리쳤다. 운동장 느티나무가 진한 수액의 향기를 뿜었고 하얗게 표백된 하늘로 이름을 알 수 없는 새들이 날아올랐다. 종소리가 들렸다. 3교시 수업이 끝났다.

집으로 돌아온 한조는 탈진 직전이었다. 속이 메슥거렸지만 토할 힘도 없었다. 태어나고 자란 집의 구석구석이 처음 본 것처럼 낯설었다. 아버지가 찍은 가족사진들, 벽에 걸린 형의 상

장들, 아버지의 해진 작업복, 낡은 TV와 광택이 사라진 장식
장…….

　그는 자기 방 침대로 가 몸을 던졌다. 늘어진 스프링이 삐걱
삐걱 비명을 질렀다. 꿈에서 그는 들개인지 하이에나인지 모를
짐승에게 쫓겼다. 짐승들은 그를 에워싸고 주둥이를 들이댔다.
코로 뜨거운 김을 뿜었고 미끈거리는 침이 얼굴에 닿았다. 도망
치려는데 다리가 움직이지 않았다. 주둥이가 긴 짐승이 턱이 긴
형사의 얼굴로 바뀌었다.

　한조는 눈을 번쩍 떴다. 창밖은 어두웠고 안개가 낀 듯 머릿
속이 흐릿했다. 아래층에 내려오니 반쯤 열린 부엌 문틈으로 불
빛이 새어나왔다. 식탁에 웅크린 어머니의 뒷모습이 보였다. 머
리카락에는 윤기가 없었고 두 팔은 부러진 새의 날개처럼 처져
있었다. 식탁 위에 반쯤 빈 소주병이 보였다. 인기척을 느낀 어
머니가 그를 돌아보았다.

　"한조구나. 저녁 먹어야지? 밥통에 아침에 해둔 밥이 남았으
니 퍼다 먹으렴."

　나직한 목소리는 혀가 꼬이는 바람에 뭉개져서 알아듣기 힘
들었다. 눈에 핏발이 서고 눈두덩이 벌건 어머니의 얼굴은 표면
이 휜 거울에 비친 듯 낯설었다.

　"아니다. 잠깐만 기다려. 엄마가 차려줄 테니까."

　어머니는 술잔을 입에 털어넣고 조리대로 향했다. 그 바람에

소주잔이 엎어지며 남은 술이 바닥에 흘렀다. 어머니의 몸이 한쪽으로 휘청 쏠리더니 짧고 둔탁한 소리를 내며 바닥에 쓰러졌다. 헝클어진 어머니의 머리카락 사이로 핏자국이 번졌다. 튀어나온 마룻장 모서리나 못대가리에 뒤통수가 찢어진 것 같았다. 어머니는 잠시 정신을 잃었지만 바로 눈을 뜨고 미소를 지었다.

"한조야. 배고프지? 내가 밥을 차려줘야 하는데……."

한조는 어머니를 등에 업고 안방으로 갔다. 야윈 어머니는 종이인형처럼 가벼웠다. 그는 어머니를 침대에 눕히고 젖은 머리카락을 닦아낸 후 거즈를 대고 눌러 지혈을 했다. 병원에 가야 하지 않을까 생각했지만 그러지는 않았다. 어머니는 밥을 차려주겠다고 했다가, 아버지가 오시면 같이 먹자고 했다가, 형이 오는지 나가보라고 했다가, 오늘이 무슨 요일인지 묻다가 잠들었다.

방 안은 서늘하고 조용했다. 어둠 속에서 어머니의 가슴이 규칙적으로 오르락내리락했다. 반쯤 벌어진 입으로 숨을 내쉴 때마다 가는 신음이 새어나왔다. 좋지 않은 꿈을 꾸는지 얼굴을 찡그렸고 알아듣지 못할 말을 중얼거렸다. 그 모습을 보고 있자니 어머니가 보호받아야 할 연약한 존재라는 사실이 실감났다.

그는 어머니를 깨워주고 싶었다. 잠에서 깨면 나쁜 꿈은 사라질 테니까. 삶은 계속되고 이 누추한 집도 여전히 안전하다고 믿을 수 있을 테니까. 그러나 그는 그렇게 하지 않았다. 탁상시계의 야광 바늘이 파랗게 번득였다. 8시 35분. 아버지가 잡혀가지 않았으면 온 가족이 저녁상에 둘러앉을 시간이었다.

조용히 방을 나온 그는 부엌으로 가 반쯤 마른 핏자국을 훔쳤다. 그때 학교에서 돌아온 수인이 교복을 홀렁 벗어 의자 등받이에 걸쳤다.

"형! 그 사람들이 아버지를 잡아갔어. 경찰차 두 대가 왔어. 형사는 네 명이었고."

수인은 가방을 뒤져 담배를 꺼내 물었다. 한조는 형이 언제부터 담배를 피우기 시작했는지 궁금했지만 묻지 않았다. 나중에, 혼란이 가라앉고 모든 것이 제자리로 돌아오면 물어볼 것이다.

"그 새끼들은 아무것도 못해. 억지로 아버지에게 죄를 뒤집어씌워도 법정에 가면 밝혀질 거야."

수인의 입술 사이로 말과 담배 연기가 삐질삐질 새어나왔다. 일그러진 그의 미소는 날카로운 눈빛과 어울려 야비하게 보였다. 자신을 달래려는 말인지 정말 그런지 몰라도 형의 말에는 무작정 믿게 만드는 힘이 있었다. 형은 담대하고 냉정하게 이 혼란을 헤쳐나갈 수 있을 것 같았다.

"그 새끼들이 수갑을 채울 때 아버지는 가만있었어. 죄가 없다면 난리를 쳐야 하는데 아무 말도 못했어."

"아버지가 말하지 않았다면 우리도 말해선 안 돼."

수인의 말은 아버지의 죄에 대해 알고 싶어 해도 알아도 안

된다는 거역할 수 없는 선언이었다. 바로 그 순간 한조는 분명히 느꼈다. 지금껏 살아온 세계가 멈추고 완전히 새로운 세계로 바뀌었다는 것을. 그 세계는 친절하고 따뜻했던 지금까지의 세계와 다르리라는 것을.

한조는 누군가가 어깨를 짚어주며 괜찮다고 말해주었으면 했다. 그러나 아버지는 감방에 있고 어머니는 취해 쓰러졌으며 형에겐 그럴 아량이 없었다. 그 순간 자신을 위로할 사람은 자신뿐이라는 깨달음이 찾아왔다. 그는 두 눈을 꾹 감아 눈물을 짜내며 자기 몸을 껴안았다.

이산 여고생 피살사건은 종결되었다. 한조는 그 일들을 기억할 수 없고 기억한다 해도 뒤죽박죽이었다. 너무 짧은 시간에 너무 많은 일이 일어났다.

경찰 조사과정에서 아버지는 모든 범죄사실을 자백했다. 자신을 따르던 지수에게 사진을 찍어준다며 댐으로 꾀어내 추행을 시도하다 반항하자 유수지로 밀어넣어 익사케 했다는 내용이었다. 그는 경찰 조사과정에서 일체의 신체 고문이나 강압이 없었다고 진술했다.

공판이 계속되는 동안 공방이 이어졌다. 변호사는 아버지가 사건 당일 유수지에 가지 않았다는 점을 집중적으로 주장했다. 그날 저녁 아버지가 본 TV 프로그램 내용이 기재된 조서를 제시했고 9시경에 집으로 전화를 걸어 아버지와 통화했다는 건축자재상의 증언도 확보했다. 상황은 아버지에게 유리한 쪽으로 흐르는 듯했다.

세 번째 공판에 출두한 검찰 측 증인이 결정적인 증언을 했다. 사건 당일 8시경 강변 산책로를 허둥거리며 지나가는 아버지를 보았다는 것이다. 아버지는 부인하지 않았다. 유리한 증언을 기대했던 건축자재상은 여론에 부담을 느낀 듯 법정 증언을 포기했다. 결국 변호사는 무죄를 주장하던 데에서 선처를 호소하는 전략으로 바꿀 수밖에 없었다.

검찰은 아버지에게 사형을 구형했다. 재판장은 보호가 필요한 미성년자를 계획적으로 유인해 살해한 인면수심의 잔혹한 범행이라고 규정하고 무기징역을 선고했다. 폭력 전과가 있는 데다 세간의 관심이 집중된 사건이었으니 피할 수 없는 형량이었다. 아버지는 변호사의 권고에도 항소를 포기했다.

어머니는 형이 확정된 후에도 아버지를 찾지 않았다. 학교에서 해고통지서가 날아온 날도, 아버지의 첫 공판이 열리던 시간에도 술에 취해 있었다. 그 무렵 어머니는 술을 따르거나 잔을 들이키거나 식탁에 엎어져 잠든 모습이 전부였다. 한때 닭요리 쟁반을 가운데 두고 둘러앉아 이야기 나누고 웃고 떠들던 식탁에서.

한조는 좁은 침대에 걸터앉아 유리창 너머로 번들거리는 어둠을 바라보았다. 단풍나무 가지가 바람에 흔들리며 창유리를 긁었고 벽 속 배수관에서 딱딱거리는 소리가 났다. 아버지가 정말 사람을 죽였을까? 그렇다면 왜 그 대상이 지수였을까? 무엇 때문에 죽였을까? 만약 사실이 아니라면 왜 항변하지 않았을까?

한쪽이 갉아먹힌 달이 구름 속에서 은빛 그림자를 드리웠다. 모든 것이 사라졌지만 자신이 좋아하는 것들이 여전히 어둠 속에 남아 있을 것 같았다. 가령 봄날 오후의 햇살, 배추흰나비, 여름 소나기, 눈부신 하얀 캔버스, 한 번도 짜지 않은 물감 튜브, 하얀 벽에 걸린 그림…….

삶을 지탱하던 것들이 산산이 부서진 후에도 자신의 내부에 아름다움을 상상할 능력과 그것을 창조하고 싶은 욕망이 남았다는 사실이 그는 두렵고도 설레었다.

2장

◇

햇살이 화실 바닥의 물감 얼룩 위에 일그러진 다각형 그림자를 그렸다. 늦잠을 잔 모양이었다. 로스코가 배가 고픈지 퀭한 눈으로 낑낑댔다. 한조는 부스스한 머리를 긁적이며 먹이통에 사료를 채워주었다. 로스코는 허겁지겁 달려들더니 아작이는 소리를 내며 먹었다. 보살펴줄 사람을 잃은 개는 털이 눅진하게 뭉쳤고 비릿한 냄새가 났다. 로스코는 곧은 등을 쓰다듬어주는 주인의 핏발 선 흰자위와 어둑한 다크서클과 각질이 일어난 입술과 부스스한 머리카락을 세심한 시선으로 읽었다.

아내가 사라진 지 이틀이 지났다. 그녀 없는 삶은 폐허처럼 너덜거렸다. 화실로 향하는 돌계단을 내려설 때 그는 저승으로 내려가는 오르페우스가 된 기분이었다. 종일 화실에 있으면서도 그림을 그리기는커녕 캔버스를 바라볼 수조차 없었다. 화실 창밖은 수영장 물속처럼 차갑고 조용했다. 고독과 무력감, 분노와 허탈감이 시도 때도 없이 솟구쳤다. 오래 보이지 않던 말더듬 증상이 다시 나타났다.

경찰에 신고는 하지 않았다. 아내는 실종된 게 아니라 떠났을 뿐이니까. 해결해야 할 사람은 경찰이 아니라 그였다. 그가 그녀를 찾고 만나고 달래야 했다.

소설을 통해 드러낸 아내의 적의에는 연민과 사랑이 깃들어 있었다. 아내는 그에게 시간을 준 건지도 모른다. 그가 차근차근 읽고 숙고할 기회, 스스로를 돌아보고 정리할 기회, 그녀의 존재를 다시 생각하고 참회할 기회.

한조는 서툰 손끝으로 휴대폰에 문자메시지를 입력했다. '만나서 얘기하고 싶어' 그게 전부였다. 구차한 원망과 읍소는 도움이 되지 않을 테니까. 전화를 걸 수도 있겠지만 그녀는 받지 않을 것이다. 받아도 할 수 있는 이야기가 없었다.

오후에 그는 정원 모퉁이의 2인용 벤치에 앉았다. 세상과 동떨어진 언덕의 시간이 천천히 흘러갔다. 그녀가 자신에게 해준 사소한 일들과 자신이 그녀를 위해 했던 일들이 생각났다. 그들이 서로를 경배하며 봉헌했던 예물들, 사랑과 헌신의 행위들.

그는 아내의 사랑을 의심한 적이 없었다. 그럴 필요도 그럴 가능성도 없었다. 그녀는 그가 필요할 때 옆에 있었고 혼자 있고 싶다는 생각을 하기도 전에 자리를 피했다. 그의 의견에 반

대한 적이 없고 틀린 의견조차 대놓고 나무라지 않았다. 시간을
두고 그를 설득했고 그의 생각을 변화시켜 더 나은 방식을 찾게
했다. 그의 모습 그대로 살면서도 더 나은 인간이 되게 했고 그
사실에 열등감이나 자책감을 느끼지 않도록 했다. 그가 괜찮은
남자이며 좋은 남편이며 훌륭한 화가라고 느끼게 했고 모두에
게 사랑받는 예술가로 만들었다. 사랑이 아니면 할 수 없는 일
들이었다.

그런데 왜? 한조는 아내에게 묻고 싶었다. 왜 이런 터무니없
는 글로 자신을 수렁에 빠뜨리려는 건지. 왜 소설 곳곳에 드러
난 분노와 적의를 진작 자신에게 말하거나 드러내지 않았는지.

아내는 그가 보낸 문자를 확인할 것이다. 그는 시한폭탄이 터
질 시간을 기다리는 폭파병처럼 그녀의 답 문자를 기다렸다. 마
음이 급했지만 사건을 이해하고 문제를 해결하는 데는 시간이
필요하다는 사실을 기억했다. 그는 기다리는 동안 그녀를 생각
하지 않으려고 안간힘을 썼다. 그녀를 떠올리면 원망하게 될까
봐, 화를 내게 될까봐.

햇살이 창틀 돌쩌귀를 달구고 노을이 벽체를 물들였다. 굳건
한 기둥의 선과 기와의 굴곡이 어둠에 잠겼다. 아내의 메시지는
밤 9시가 조금 넘은 시간에 도착했다.

'스틸 라이프, 내일 오후 3시'

딱딱하고 사무적이고 온기라곤 찾아볼 수 없었다. 아내가 사

라진 것이 아니라 자신을 떠났다는 사실이 더욱 명확해졌다. 그녀는 떠나지 않을 수 있었을 것이다. 사랑할 수 없다면 증오하거나 못살게 굴면서라도 그의 곁에 머물 수 있었을 것이다. 어떤 날에는 그에게 감사하겠지만 다른 날에는 불만을 터뜨리며 함께 늙고 병들고 죽을 수도 있었을 것이다. 그러나 그녀는 그렇게 하지 않았다.

한조는 그녀를 만나면 아무것도 부인하지 않기로 마음먹었다. 그녀의 말을 무조건 인정하고 돌아오라고 애원할 것이다. 그러다 문득 아내의 대응을 떠올리고는 자기 생각이 낙관적이다 못해 너무 순진하다는 낙심에 빠졌다.

아내는 그를 다그치지도 몰아세우지도 않을 것이다. 조용히 그의 치부를 드러내고 고통을 감당하도록 할 것이다. 그는 아니라고 반박하거나 변명할 수 없을 것이다. 한때의 실수였고 지나간 일이라며 어물쩍 넘어가지도 못할 것이다. 그저 모든 것이 무너지는 걸 바라보아야 할 것이다.

'스틸라이프'는 그들이 늘 함께했던 강변 산책길 어귀에 있는 카페였다. 도로와 강 사이의 좁은 터에 자리잡은 단층 건물로 호젓한 분위기를 원하는 커플이 주로 찾았다. 낮에는 차와 가벼운 음식을 팔고 저녁에는 칵테일을 함께 팔았다.

그와 아내는 종종 그곳에 들러 브런치를 즐기거나 산책길에 커피를 마셨다. 어스름 무렵이면 강 건너편 기슭의 주택에 외등 불빛이 하나둘 들어왔다. 아내는 물에 비쳐 어룽대는 불빛을 바라보길 좋아했다.

늦은 오후의 강변 테라스에는 손님이 거의 없었다. 아내는 강이 보이는 물가 자리에 앉아 있었다. 산책 도중 들렀을 때 그들이 매번 앉던 자리였다. 그때는 그 햇빛, 그 사람들, 그 강물, 서로를 마주 보는 그 순간이 계속되리라 생각했다.

한조는 무슨 말이든 해야 한다는 조급증과 씨름했다. 할 수만 있다면 잘못을 고백하고 사과하고 싶었다. 그러나 무엇을 잘못했고 무엇을 사과할지 알 수 없었다. 어쩌다 실수를 했을 수도 있지만 결혼생활을 망가뜨릴 정도는 아니었다. 그는 잠시 망설이다가 입을 열었다.

"그 원고 말인데……."

아내는 강 건너 주택들의 붉은 지붕을 바라보았다. 푸른 파도와 흰 포말, 조개껍질 문양이 복잡하게 프린트된 아내의 스카프가 바람에 날렸다. 2년 전 그가 사준 선물이었는데 자주 매어서 그런지 색이 바랬고 모서리 여밈이 낡아 하늘거렸다.

"다음 달에 소설을 출간할 거야. 제목은 '나에 관한 너의 거짓말'."

아내가 말했다. 바닥에 농구공을 탕탕 튀기는 소리가 끊길기게 들렸다. 초록색과 노란색 조끼를 입은 학생들이 강변 체육공원에서 농구 경기를 하고 있었다. 그가 대꾸했다.

"그럴듯한 제목이네. 내겐 이 모든 게 거짓말 같거든."

"제목이 거짓말이라도 사람들은 진실을 찾으려들겠지. 그럴 리 없겠지만 당신이 그 글에 명예훼손을 걸고 싶어도 그럴 수 없을 거야. 제목에 이미 거짓말이라고 명시해두었으니까."

그녀다운 논리적 설계라 해야 할까? 교묘한 책략이라 해야 할까? 책 내용을 사실로 인정하면 그는 자신의 치부를 그대로 인정하게 되고 사실이 아니라고 부인하면 책을 내지 말라고 강변할 이유가 사라지는 것이다. 아내는 그가 어떤 선택을 하기를 기대하는 걸까? 어느 쪽이든 결과는 같고 설사 다르다 해도 별차이 없을 것이다.

"한마디 상의도 없이 우리 얘기를 책으로 내겠다고?"

비난할 생각은 없었는데 그의 목소리가 높아졌다. 실수란 걸 자각했지만 격한 감정을 추스릴 수 없었다. 기름을 발라 앞머리를 세운 웨이터가 아이스커피 두 잔을 테이블에 내려놓았다. 그녀는 물방울이 맺힌 컵을 바라보며 조용히 대꾸했다.

"우리 얘기? 천만에. 그건 나의 얘기야. 내 남자 얘기고 내가 사랑했던 얘기라고. 적어도 나의 이야기라는 점에서 진실한 이야기지. 당신은 포커스아웃이고."

한조는 그녀가 자신이 알았던, 혹은 안다고 생각했던 아내와 같은 사람인지 곰곰이 생각했다. 한때 그들은 서로의 중심이었고 원심력과 구심력이었으며 서로를 떠받치는 기둥이었다. 그러나 지금의 그녀에게 그는 누구여도 상관없는 이방인, 희미한 배경에 불과했다.

"그건 당신 이야기이기 전에 내 이야기이기도 해. 당신이 사랑했던 사람이 나였고 당신을 사랑했던 사람도 나였어. 당신 사랑에는 내 사생활과 프라이버시가 포함되어 있다는 얘기야."

한조는 아내에게 사랑이란 말을 과거형으로 써야 한다는 사실이 쓰라렸다. 그녀는 대답 대신 어깨를 으쓱했다. 무슨 말인지 모르겠다는 몸짓 같기도 했고 상관없다는 뜻 같기도 했다. 그는 아내의 여유로운 침묵에 내재한 위험을 직감했다. 정확히는 아내의 책이 담고 있는 위험이라 해야 할 것이다.

"걱정 마. 이건 소설이니까. 우리 사랑을 다룬 건 사실이지만 등장인물은 당신이 아닌 허구의 인물이야. 당신 이야기는 한 줄도 안 나오니까 누구도 모를 거야."

그녀는 쓰고 있던 선글라스를 벗어 테이블에 놓고 몸을 앞으로 기울이며 말했다. 자신의 눈동자를 그에게 똑똑히 보여주려는 의도인 것 같았다. 아내가 책을 쓴 대상은 불특정 다수의 독자가 아닌 단 한 사람, 바로 그였다. 그가 말했다.

"완벽한 비밀은 있어도 거의 완벽한 비밀이란 없어. 한 사람이 알면 모두가 알게 돼. 그토록 긴 세월 동안 한마디 없다가 왜 지금 내 삶에 폭탄을 던지려는 거지?"

그녀는 늘 하던 대로 핸드백에서 비스킷 조각을 꺼내 강물에 던졌다. 어둑한 다리 아래 그늘에서 어미 오리와 새끼 대여섯 마리가 몰려왔다. 그녀가 말했다.

"당신의 삶? 천만에! 그건 나의 삶이었어. 난 당신의 여종이 었고 애인이었고 유모였고 당신 자신이었으니까. 그러니까 내가 없는 당신은 아무것도 아니야. 당신의 삶이라고 믿는 것도 허상일 뿐이야. 그걸 모르겠어?"

한조는 부인할 수 없었다. 강요한 건 아니었지만 그의 예술에 대한 야망과 육체의 욕망에 아내가 철저히 희생되어온 건 사실이니까. 그녀는 그의 절대적인 조력자였고 후원자였고 안내자였고 보호자였다. 지금도 그가 자신을 떠난 아내보다 그녀 없는 자신을 더 걱정하는 것이 증거였다. 그렇지만 그건 그들 둘 사이에서 물밑으로나 오갈 얘기였다.

공식적인 차원에서 그녀는 사람들의 눈에 보이지 않는 존재였다. 어쩌다 공식 석상에 모습을 드러낼 때조차 그의 아내라는 이름과 역할이 전부였다. 그의 이기심 때문이기도 했고 그녀의 헌신 때문이기도 했다.

어떻게든 그는 아내를 달래야 했다. 오해가 있다면 풀고 잘못이 있다면 빌어야 했다. 그러나 어떤 설득의 논리도 토로할 입장도 그에게는 없었다. 할 수 있는 말이라곤 늘 그랬듯 우물쭈물 얼버무리는 것뿐.

"당신을 힘들게 했다면 미안해. 나 때문에 당신이 그렇게 고통받는 줄 몰랐어. 내 잘못도 있고 의도하지 않은 실수도 있겠지. 진심으로 사과할게. 그렇지만 난 그냥…… 당신을 사랑했던 것뿐이야."

아내는 손을 뻗어 일그러진 그의 얼굴을 쓰다듬었다. 얼음덩이가 맨살에 와 닿는 것 같았다. 그녀가 가라앉은 목소리로 말했다.

"당신 잘못은 날 사랑한 게 아냐. 나도 당신을 사랑한 건 마찬가지였으니까."

"그래. 우린 원수가 아냐. 난 당신이 사랑했던 남자라고."

한조는 약간의 자비심을 기대하며 그녀의 손을 보듬었다. 그러나 아내는 무심하게 손을 뺐다.

"분명히 할 게 있어. 가해자는 당신이야. 그러니까 위로받을 사람도 처벌을 내릴 사람도 나야."

강기슭에서 개구리인지 작은 새인지가 촐싹거리는 물소리를 냈다. 날벌레를 쫓는 물새가 수면 위를 낮게 날아갔다. 날개를 펼친 새의 그림자가 강물에 어른거렸다. 강물은 탁했고 희미한 비린내가 났다. 그가 말했다.

"난 감정적으로, 윤리적으로 당신에게 적대행위를 하지 않았어. 다른 여자에게 눈길을 주지도 당신을 속이지도 않았어. 작품에 관한 당신의 조언은 전적으로 존중했어. 그런데도 당신은 날 파멸시킬지도 모를 위험한 글을 썼어. 분노도 증오도 없는 평화로운 일상 속의 냉혹한 폭력이라니. 전혀 당신답지 않아."

아내는 대답하지 않았다. 화가 난 것 같지는 않았고 아예 그를 모른다는 듯 무심한 얼굴이었다. 남편을 향한 평생의 헌신이 문득 덧없이 느껴진 것일까? 그제야 그녀의 사랑을 당연한 것으로 여겼다는 자책감이 몰려왔다.

한조는 발밑에서 작은 돌멩이를 주워 강으로 던졌다. 멀리 날아가지 못한 돌은 찰박거리는 소리를 내며 강기슭에 떨어졌다. 그는 그녀가 대답하지 않기를 바라며 물었다.

"당신이 뭘 원하는지 모르겠어. 내가 당신 곁을 떠나는 것? 아니면 당신이 날 떠나는 것?"

아내는 여전히 입을 다물었다. 그에게 유리한 정보를 주거나 죄책감을 덜어주지 않으려고 의도적으로 침묵하는 것 같았다. 그가 말을 이었다.

"그래. 당신이 원한다면 당분간 냉각기를 갖자. 내가 짐을 쌀 테니 당신은 집으로 돌아와."

그녀는 고개를 가로저었다. 남편이 쫓겨나는 건 공정하지 않다는 생각 때문이었다. 자존심 강하고 주변머리 없는 그가 집을 나가면 어떻게 지낼지 뻔했다. 빈 소주병이 뒹구는 허름한 방에서 취해 있거나 자기연민에 빠져 징징대겠지. 가혹하게 쫓겨난 머슴처럼 자기를 정당화하며. 그녀가 소리쳤다.

"당신은 그 집에 그대로 있어. 고통을 준 쪽은 당신이니까 피해자인 내가 비참해져야지."

그녀는 그를 아프게 할 말을 찾았다. 그가 얼마나 부도덕한지, 그를 얼마나 증오하는지 말하고 싶었다. 그러나 그 말이 효과적일수록 그에게는 면죄부밖에 되지 않을 것이다. 그녀는 그에게 합당한 벌을 받았다는 신호를 주고 싶지 않았다. 그건 잘못된 신호다. 그래서 그녀는 이렇게 말했다.

"난 당신을 사랑해."

한조는 얼떨떨해하면서도 자신의 삶 전체를 통해 증명된 진실을 외면할 수 없었다. 다른 건 몰라도 그 말만큼은 투명한 물속을 들여다보듯 확신할 수 있었다. 그는 마른기침으로 목소리를 가다듬었다.

"나도 당신 사랑해."

햇살이 번들거리는 수면에 튕겨 갖가지 색깔로 부서졌다. 강가의 버드나무 그늘이 물 위에 거뭇한 얼룩을 그렸다. 그녀는 실소를 참을 수 없었다. 남편이 꼭 머저리 같았다.

수인이 근무하는 사무실은 서초동 법조타운의 대형빌딩 12층에 있었다. 엘리베이터 문이 열리자 '법무법인 화승'이라고 쓰인 간판이 보였다. 리셉션 직원이 한조를 면담실로 안내했다. 수인은 세 명의 변호사가 소속된 법무법인에서 사무장으로 일했다.

빠듯한 생활 때문에 사법고시 준비에 집중하지 못한 그는 결국 변호사가 되지 못했다. 대학 시절 내내 아르바이트를 병행했고 겨우 졸업을 한 후에는 사정이 더 나빠져 공사판을 전전했다. 잇따른 낙방으로 이러지도 저러지도 못한 채 서른을 넘긴 그는 작은 변호사 사무실 사무직원으로 시작해 몇 차례 이직 끝에 지금의 법무법인으로 옮겨왔다.

면담실로 들어선 수인은 잘나가는 일급 변호사보다 더 변호사 같았다. 주름 하나 없는 셔츠와 고급 정장을 갖춰 입은 그는 균형 잡힌 몸매를 유지하고 있었다. 피부관리에 신경을 쓴 덕인지 잡티나 주름이 거의 없는 얼굴은 동생인 한조보다 서너 살 어려 보였다. 오래전 좁고 어둑한 맬컴 주택 주방에서 마주 앉았던 형에게서는 상상할 수 없는 모습이었다.

서울 법대 합격자 명단에서 형의 이름을 확인한 날 저녁 식탁에 마주 앉은 식구들의 모습이 떠올랐다. 생각해보면 그날 이후 오래 지난 시간도 아니었는데 한평생이 지난 듯했다.

"너희들에게 할 말이 있어."

어머니는 말을 꺼내놓고 한참을 망설였다. 아버지가 잡혀간 후로 어머니는 입에서 술을 떼지 않았다. 술은 어머니의 진통제였고 수면제였고 영양제였다. 그러는 동안 어머니 몸에서 살과 뼈와 머리카락의 절반이 사라졌다. 그는 어머니를 반쯤 잃어버린 것 같았다. 어머니는 애써 말을 이었다.

"난 진주로 갈 거야. 마르타 원장 수녀님을 도와 일하면서 건강을 되찾을 거야."

어머니는 어릴 때 자란 '실로암의 집'으로 돌아가려는 것이었다. 굵은 뿔테안경을 쓴 마르타 수녀님은 스물일곱 살에 한국에서 보육원을 시작해 일흔이 되었다. 어머니는 품에서 가장자리가 해진 통장과 나무 도장을 꺼내 식탁에 올렸다. 마치 비밀 군자금을 전달하는 독립군처럼 조심스러운 몸짓이었다.

"아버지와 내가 조금씩 모은 돈이야. 당분간 너희 둘이 서울에서 지낼 수 있을 게다. 남는 돈은 수인이 등록금에 보탤 수 있겠지만 그래도 모자란 건 어떻게 해볼 길이 없구나."

어머니는 마른 입술을 핥았다. 안색은 창백했고 푹 꺼진 볼에는 군데군데 실핏줄이 드러났다. 하지만 그날만큼은 취하지 않았고 눈빛도 또렷했다.

"걱정 마세요. 우린 잘 살아갈 거예요."

수인의 말은 어머니를 안심시키려는 것 같았지만 쏘아붙이는 것처럼 들렸다. 누구에게도 격한 감정을 드러내지 않는 수인이 그날은 다른 사람도 아닌 어머니에게 가시 같은 말을 퍼부은 것이었다. 어머니가 취해 있었다면 절대 하지 않았을 말이었다. 한조는 형이 의도적으로 어머니의 마음을 아프게 하려 한다고 생각했다. 어머니가 되물었다.

"그럴 수 있으면 좋겠지만 어떻게 말이냐?"

천장의 백열전구가 차갑고 쓸쓸한 빛을 쏘아 보냈다. 아플 정도로 주먹을 꼭 쥔 어머니의 피부는 창호지처럼 얇았고 손등에는 실핏줄이 불거졌다. 너무 야위어서 몸에 딱 맞던 카디건이 자루처럼 커 보였다.

"서울대에는 등록하지 않을 거예요. 하지만 걱정 마세요. 부자들은 절 그냥 내버려두지 않을 거예요."

수인이 선언했다. 어머니는 그 사람들이 제발 아들을 그냥 내버려두기를 바라는 기색이었다. 수인은 팔걸이가 반질반질하게 닳은 아버지의 빈 의자를 물끄러미 바라보며 말을 이었다.

"그들은 가난하고 똑똑한 애들을 그냥 내버려두면 어떻게 될지 뻔히 알아요. 반체제활동가나 노조위원장이나 지능범죄자 같은 우환거리가 되기 전에 자기들 발밑으로 기어들게 만들겠죠. 먹이를 던져주며 사나운 개를 길들이는 것처럼요. 난 고분고분한 척 부자들이 주는 미끼를 받아먹을 거예요."

한조는 언제쯤 온 가족이 함께 살 수 있을지 묻고 싶었지만 말을 삼켰다. 다시 함께 살 수 있다 해도 지금과는 다른 삶일 터이니 공허한 질문이었다. 어머니는 떨어지지 않는 입술을 떨며 억지로 말을 뱉어냈다.

"아버지를 미워해도, 날 원망해도 좋아. 하지만 너희 자신을 탓해선 안 돼. 그것만은 하지 마. 세상엔 불운한 사람도 있고 멍

138

청한 어른도 있고 또……."

어머니는 말을 계속하려다 편두통이 오는지 손으로 관자놀이를 눌렀다. 할 말을 생각하는 것 같기도 했고 통증이 가라앉기를 기다리는 것 같기도 했다. 어머니는 무슨 말이든 해야 한다고 안간힘을 쓰는 사람처럼 보였다. 허황되거나 억지처럼 들리지 않고 아이들을 안심시키면서 사랑을 전할 수 있는 한마디. 타인의 시선을 견디며 험한 세상을 헤쳐가야 할 아들들의 길잡이가 되며 그들의 삶을 지탱할 힘이 될 한마디.

사랑한다고 말할까? 정말 사랑한다고, 너무 사랑한다고, 죽어도 사랑한다고…… 그건 자명한 진실이지만 지금 상황에 적합한 말은 아니다. 그 말을 하면 아이들은 엄마가 겁을 먹었다고, 자신을 감당하지 못한다고 여길 테니까.

결국 어머니가 바라는 말은 존재하지 않았다. 있다 해도 그 간절한 단어와 표현을 찾을 능력이 그녀에겐 없을 것이었다.

"머리가 아파 참을 수가 없구나. 방으로 가서 좀 자야겠다. 너희들에게 도움이 될 얘기를 더 해주고 싶은데……."

어머니는 삐걱거리는 마루를 가로질러 방으로 갔다. 낡은 나무바닥이 아니라 지친 어머니의 몸에서 나는 소리 같았다. 한조는 어머니를 원망하지 않았다. 어머니는 약하거나 무책임한 여자가 아니었다. 자신의 짐이 너무 무거워 자식들까지 챙길 기력이 없을 뿐이었다. 그럼에도 어머니의 연약함을 생각하면 가슴이 미어졌고 어머니의 무력함을 떠올리면 연민이 솟았다.

부자들에 대한 수인의 통찰은 놀라울 정도로 정확했다. 무책임한 부모가 저지른 악행에 희생된 수재를 팽개쳐서는 안 된다는 목소리가 여기저기에서 나왔다. 불우한 환경에 처한 재능 있는 학생을 후원하기 위해 선생님과 학부모들이 나섰다. 이산의 모든 사람이 수인을 이진만이 저지른 범죄의 또 다른 희생자로 여기는 것 같았다.

겨울이 끝날 무렵 형제는 맬컴 주택을 떠났다. 이삿짐 트럭의 차창 너머로 한조는 한때 자신들의 집이었던 장소를 돌아보았다. 잿빛으로 탈색된 기와의 붉은색, 곳곳에 붉은 녹이 슨 물받이 홈통, 닳아서 반들거리는 현관문 손잡이, 노르스름하게 얼룩진 현관 등의 갓……. 혀끝에서 스파크를 일으킨 전선의 아릿한 맛이 났다.

"무슨 일이야? 갑자기 날 찾아오고…… 누굴 패기라도 한 거야? 아니면 맞았어?"

수인은 셔츠 소매를 젖혀 시계를 들여다보며 말했다. 시간 확인보다는 바쁘다는 말을 대신한 행동이었다. 한조는 벗어놓은 백팩에서 갈색 서류봉투를 꺼냈다. 수인은 오른손 검지와 중지를 까딱이며 말을 재촉했다. 한조는 눈꺼풀을 깜빡이며 말했다.

"소…… 소설이야. 지…… 집사람이 썼어."

30년 넘도록 사라졌던 말더듬 증상이 나타났다. 초등학교

2학년 무렵에 시작된 한조의 말더듬기는 중학교에 입학할 무렵까지 이어졌다. 모든 대화나 상대에게 그런 건 아니었고 하고 싶은 말을 참았을 때나 사소한 거짓말을 할 때, 수인을 포함한 몇몇 특정한 사람에게 유독 심했다.

"제수씨가 소설을 썼다고? 그건 축하할 일이잖아. 그런데 왜 날 보자고 한 거지? 축하파티 초대라면 전화로 하면 되잖아?"

수인이 물었다. 한조는 손사래를 치며 말을 더듬었다.

"아…… 아냐. 그런 게 아냐. 채…… 책이 출간되지 않았으면 좋겠어."

수인은 나직하게 휘파람을 불었다. 어릴 때 동생이 말을 더듬을 때마다 그는 휘파람을 불었다. 환자를 안심시키기 위해 진료 중에 휘파람을 부는 노련한 치과의사처럼. 그렇지만 예나 지금이나 휘파람은 말더듬에 효과가 없었다. 다만 말더듬을 대체할 다른 낱말을 찾을 시간을 잠시 벌어주었다. 수인은 침착하게 되물었다.

"소설이라며? 고소장도 아니고 논픽션도 아닌 허구의 이야기에 왜 안달이지?"

"내용에 문제가 있어."

"진정해. 아직 아무 일도 일어나지 않았어. 무슨 일이 일어나도 별일 아닐 거야."

"주인공 남자가 여자보다 스무 살이나 많아."

"요즘 같은 세상에 성인 남녀가 사랑에 빠지는 걸 누가 비난
하겠어?"

"문제는 여자 주인공이 여고생이란 거야. 주인공은 유부남이
고. 주……주인공이 나야."

수인이 앞으로 바짝 몸을 기울여 다가앉으며 물었다.

"정말이야?"

"아……아니. 소설 속에서! 나와 만났을 때 아내는 대학생이
었어. 아니었는지 몰라도 난 그렇게 믿었어. 그……런데 독자
관심을 끌려고 상황을 뒤바꾼 거라고."

수인은 다시 낮은 휘파람을 불었다. 사건을 대하는 그의 전제
는 사람들이 선하지 않다는 것이었다. 변호사들은 모든 일이 잘
풀릴 거라고 기대하지만 사무장이라면 최악의 상황을 염두에
두어야 했다.

한조의 말대로 독자 관심을 끌기 위해 적당히 윤색한 소설 내
용이라면 문제될 일이 없었다. 그러나 법적인 관점에서 보면 발
화점이 높은 사건이었다. 여성이 만 19세 미만이라면 아동청소
년법에 저촉되는 범죄행위였다. 정황에 따라서는 미성년자 강
간죄가 적용될 수도 있다. 그 경우 형량은 5년 이상 유기징역 또
는 무기징역에까지 이를 수 있었다.

수인은 그 말을 입 밖에 내지 않았다. 동생을 안심시키고 싶
었다. 그는 다시 나직하게 휘파람을 불었다. 한조가 버럭 짜증

을 냈다.

"그 휘파람 좀 그만 불면 안 돼? 성가셔 죽겠어."

수인은 휘파람을 멈추고 동생의 커다란 덩치를 응시했다. 이제 휘파람 따위로는 동생의 불안을 달래줄 수 없다. 그는 애써 침착함을 유지하고 말했다.

"걱정할 거 없어. 그녀는 고소하지 않을 거야. 고소할 생각이었다면 굳이 소설 같은 걸 쓰지 않았겠지. 공소시효도 오래전에 지났고."

"문제는 고소가 아니라 그 빌어먹을 소설이 출판되는 상황이야."

"그래. 시한폭탄이 작동되었으니 어떻게든 바늘을 멈추어야겠지. 그럴 수 없다면 늦추기라도 하든가…… 일단 출판금지 가처분 신청으로 시간을 벌어보자고. 그동안 상대가 원하는 걸 파악하고 합의를 끌어내야 해. 다음엔 고액 소송으로 겁을 먹이고. 막을 수 있는 데까진 막아봐야지 뭐."

"그…… 그래도 안 통하면?"

"여론전으로 가야지. 신문, 방송, 인터넷, 입소문…… 가능한 모든 매체를 동원해야 해. 그 단계에선 우리도 데미지를 각오해야 하겠지만 치명상을 입지는 않겠지. 대신 상대는 완전히 죽여놔야 해."

한조는 아내가 죽기를 원하지 않았다. 그가 원하는 것은 아내와 함께 사는 것이었다. 수인은 탁자 너머로 팔을 뻗어 한조의 어깨를 움켜쥐었다.

"법률싸움은 누구 하나 죽지 않으면 끝나지 않아. 상대를 살려놓고 나도 같이 살 수는 없는 거라고. 자신이 없으면 아예 시작하지 마."

수인은 자리에서 일어나 바지주머니에 손을 찌르고 여유롭게 휘파람을 불었다. 그러다 한조의 핀잔을 떠올렸는지 느닷없이 멈추고 고개를 절래절래 흔들었다.

"미안, 미안. 빌어먹을 휘파람이 나도 모르게 그만……."

어린 시절 그는 동생을 진지하게 대한 적이 없었고 고향을 떠난 후에도 마찬가지였다. 그러나 난관에 빠진 동생의 다급한 간청이 귀찮거나 싫지 않았다. 냉담하고 오만한 성격이지만 이번만큼은 동생을 돕고 싶었다. 그는 최대한 신뢰감을 주는 표정으로 말했다.

"걱정하지 마. 네게 아무 일도 없게 할 거야. 나한테도 마찬가지고."

한조는 수인의 얼굴에 비친 미소를 응시했다. 형이 순식간에 소년처럼 젊고 아름다워진 것 같았다. 어릴 적 집 안을 환하게 밝히던 그 빛. 한조는 안도감을 느꼈다.

형에겐 그가 가지지 못한 것이 있었다. 형은 위험을 예민하게 감지하면서도 위험 앞에 담대했다. 위험이 두려움을 먹고 산다는 사실을 알기에 두려움에 흔들리지도 않았다.

한조는 형이 지금도 그럴 거라고 믿고 싶었다.

한조

살인자의 아들로 살아가는 일은 쉽지 않지만 불가능하지도 않다. 세월이 흐르며 한조의 몸에는 누가 가르치지 않아도 살인자의 아들에게 필요한 생활의 방식과 규칙들이 쌓였다. 좋아하는 사람에게 자기 얘기를 어디까지 해야 하고 어떤 사람을 사랑하면 안 되는지, 어떤 일을 해야 하고 어떤 걸 원하면 안 되는지…….

사람들이 어린 시절을 물으면 한조는 으레 평범했다고, 별다를 게 없다고 얼버무렸다. 사람들은 그가 뭔가를 숨긴다는 인상을 받았지만 캐묻지는 않았다. 그러나 벽시계 초침 소리가 유난히 또렷한 밤이면 과거가 그의 발목을 잡고 놓아주지 않았다.

고향을 떠나 서울역에 도착한 형제를 맞은 사람들은 남루한

옷차림에 퀭한 눈을 한 노숙자들이었다. IMF의 날카로운 발톱이 쓸고 간 잔해들. 신문과 방송에는 거의 매일 무능한 관리들과 부패한 기업가들의 체포와 자살 소식이 나왔다. 모두가 희생자이면서 범죄자였고 피해자이면서 동시에 가해자였다.

한 달간의 고시원 생활 끝에 그들은 천장과 벽에 곰팡이가 핀 반지하 방을 얻었다. 밤이면 그들은 불이 들어오지 않는 차가운 방에 오그리고 누워 자신들을 가둔 어둠을 저주했다. 그리고 그 고통이 더 나은 존재가 되기 위해 치러야 할 대가라는 막연한 믿음으로 무언의 대화를 나누었다.

다음해 봄 한조는 한 대학의 미대에 합격했다. 어떻게 해볼 방도가 없는 학비 때문에 대학을 포기하고 입대를 생각할 때 수인이 미대 진학을 강권했다. 모자라는 학비는 입주 가정교사를 해서 벌 거라고 했다.

시험문제는 12색 색연필로 포일 쟁반, 나사못, 옷걸이, 스테이플러를 그리되 차가움과 뜨거움을 표현하라는 것이었다. 한조는 검은 연필만을 사용해 정밀묘사하고 음영을 통해 열기와 냉기를 표현했다. 왜 색을 사용하지 않았느냐는 면접관의 질문에 그는 색은 수시로 변하므로 형태가 중요하며 형태야말로 사물의 본질이라고 대답했다. 낙방을 의도한 심술궂은 답변이었지만 결과는 반대였다.

수인이 건네준 돈으로 겨우 등록을 마쳤지만 한조는 다른 대학생들이 하는 일들을 할 수 없었다. 그는 운전면허증을 따지도 미팅에 나가지도 축제를 즐기지도 않았고 여학생 꽁무니를 따라다닌 적도 없었다. 대학 시절 내내 한 일은 입시 미술학원의 시간제 강사 아르바이트와 어렵게 구한 개인 과외 교습이 전부였다. 더 나은 미래를 꿈꾸면서도 그것이 어떤 미래일지 모른 채 더 나쁜 상상밖에 할 수 없는 하루하루였다.

입주 가정교사로 들어간 수인은 만날 때마다 점점 수척해지더니 여름방학이 끝날 때쯤에는 이전에 알던 것과 전혀 다른 사람이 되었다. 원래 흰 피부는 더욱 창백해졌고 뺨은 갉아먹힌 듯 움푹 들어갔다. 눈두덩은 툭 튀어나오고 그늘진 눈구멍에는 무언가가 번득였다. 고통스런 과거에서 도망치려는 의지와 부끄럼 없는 새 삶을 향한 갈망을 담은 그의 얼굴은 11라운드를 내리 얻어터지고도 퉁퉁 부은 얼굴로 마지막 라운드 종소리가 울리자마자 달려나가는 권투선수처럼 비장했다.

어쩌다 만나도 그들은 하워드 주택 이야기를 꺼낸 적이 없었다. 한조는 숫제 하워드 주택 내부 구조조차 기억하지 못했다. 가슴속의 비통함을 떠올릴까봐 의도적으로 기억에서 지운 탓이었다. 지수의 얼굴이, 해리의 웃음이 더 이상 떠오르지 않을 때야 과거를 뿌리쳤다는 홀가분함을 얻을 수 있었다. 동시에 기억의 뿌리를 잃었다는 허망함이 그를 괴롭혔다.

다음해 여름 한조는 학교를 휴학하고 입대했다. 새벽에 초소 근무를 나가면 이마 위의 별들이 산산 조각난 삶의 조각들인 양 어둠 속에서 반짝였다. 소중했던 사람들은 사라지고 중요한 일들은 아무것도 아닌 것이 되고 좋았던 기억들은 끔찍함으로 남았다. 희미해진 비밀과 거짓말들이 고통의 잔해처럼 그의 몸에 침착되었다.

한조는 살인자인 아버지보다 살인자의 아내가 된 어머니를 더욱 가슴 아프게 기억했다. 어머니가 우울증에 빠진 건 한조를 낳은 후부터였다.

처음엔 가벼운 증상으로 시작되었다. 가을이 되면 불면과 무기력증이 나타나는 정도였다. 그때부터 어머니는 술을 입에 대기 시작했다. 그러다 의사의 수면제 처방을 받아야 했고 한조가 초등학교에 들어갈 무렵에는 수면제를 입에 넣고 맥주잔에 따른 소주를 들이켰다. 그럼에도 부모님은 서로의 약점을 끌어안으려 노력했고 서로에게 충실했다.

봄이 오면 어머니의 증세는 한결 가벼워졌다. 5월이 되면 어머니는 꽃이 피는 정원에서 종일 살다시피 했다. 그럴 때의 부모님은 다정한 한 쌍의 앵무새 같았다. 아버지는 실없는 소리로 어머니를 웃기느라 말이 많아졌고 어머니에게서 눈길을 떼지 않았다. 마치 아이들이 태어나기 전 자신들이 어떻게 사랑했는지 보여주려는 것처럼.

그러나 가을이 깊어가면 어머니는 다시 껍질 속에 몸을 숨기는 달팽이처럼 자신의 우울 속으로 파고들어가 술잔을 기울였다.

술을 끊기 위해 마르타 수녀님이 운영하는 진주의 요양병원으로 간 어머니는 2년 후에야 집으로 돌아왔다. 술 끊기가 얼마나 힘든지 한조는 몰랐지만 술을 마시지 않는 어머니가 강하다고 느꼈다.

그 일이 일어날 무렵 어머니는 전에 없이 활발했다. 한조는 어머니에게 감사했다. 아침밥을 차려주었기 때문에, 함께 깨어 TV 프로그램을 보았기 때문에, 늦은 밤 현관에서 자신을 기다려주었기 때문에. 특별할 것 없는 일들이었지만 그 평범한 나날이 이전이나 이후의 어떤 시절보다 행복했다.

지수가 사라진 후 어머니는 늪에 빠진 사람 같았다. 한조는 자신을 바라보는 어머니의 눈을 피하고 싶었다. 세상에 대한 경멸과 자식에 대한 원망이 담긴 눈이었다. 어머니가 자신을 증오한다는 생각이 들었다.

방으로 돌아와 누워도 잠이 오지 않았다. 아래층 계단참에 열은 불빛이 어른거렸다. 수도꼭지의 물소리와 그릇 부딪치는 소리, 바닥 널이 규칙적으로 삐걱거리는 소리. 조용하면서도 날선 부모님의 목소리…….

어머니는 설거지하고 아버지는 부엌을 서성일 것이다. 가족들을 설득하려 할 때마다 식탁에서 일어나 집 안을 걸어다니던 아버지. 아버지는 어머니에게 무엇을 설득하는 것일까?

한조는 바닥에 엎드려 귀를 기울였다. 아버지가 목소리를 눌러서 말했기 때문에 잘 알아들을 수는 없었다. 형사들, 사진, 혐의, 대학, 재판, 행복 같은 아버지의 말이 들렸고 실로암, 수녀님이라고 말하는 어머니의 목소리도 들렸다. 어쩌다 수인의 이름도 등장했다. 그는 두 사람 중 누구라도 자신의 이름을 불러주기를 기다렸다. 그러나 그런 일은 일어나지 않았다.

한조는 그 후에도 그날 밤 부모님이 나눈 말들을 쉽사리 짐작할 수 없었다. 지수 이야기가 나온 건 확실했다. 아버지가 어머니에게 범행을 고백하고 용서를 구했을 수도 있었다. 어머니가 아버지를 용서했는지는 확실치 않아도 그의 잘못에 눈을 감은 건 분명했다. 남편을 심판하는 일이 자기 몫이 아니라고 판단했을 것이다.

그날 밤 이야기의 초점은 그들이 한 일이 아니라 해야 할 일이었다. 부모님은 음식 냄새가 밴 부엌의 백열등 아래에서 자신들을 습격하는 운명을 예측하고 닥쳐올 변화에 대비하느라 안간힘을 다했다. 자신의 범죄를 후회하고 속죄할 여유도, 남편의 죄를 비난하거나 분노할 시간도, 무너진 자신들의 삶을 슬퍼할 겨를도 없이 아들들의 미래를 절박하게 논의하는 부모님을 떠올리면 그의 가슴은 고통으로 미어졌다.

아버지가 체포되자 어머니는 스스로를 유폐시켜 살인자의 자식이라는 치욕으로부터 아들들을 보호했다. 그것이 그날 밤 아버지와 어머니가 절박하게 계획한 그들의 미래였을까? 밝고 희망차기는커녕 어떤 약속도 없고 이미 이루어진 약속마저 파기된 위험한 미래.

전방 고지의 시린 밤공기 속에서 한조는 그날 밤 씰룩이던 아버지의 뭉툭한 눈썹과 떨리던 어머니의 얇은 입술을 자주 떠올렸다. 그들이 원망스러워도 미워할 수는 없었다. 아버지가 악에 굴복했다는 사실에 분노도 연민도 느껴지지 않았다. 그냥 그들이 자신과 상관없는 사람들 같았다.

이제 한조는 부모를 모르는 척해야 했다. 예수를 세 번 부인하는 베드로처럼. 그들이 자신을 낳은 적도 없고 저녁상에 마주 앉아 웃은 적도 없는 것처럼. 자기를 불쌍히 여길 사람이 자신밖에 없다는 생각에 그는 갑자기 추웠다. 그는 군복 외투의 윗단추를 단단히 채우고 턱을 바짝 당겼다.

취하고 싶었다.

가난은 단순한 관념이 아니라 육체의 고통을 동반했다. 추위와 배고픔, 악취와 불결함. 한조는 쉽게 야망이라는 걸 갖거나 함부로 미래를 낙관하면 안 된다고 자신을 달랬다. 그의 소원은 그냥 보통 사람처럼 평범하게 살아가는 것이었다. 그토록 아무것도 아닌, 보잘것없는 소원.

대학을 졸업했지만 어떤 기회도 그를 기다리지 않았다. 한조는 여전히 작은 지하 방에 살며 학원 보조강사로 연명했다. 늦은 밤 난방이 안 되는 방에서 수강생들이 쓰다 버린 물감으로 붓질을 하다 보면 자신의 삶이 마른 채 찌그러진 물감 튜브처럼 아무짝에도 쓸모없다는 생각이 들었다.

주워온 물감들의 색은 하나같이 칙칙하고 광택이 없었다. 그는 밝고 반짝이고 선명한 색이 근본적으로 자신과 어울리지 않는다고 되뇌었다. 언 손가락을 겨드랑이에 끼고 물감을 아끼느라 희미하게 칠한 밑그림을 바라보면 스무 살이 넘도록 살아 있는 자신이 대견했고 그림을 그리는 삶이 기적처럼 느껴졌다. 그는 현기증을 일으키는 시너 냄새를, 유화제와 섞이는 물감을, 팽팽한 캔버스의 탄력을 좋아했다.

그리는 동안에는 기억과 싸울 필요가 없었다. 그림 속엔 그를 속박하는 과거가 존재하지 않았다. 살인자 아버지와 주정뱅이 어머니, 그리고 죽은 지수도 없었다. 색채와 형태의 주술적인 힘을 통해 그는 고통에서 달아났고 과거로부터 도피했다.

그는 무시당하기에는 여전히 젊었고 그의 삶은 아직 실패작이 아니었다. 그는 충돌하는 색채와 선으로 세상이 얼마나 비정한지, 관계가 얼마나 부서지기 쉬운지 그리고 싶었다. 그리고 삶이 총체적으로 붕괴하는 일이 얼마나 아무것도 아닌지 표현하고 싶었다.

그러나 화가가 되는 건 그럭저럭 그리는 것과 다른 문제였다. 거기엔 재능 이상의 무언가가 필요했다. 적당한 작업실, 물감과 화구를 살 돈과 작업에 몰두할 시간⋯⋯.

궁핍에 시달리면서도 비범한 재능을 펼친 화가들이 없지는 않았다. 문제는 그에게 자신의 재능에 대한 믿음이 없다는 점이었다. 가난이 보잘것없는 자신의 재능조차 남김없이 말살하리라는 공포가 매 순간 찾아왔고 그리기가 두려워졌다.

그에게는 기댈 언덕이 필요했다. 5월이면 초록으로 뒤덮이고 밤이 되면 하늘에 부드러운 몸을 맞대던 해밀 언덕. 끔찍한 기억밖에 남은 것이 없지만 하워드 주택은 여전히 그의 기쁨과 좌절, 열망과 비애의 원천이었다. 왜 그런 생각이 들었는지 몰라도 그곳에서는 그림을 그릴 수 있을 것 같았다. 모네에게 지베르니가, 고흐에게 아를이, 밀레에게 퐁텐블로가 그랬듯.

한조는 고등학교 시절 미술 선생님에게 무턱대고 전화를 걸었다. 전화할 곳이, 앞으로의 삶에 관해 물어볼 다른 사람이 없었다. 선생님은 그동안 어떻게 지냈는지 묻지 않았다. 그는 맬컴 주택이 아직 비어 있느냐고 물었다.

"맬컴 주택과 하워드 주택은 너희들이 떠난 후 내내 아무도 살지 않아."

선생님은 그들이 떠난 다음해 지수의 부모님이 교통사고로 돌아가셨다고 덧붙였다. 10년이 지나도록 그 사실을 몰랐다는 사실에 한조는 자책감을 느꼈다.

선생님은 그 집들이 비어 있는 이유를 설명할지 말지 망설이는 듯했다. 굳이 듣지 않아도 그 끔찍한 일이 일어난 집에 거주할 사람이 없을 건 뻔했다. 그러나 갈 곳 없는 빈털터리인 그에게 그 끔찍한 집은 돌아갈 유일한 장소였다. 그는 입 밖으로 말을 밀어냈다.

"혹시 제가 맬컴 주택에 돌아가면 안 될까요? 많지는 않아도 매달 조금씩 집세는 낼 수 있어요. 간단한 수리나 관리를 직접 할 수도 있구요."

선생님은 그렇지 않아도 선교사 주택 관리인을 구하는 데 애를 먹고 있다고 했다.

"몇 사람이 오긴 했지만 보름을 못 넘기고 내뺐거든."

선생님은 교장 선생님께 말씀드려 재단 운영위원회에서 관리인 채용 안건을 다루도록 해보겠다고 덧붙였다. 2주 후 선생님의 전화가 걸려왔다.

"위원회 결정이 나왔어. 빈집은 사람이 사는 집보다 빨리 망가지니까 누구든 살면서 관리하면 좋을 거야. 일단 맬컴 주택에서 지내며 하워드 주택을 손보는 대로 옮기도록 해라. 집세는 걱정하지 말고. 적절한 사람을 찾았으니 재단으로서도 다행이지."

'적절한 사람'이라는 표현이 갈퀴처럼 그의 자격지심을 헤집었다. 그가 '적절한 사람'인 이유는 전 관리인의 아들이기 때문일 터였다. 10년이 지난 지금도 과거의 신분은 몸에 새겨진 문신처럼 선명하게 남아 있었다.

그렇다 해도 우선은 다행이었다. 언제까지일지는 몰라도 살 집이 생긴 셈이니까. 오래 비어 낡았어도 손을 보면 괜찮을 것이다. 이산 시내의 두어 군데 미술학원에 강사 자리를 구할 수 있을지도 모른다. 시간이 걸리긴 하겠지만 그림 작업도 병행할 수 있을 것이다. 그는 좁은 자취방에 트렁크를 펼치고 냄새 나는 옷가지들을 구겨넣기 시작했다.

맬컴 주택은 언덕길 옆 우묵한 곳에 수명을 다한 노인처럼 겨우 버티고 서 있었다. 울타리는 낡아서 페인트가 벗겨졌고 외벽에는 군데군데 삭은 자국이 보였다. 지붕 위에서 녹슨 풍향계가 찌그덕거리며 돌아갔다. 황폐한 정원과 허물어진 지붕이 무너진 자신의 삶처럼 느껴졌다.

그 집에 살던 사람들은 모두 사라졌다. '실로암의 집'에서 돌아가시기 전 어머니는 자신이 누구인지 알지 못했다. 4년 동안 진행된 알코올성 치매 때문이었다. 어머니의 죽음은 새삼스럽지 않았다. 그 여름날 이후 어머니는 한순간도 살아 있었던 적이 없었으니까.

화장한 어머니의 유골은 서울 인근에 있는 납골묘에 안치되었다. 언제일지 몰라도 아버지가 출소하면 어머니를 찾을 것 같았다. 그러나 아버지는 영원히 어머니를 찾지 못했다. 다음해 겨울, 급성 폐렴이 왔고 아버지는 다시 봄을 맞지 못했다.

한조는 잿빛으로 탈색된 포치의 나무 의자에 털썩 주저앉았다. 약간 짧은 왼쪽 뒷다리 때문에 의자가 기우뚱하며 쥐어짜는 소리를 냈다. 아버지가 허리 디스크로 괴로워한 것이 그 덜컹대는 의자 때문일지 모른다는 생각이 들었다. 그는 포치 기둥에 매달린 우체통에서 녹슨 열쇠를 꺼내 현관문을 땄다. 아버지가 검은 흑단 조각 쐐기를 박아 장식한 느티나무 문이었다.

이제 그는 이 언덕에 서식하며 끔찍한 이 집을 가꿀 것이다. 허물어진 곳은 다시 쌓고 망가진 부분은 수선할 것이다. 연약한 지반은 보강하고 정원 경계를 따라 모란과 백일홍, 수선화, 아이리스를 심을 것이다. 그리고 그림을 그릴 것이다. 그에겐 그럴 재능이 있었다. 그렇지 않다 해도 그렇게 믿을 수밖에 없었다.

저녁이 되자 배가 고팠다. 뭘 좀 먹고 싶어도 전기와 가스가 끊긴 바람에 라면 하나 끓일 수 없었다. 한조는 촛불을 찾아 켜들고 2층 방으로 올라갔다. 녹이 엉겨붙은 잠금쇠를 풀고 창을 열자 채찍 소리를 내며 바람이 불어닥쳤다. 달빛에 반짝이는 언덕길이 하워드 주택으로 이어졌다. 서까래 틈에 둥지를 튼 박쥐

들이 찍찍댔다.

불 꺼진 하워드 주택은 어둠과 정적에 싸인 무덤 같았다. 그때 언덕 위에서 쇠못을 뽑는 듯한 소리가 나고 아귀가 틀어진 하워드 주택의 2층 창문이 벌컥 젖혀졌다. 창유리에 비친 달빛이 날카롭게 번득였다. 은빛 지붕을 에워싼 거대한 삼나무의 윤곽이 창틀에 어른거리는 그늘을 드리웠다. 달이 구름을 벗어나자 창틀 윤곽이 드러나는가 싶더니 곧장 안으로 닫혔다.

그는 하늘색 페인트를 칠한 여닫이창의 내부를 들여다볼 수 있을 것 같았다. 밝은 갈색 의자의 높은 등받이, 침대 위의 하얀 침구들, 하얗고 윤이 나던 붙박이 옷장, 그 안에 걸려 있던 지수의 알록달록한 여름옷 들. 하워드 주택 사람들의 들뜬 목소리가 생생하게 들려오는 듯했다.

그때 창틀 너머로 희끄무레한 형체가 어른거렸다. 자세한 윤곽을 묘사하긴 힘들어도 사람의 형상처럼 보였다. 창틀 위쪽에 어른거린 것으로 보아 키가 크고 목이 긴 편이라고 추측할 수 있었다.

지수? 한조는 자신도 모르게 그녀의 이름을 되뇌다 소스라치게 놀랐다. 터무니없는 생각이었다. 지수가 그 창가를 좋아하긴 했지만 죽은 사람이 어떻게 자기 방으로 돌아올 수 있단 말인가?

달빛이 비친 창 너머에는 어슴푸레한 어둠이 깔려 있었다. 그는 촛불을 창밖으로 쳐들고 소리쳤다.

"거기 누구 있어요?"

있을 리가 없었다. 그가 아는 한 하워드 주택에는 아무도 살지 않았다. 그 집에 살던 사람들은 모두 떠났으며 돌아오지 못했다. 그런데도 방금 본 사람의 윤곽이 그의 머릿속을 떠나지 않았다.

누군가 창유리에 붙여놓은 여배우의 사진일까? 아니면 잠금쇠가 풀린 창에 어른거리는 달빛 그늘일까? 만약 그렇다면 어떻게 순식간에 사라졌을까? 아니, 헛것을 본 것이겠지.

하워드 박사가 애틀랜타로 가고 집이 비었을 때 하워드 주택의 유령에 관한 소문이 아이들 사이에 떠돈 적이 있었다. 그는 유령 같은 건 없다고, 있어도 사람을 해치지 않는다며 실랑이를 벌였다. 그런데 지금 그 허황한 말이 사실이었을지 모른다는 생각이 들었다. 하워드 주택에는 유령이 살고 있다. 그 집을 너무나도 사랑했던 사람들. 죽어서도 그 집을 떠날 수 없는 사람들.

한조는 창밖으로 머리를 내밀었다. 하늘은 은빛으로 물들었고 구름이 파도처럼 출렁거렸다. 바람이 회초리처럼 풀들을 한쪽으로 뉘어 잠재웠다. 비로소 집에 돌아왔다는 안도감이 찾아왔다. 날이 밝는 대로 청소를 해야 할 것 같았다.

날씨가 좋은 날이면 그는 언덕 아래 시내를 어슬렁거렸다. 도시는 생기 넘치고 사람들은 밝은 옷차림으로 거리를 지나갔다. 흰 페인트를 칠한 집과 아기자기한 가게들, 알록달록한 간판들. 양복점과 안경점과 음반 가게 들.

상점 주인들 가운데 아는 얼굴이 보였다. 그들은 예전보다 늙거나 지친 듯했고 다리를 절기도 했다. 한조는 그들에게 말을 걸지 않았고 그들도 알은척하지 않았다. 아무도 자신을 알아보지 못한다는 사실에 그는 안도했다. 타인들로부터 완벽하게 격리되었다는 사실에서 오는 씁쓸한 안도감.

사흘 후 하워드 주택에 전기와 상수도가 연결되었다. 한조는 두 개의 트렁크를 양손에 들고 하워드 주택으로 옮겨갔다. 필라멘트가 끊겼는지 오래된 샹들리에 전구 열두 개 중 아홉 개에 불이 들어오지 않았다. 벽에는 그가 학창 시절에 그린 〈하워드 주택〉이 걸려 있었다.

그림 속 하워드 주택은 바람과 빗줄기에 뒤틀린 채 거대한 폭풍 속을 항해하는 범선처럼 보였다. 화면 왼쪽에서 불어오는 광풍은 터너의 작품에서 빌려온 구도와 터치였다. 거대한 재앙에 맞선 위엄을 보여주는 〈눈보라 – 항구 어귀에서 멀어진 증기선〉, 〈해체를 위해 예인된 전함 테메레르〉, 〈강풍 속의 네덜란드 선박〉을 바라보면 보잘것없는 자신의 삶에도 의미가 있는 것 같았다.

〈하워드 주택〉은 자신이 아닌 다른 누군가의 것처럼 낯설었다. 그 그림을 그린 자신이 오래전에 죽었고 지금의 자신은 그 유령일 뿐이라는 생각도 들었다. 바람이 들창을 요란하게 흔들며 소리쳤다. 이한조. 이곳에 왜 온 거야? 넌 다시 안 올 사람처럼 떠났잖아.

다음날은 비가 왔고 그는 집 안을 청소했다. 일을 마친 오후 무렵에 비가 그쳤고 햇살이 쏟아졌다. 눈꺼풀에 덮였던 비늘이 벗겨진 듯 선명해진 눈앞에 오래전 풍경들이 떠올랐다. 지수의 2층 방과 1층 홀, 베토벤 피아노 소나타가 흐르던 서재, 가파른 계단을 재빠르게 오르던 해리의 오종종한 걸음걸이, 어느 여름밤, 커튼 너머로 훔쳐보았던 그들 부부의 사랑. 물마루처럼 넘실거리던 느린 출렁임······.

며칠에 한 번 집배원이 왔고 한 달에 한 번꼴로 가스 검침원이 계량기를 들여다보고 돌아갔다. 그들은 푸른 작업복을 입었고 말이 없었다. 삼나무의 늘어진 가지들이 지붕을 스치는 소리가 천장에서 들렸다. 날이 좋으면 내일 지붕 위로 웃자란 가지를 쳐내야 할 것 같았다.

낡은 집은 여기저기 아프다며 끙끙대는 노인 같았다. 시도 때도 없이 수도관이 새고 하수구가 막히고 벗겨진 페인트에서 녹물이 흘렀다. 한조는 그때마다 렌치와 망치를 들고 씨름했다. 어느 날인가에는 막힌 하수구를 뚫다 힘에 부쳐 수리공을 불렀다.

"하워드 주택에 사람이 살게 되니 정말 다행이에요. 집이 아무리 좋으면 뭐 합니까? 사람이 살지 않으면 유령 집이죠."

수리공이 렌치로 수도관을 조이며 말했다. 그는 키가 자그마했지만 다부진 몸집이었고 목깃이 나달나달한 작업용 점퍼를 입고 있었다. 선량함이 느껴지는 그의 표정에 아버지의 얼굴이 겹쳐 보였다. 하워드 주택의 상수관을 교체하던 아버지, 지붕널을 갈던 아버지, 흙손을 들고 깨진 계단에 시멘트를 덧바르던 아버지, 부서진 창틀을 떼어내 망치질을 하던 아버지…….

"유령 집에 유령이 산다면 제가 유령일까요?"

그의 농담에 수리공은 단춧구멍만 한 눈을 찡그리며 웃었다.

김수진이 처음 하워드 주택이 잘 보이는 언덕 사면에 이젤을 펼쳤을 때 한조는 눈여겨보지 않았다. 흉가가 된 줄도 모르고 찾아온 아마추어 미술 동호인으로 여겼고 오래 비워둔 집을 손보느라 정신이 없기도 했다. 그녀는 일주일 이상 오전에 찾아와 일몰 직전에 돌아갔다. 그가 그녀의 존재를 알아차린 건 며칠이 지난 후였다.

그날은 아침부터 하늘이 흐릿했고 구름이 불룩하게 늘어져 있었다. 그녀는 9시가 조금 지난 시간에 그림 도구를 메고 언덕을 올라왔다. 바람을 피해 길 아래 사면에 이젤을 세운 그녀는 캔버스 천을 깔고 붓과 연필, 색색의 물감을 늘어놓은 다음 형클어진 머리카락을 틀어 연필로 꽂고 몸을 웅크린 채 담뱃불을 붙였다. 연기가 바람에 빠르게 소용돌이치며 흩어졌다.

한조는 언덕길을 내려갔다. 호기심의 대상이 그녀인지 그녀의 그림인지는 알 수 없었지만 불현듯 가까이에서 보고 싶은 생각이 들었다. 그녀는 다가오는 그를 무시하려는 듯 하워드 주택을 주시하며 분주히 붓을 놀렸다.

그림 속 하워드 주택은 고색창연한 색채와 음영 때문에 실제보다 쇠락한 모습이었다. 현관 계단은 허물어졌고 지붕은 늘어졌고 포치 기둥은 기울어져 보였다. 유리창은 뿌연 막을 덮어쓴 것 같았고 문설주는 뿌리 부근이 삭아 있었다.

"이 지붕…… 너무 늘어진 것 같지 않아요?"

그녀가 그림에서 눈을 떼지 않고 붓끝으로 지붕을 가리켰다. 강한 바람에 휘어진 삼나무 가지가 황혼에 물든 지붕에 드리워져 있었다. 그가 대답했다.

"조금 휘어졌어도 나쁘지는 않아요. 세월의 흐름이 제대로 나타났으니까요."

"그 때문에 집이 바보 같아 보여요."

웃음을 참다 사례에 걸린 듯 그녀는 콜록콜록 잔기침을 했다. 조금 전까지 그림에 빠져들던 모습은 오간 데 없었다. 그림을 마주할 때의 진지함과 실없을 정도의 천진함. 어느 쪽이 진짜인지 모를 돌연한 감정변화였다.

그녀는 호리호리한 체격이었는데도 건장한 인상을 주었다. 벽돌을 얹어놓은 듯 각진 어깨 때문인 듯했다. 시원시원한 이목구비에서는 활력이 느껴졌다. 나풀거리는 원피스 소매 아래 드러난 팔뚝은 햇빛에 그을려 단단한 느낌을 주었다. 누군가를 떠오르게 하는 얼굴이었는데 누군지는 기억나지 않았다.

"어디서 본 것 같은데…… 우리 전에 만난 적이 있나요?"

"그런 얘기 종종 들어요. 평범하게 생겨서 그렇겠죠."

그녀는 카랑카랑한 목소리로 대답했다. 한조는 큰 잘못을 한 것처럼 미안하다고 말했지만 그녀가 무례하다는 생각이 들지는 않았다. 서쪽 하늘 멀리 먹구름이 몰려오고 있었다.

"하워드 주택 1층에 하워드 주택 그림이 걸려 있다죠?"

그녀는 갑자기 생각난 듯 물었다.

"하워드 주택에 대해 잘 아는군요. 마치 들어가본 사람처럼 말이에요."

"들어가보지 않아도 알 수 있어요. 옛날 신문에서 본 적이 있거든요."

한조는 장난기가 발동했다.

"그럼 그 집에 유령이 산다는 것도 알아요? 이사 온 날 밤 하워드 주택 2층 창가에서 유령 비슷한 걸 봤거든요. 진짜 봤는지 봤다고 착각하는지는 모르겠지만."

그녀의 짧은 미소는 그의 말을 수긍하는 것 같기도 했고 비웃는 것 같기도 했다. 그녀가 유령 같은 건 없다고, 그런 걸 보았다면 착시나 망상이라고 꼬집어주길 기대했던 그는 실망했다.

서늘해진 바람에 비 냄새가 실려왔다. 한조가 말했다.

"한바탕 쏟아지겠네요. 잠시 집 안에서 비를 피해야겠어요. 어물대다간 폭 젖을 거예요."

그녀는 서둘러 붓을 빨았다. 그는 이젤을 접어 들고 언덕을 올라갔다. 그들이 거의 현관에 다다랐을 때 빗방울이 굵어졌다. 그녀는 살짝 젖은 머리카락을 털며 집 안을 돌아보았다.

"그림은 있는데 유령은 없네요."

"모르죠. 밤이 되면 나타날지……."

창밖에는 빗줄기가 커튼처럼 드리워졌다. 검은 하늘을 발가벗기듯 번개가 번득였고 천둥 소리가 들창을 흔들었다.

그녀는 스케치북을 펼치고 굵기와 무르기가 다른 연필들로 선을 그었다. 모눈종이처럼 교차하는 가로선과 세로선. 칼질처럼 예리한 사선과 빗금. 연필이 종이를 스치는 소리가 창밖의 빗소리와 섞였다. 그는 그녀가 굵고 무른 연필심을 종이의 위쪽 모서리에서 아래쪽으로, 왼쪽에서 오른쪽으로, 조심스러우면서도 망설임 없이 쓸어내린 후 눈이 가는 사포에 연필 끝을 뾰족하게 갈아내는 모습을 조용히 바라보았다. 그러는 동안 스케치북은 각기 다른 각도와 방향으로 불규칙하게 얽힌 선과 기하학적 도상들로 채워졌다.

비는 벽시계 바늘이 8시를 지나 그쳤다. 그녀는 세면대로 가서 검댕으로 반들반들해진 손가락을 씻었다.

한조는 선을 긋는 미술치료가 과잉행동증후군 치료에 효과적인 행동요법이라는 연구결과를 어디선가 읽은 기억이 났다. 그녀도 가혹한 고통이나 슬픔을 견디기 위해 그림 속으로 도망친 것일까? 그렇다면 그녀는 어떤 기억으로부터 도망치려는 걸까?

그녀는 지금껏 본 적이 없는 유형의 인물이었다. 어떤 망설임도 없이 수다를 떨다가 오래 침묵을 지키는가 하면 티 없이 웃다가 순식간에 낯선 사람처럼 냉랭하게 돌변했다. 모든 표정이 기만적이면서도 동시에 진실한 그녀의 얼굴처럼 느껴졌다.

번번이 예측을 빗나가는 그녀의 행동은 수십 개의 가면을 겹쳐 쓰고 얼굴을 바꾸는 변검술사를 떠올리게 했다. 순식간에 변하는 표정과 어투, 몸짓과 태도에 대한 기대와 호기심이 그들의 대화에 생기를 부여했지만 그에게는 그만큼 에너지를 요구했다.

그녀라는 경이 앞에서 한조는 자신이 누구인지 잊기 일쑤였다. 그는 기꺼이 그녀의 독선에 복종하고 그녀의 아름다움에 굴복하고 싶었다. 그녀가 마음대로 자신을 지배하고 조종하고 망가뜨리도록 내버려두고 싶었다.

그들은 햇살이 쏟아지는 거리를 목적 없이 배회했다. 걷다가

지치면 눈에 띄는 카페 테라스에 앉아 서로를 바라보았다. 가끔은 나란히 서서 같은 그림을 바라보고 한 스케치북에 번갈아 그림을 그리며 낄낄거렸다. 그 유치하고 단순한 행위 속에 순수한 행복이 있었다.

그들은 끊임없이 이야기를 나누었다. 이 도시에 대해, 이 집에 대해, 변한 것과 변하지 않은 것에 대해. 그러나 그들은 약속이나 한 듯 과거에 대해 입을 다물었고 서로의 어린 시절을 묻지도 않았다. 한조는 아버지 얘기를 하지 않았고 그녀 또한 그의 과거를 무시했다. 간혹 학창 시절 이야기가 나와도 모두 알 만한 뻔한 얘기나 더 캐묻기를 노골적으로 거부하는 단답형 대답을 늘어놓을 뿐이었다. 상처를 드러내도 위안받지 못하리란 걸 알기에 고통을 내색하지 않는 사람들끼리의 슬픈 연대감.

그들에겐 서로만이 중요했고 현재만이 뚜렷했다. 마치 그림책에서 오려낸 주인공들처럼 배경과 주변 인물은 삭제되었다.

"죽은 사람을 본 적이 있어?"

어느 날 오후 캔맥주 뚜껑을 따며 그녀가 물었다. 알루미늄 뚜껑이 찢어지며 가스가 새어나왔다. 그는 10년 전 겁먹은 소년의 눈으로 그녀를 돌아보았다. 지수의 젖은 머리카락과 맨발이 떠올랐다.

"내가…… 알던 여학생……."

"어떤 여학생?"

한조는 말을 계속해야 할지 말아야 할지 망설였다. 한다면 어디까지 해야 할지도. 공기에서 녹슨 쇠의 아린 냄새가 났다. 이윽고 그는 반쯤 남은 맥주를 비우고 말했다.

"그때 그 앤 열여덟 살이었어. 실종 5일 만에 강에서 발견되었지."

그의 목소리는 진지했고 그의 이야기는 통렬한 진실처럼 들렸지만 그녀는 전적으로 믿지는 않는 듯했다. 그가 말하지 않은 내용이 있는 건 사실이었다. 지수의 죽음에 대한 책임에서 그가 결코 자유롭지 않다는 사실이었다.

"그 여자를 사랑했어?"

그녀는 한마디도 놓치지 않으려는 듯 고양이처럼 둥글게 어깨를 말고 그에게로 몸을 기울였다. 그의 말을 듣기 위해 그를 사랑했고 그를 사랑하기 때문에 그의 말을 들어야 하는 것처럼. 그는 고해성사하는 마음으로 대답했다.

"첫사랑이라고 해야 할까? 아닌지도 모르고…… 그 애를 사랑한 건 맞지만 그만큼 미워하기도 했어. 어느 쪽이든 그 애가 아니었으면 난 그림을 그리지 않았을 거야."

얼마간의 진실과 그만큼의 거짓이 섞인 그의 말은 자신에게 조차 모호하게 들렸다. 누구에게도 한 적 없고 스스로도 잊고 있던 이야기를 왜 그녀에게 하는지 그는 알 수 없었다. 굳이 이유를 찾자면 자신의 어두운 기억을 그녀와 공유하고 싶은 기대

168

때문이리라. 고통이 닮은꼴이라는 사실만으로도 사랑을 확인할
수 있다고 여겼으니까.

한조의 작업에는 진척이 없었다. 희고 공허한 사각의 캔버스
는 감옥처럼 그를 옥죄었다. 무엇을 그려야 할지, 어떻게 그려
야 할지 알 수 없었다. 무언가를 창조하는 행위가 자신의 능력
밖의 일인 것 같았다. 어느 순간부터는 자신의 붓질이 순백의
캔버스를 오염시킬지도 모른다는 두려움에 휩싸였다.

빚을 진 사람처럼 어쩔 수 없이 붓질을 해도 캔버스에는 쓸모
없는 결과물만 남았다. 생기도 없고 의미도 주장도 없고 아름답
다고도 할 수 없는 죽은 그림들. 해가 저무는 시간이면 깊은 공
허와 무력감이 밀려들었다.

그래도 그녀는 그가 무얼 그리는지 궁금해했고 그가 그린 그
림을 보고 싶어 했다. 그러나 그에게는 보여줄 그림도 그리고
있는 그림도 없었다. 그는 시장에 진입하지도 못한 가난한 미
술지망생, 그리겠다는 막연한 의지조차 없는 무위도식자일 뿐
이었다. 그는 더 견디지 못하고 자신의 무능을 그녀에게 실토
했다.

"문제가 약간 있어."

"무슨 문제?"

"이유가 뭔지는 모르지만 그림을 못 그리겠어. 아니, 이유를
아는데 해결책을 모른다고 해야 할까?"

창에서 들어온 빛이 바닥에 일그러진 사각형을 그렸다. 그녀가 단호하게 대꾸했다.

"걱정 마. 자긴 해결책을 찾을 거야. 난 틀림없이 그 그림을 좋아할 거고."

근거 없이 확고한 그녀의 음성은 믿고 싶은 본능을 불러일으켰다. 한조는 그녀의 가슴에 가만히 손을 얹었다. 갈비뼈 안쪽에서 팔딱거리는 심장박동이 느껴졌다. 작고 붉은 새가 날개를 파닥이는 것 같았다. 그가 손을 허리로 가져가자 그녀는 몸을 틀어 빠져나갔다. 그녀에게 거부당했다는 생각이 갈퀴처럼 그의 가슴에 깊은 골을 냈다.

그녀가 처음부터 그의 모델을 자처한 건 아니었다. 그렇지만 그가 그녀를 그리지 않은 적은 한순간도 없었다. 말없이 마주 보거나 대화를 나눌 때 그들은 서로의 표정과 몸짓에 집중했고 스케치북이나 종이 위에 서로의 모습을 끄적였다.

그러다 어느 날 그녀는 그리기를 멈추고 그를 위해 가만히 포즈를 취해주었다. 그녀는 흰 셔츠와 청바지 차림이었지만 그가 자신도 모르게 그어 내린 선은 누드 크로키였다. 그림을 본 그녀가 말했다.

"이건 가짜야. 난 자기에게 누드를 그리라고 허락한 적이 없어. 이게 어떻게 나야?"

그는 본의가 아니었으며 불쾌하게 해서 미안하다고 황급히

사과했다. 그녀는 대꾸도 없이 돌아갔다. 다음날에도 그녀는 화가 풀리지 않은 표정이었다. 그녀가 말했다.

"날 멋대로 상상해서 그리려 들지 마. 자기가 보이는 그대로의 날 그려야 나도 있는 그대로의 진짜 날 보여줄 수 있어."

"그래. 있는 그대로, 보이는 대로…… 그릴 수 있어. 그리고 싶어."

며칠 후 그녀는 허물을 벗는 것처럼 부드럽게 청바지 자락을 빠져나와 그의 캔버스 앞에 섰다. 그녀의 하얀 허벅지 안쪽에 뭔가가 어른거렸다. 석양의 빛 그늘인가? 물감이 튄 자국인가? 자세히 보니 여러 차례에 걸쳐 예리한 도구로 베인 듯한 상처 자국이 붉은 노끈처럼 얽혀 있었다. 굵고 가늘고 짧고 긴 흉터와 톱니 모양으로 꿰맨 자국, 희거나 붉거나 잿빛이거나 분홍색을 띤 상처, 딱딱하게 불거진 켈로이드 자국과 핏줄을 따라 띠 모양으로 아문 자국…….

허벅지뿐만이 아니었다. 모양과 색깔과 크기가 다른 수십 개의 흉터가 곳곳에 드러났다. 한조는 목덜미가 꺾일 정도의 경련을 일으켰다. 그 참혹함을 보고 있을 엄두가 나지 않았다. 그는 그 몸을, 아니 그 상처를 외면하고 싶었다. 무슨 일이 있었는지 묻고 싶어도 대답을 듣기가 두려웠다.

그러나 두려움은 곧 강렬한 호기심으로 바뀌었다. 단지 알고 싶은 욕망이 아니라 알아야 한다는 의무감이었다. 아마 그녀는 어린 시절 가까운 누군가에게 학대를 당했는지도 모른다. 그 때문에 그녀가 가족 얘기를 하지 않는 걸까?

"누구야? 누가 네게 이런 짓을 했어?"

그의 목소리가 갈라졌다. 그녀는 담담한 눈으로 그를 바라보며 말했다.

"아무도 아니야. 내가 그랬어."

그는 삽자루로 가슴을 얻어맞은 것 같았다. 머릿속에 어리석은 짐작들이 명멸했다. 그 도구가 칼인지, 송곳인지, 자해를 위해 특별히 고안된 흉기인지, 자신의 몸을 그을 때 두렵지 않았는지, 아프지 않았는지, 아팠다면 어떻게 참았는지, 지금도 자해를 계속하는지…….

그러나 영원히 대답을 들을 수 없을 거라는 체념이 몰려왔다. 그녀가 다시 말했다.

"지금은…… 괜찮아. 이젠 괜찮아."

그는 손가락 끝으로 그녀의 어깨와 허벅지를 쓰다듬었다. 그녀에게 왜 그랬는지 묻고 싶지 않았다. 그녀가 말하고 싶을 때 들으면 되니까. 말하고 싶지 않다면 영원히 듣지 않아도 상관없다. 아무리 상상치 못할 과거를 알게 돼도 그녀를 사랑하지 않을 수 없을 테니까.

그건 터무니없이 순진한 생각인지 몰랐다. 문제를 외면하고 도피하려는 핑계일 수도 있었다. 그럼에도 그는 모든 세부사항을 이해하고 싶지 않았다. 그들의 관계를 산산 조각낼 치명적인 사실일지라도 모른 척 묻어두면 별일 없을 테니까. 밟지만 않으면 터지지 않는 지뢰처럼.

불현듯 어떤 생각이 머릿속에 스쳤다. 그 순간에는 무슨 생각인지 희미했지만 잠시 후 그는 깨달았다. 그녀를 그리고 싶고 그녀를 그려야 한다는 확신이었다. 그 일을 하기 위해 평생을 살아왔다는 생각이 들 정도였다.

상처는 그녀의 영혼이 그려낸 무늬였고 그녀의 삶을 보여주는 나이테였다. 그녀의 상처를 그리며 그는 자신의 고통을 달랠 것이고 그 그림은 다른 누군가의 상처를 치유할 것이다. 얄팍한 생각이지만 상업적으로 성공할 거라는 확신도 들었다.

한조는 스케치를 시작했다. 지금까지의 삶이 껍데기뿐이었다는 회한과 진짜 인생이 시작되고 있다는 열망이 동시에 솟구쳤다. 이제야 그녀가 원하는 사람이 된 것 같았다. 무엇을 그려야 할지, 어떻게 그려야 할지 분명히 알고 그것을 그리는 사람.

모델로서 그녀의 집중력은 놀라웠다. 불평하거나 짜증을 내지도 통증을 호소하지도 않았다. 같은 자세를 유지하는 인내력과 이전 포즈를 기억하는 집중력으로 온몸의 잔근육과 흐트러진 머리카락 한 올 한 올까지 자기 존재를 표현하는 도구로 삼았다.

그녀를 그리는 시간은 그녀와 사랑을 나누는 듯한 황홀감을 주었다. 모든 풍경이 새롭게 보였고 모든 대상이 생생한 존재감을 드러냈다. 그는 살아서 무덤을 걸어나오는 나사로가 된 기분이었다.

가끔 TV에서 무료한 뉴스가 나오면 한조는 슬픔 없이 떠올릴 수 있는 순간들에 관해 얘기했다. 초등학교 때 소풍 갔던 공원, 제복을 입고 동물원 입구를 지키던 원숭이 모형, 녹슨 울타리를 지날 때 나던 동물의 냄새…….

그녀는 어렸을 때 잇따라 돌아가신 어머니와 아버지, 그 후에 맡겨진 외삼촌의 집에 관해 이야기했다. 고집 센 사촌 여동생들의 공부를 돕느라 자기 숙제를 하지 못해 선생님께 혼이 난 얘기도.

"중학교 3학년 때 갑자기 엄마 아빠의 얼굴이 기억나지 않았어. 아무리 노력해도 떠오르지 않더라고. 그 순간 내가 어른이 되어버렸다는 생각이 들었어."

그녀가 말했다. 그는 그녀의 목소리를 자기 것인 양 친밀하게 이해했다.

"난 아버지 얼굴을 기억하려고 노력한 적이 없어. 떠올리지 못한 게 아니라 떠올리지 않았어. 이런 말…… 하고 싶지 않아서 누구와도 친해지지 못했지."

한조의 목덜미에 굵은 힘줄이 불거졌다. 어린 시절 겪었던 비극적 사건과 궁핍 때문인지 그는 타인과의 관계에 어려움을 겪었다. 모르는 사람과 친해지려면 복잡하고 더딘 단계가 필요했고 대부분의 관계는 시작하기도 전에 끝났다. 그러나 그녀에게만은 고통스러운 과거를 털어놓고 싶었다. 그는 목에 걸린 핏덩이 같은 말을 뱉어냈다.

"내 아버지는 살인자였어. 내가 고등학교 2학년 때 사람을 죽였고 자기 자신마저 죽음으로 내몰았지."

그는 잡혀가던 아버지와 처음이자 마지막 면회에서 본 그의 고무신에 대해 담담하게 털어놓았다. 말하는 내내 그녀와의 관계가 망가질 거라는 불안과 그녀라면 모든 걸 이해해줄 거라는 기대가 뒤섞였다. 그녀는 들고 있던 TV 리모컨을 탁자에 내려놓고 한동안 침묵한 후에 되물었다.

"자기도 그렇게 생각해?"

한조는 질문의 뜻을 알아차릴 수 없었다. 그녀는 어떤 이야기를 더 시시콜콜 듣고 싶은 것일까? 아버지가 열여덟 살 난 이웃집 소녀를 살해해 시신을 댐에 버리고 아무 일도 없던 것처럼 지내다 아들의 눈앞에서 체포되었다는 이야기? 한조는 눈꺼풀을 깜빡이며 되물었다.

"그렇게 생각하지 않으면 달리 어떤 생각을 할 수 있지?"

"자기 아버지잖아? 가령 진범이 따로 있는데 경찰이 단지 그렇게 발표했을 뿐이라는 생각…… 해본 적 없어? 한 번도?"

한조는 그녀의 주장을 간절히 믿고 싶었지만 선뜻 수긍할 수 없었다. 그 말이 사실이라면 필연적으로 맞닥뜨릴 수밖에 없는 또 다른 질문이 두려웠다. 아버지가 아니라면 누가 범인인가? 그는 목소리를 가다듬고 대답했다.

"아버지가 자백했고 검찰이 증거를 제시했고 법원이 판결을 내렸어. 모든 사회제도와 기능이 제대로 작동한 거야. 그런데 경찰이 뭐 하러 그런 짓을 하겠어?"

"사람들은 어리석어. 뻔히 보이는 사실도 못 본 척하거나 말하길 두려워해. 그러다 경찰이, 언론이, 정치인이 말하면 한 치 의심 없이 믿어버리지. 맬컴 아저씨는 그렇게 살인자가 된 거야."

그녀의 목소리와 태도가 너무 자연스러워 한조는 별생각 없이 대꾸했다. 그런 생각을 해도 달라질 건 없다고, 이미 무너진 진실을 일으켜 세울 수도, 지난 시간을 돌이킬 수도 없다고. 말을 마치자 실내 공기가 미묘하게 변했다는 느낌이 들었다.

"매…… 맬컴 아저씨? 지금 맬컴 아저씨라고 했어?"

한조는 말을 더듬었다. 그녀의 쇄골 근처에서 목덜미를 타고 목에 파란 핏줄이 불거졌다. 울음을 참는 듯도 하고 몸에 힘을 잔뜩 준 듯도 한 그 핏줄. 햇살 선명한 오후의 하워드 주택 정원도 떠올랐다. 테라스에서 넘어져 울음을 터뜨린 아이의 목에 불거지던 세 갈래 핏줄. 짓이겨진 풀물에 초록으로 물들던 지수의 뒤꿈치.

"너…… 해리니? 아냐 그럴 리 없어. 넌 수진이잖아?"

한조는 놀라움과 당혹감이 섞인 눈으로 낡은 피아노 위의 가족사진 액자를 바라보았다. 가장자리가 얼룩지고 누렇게 바랜 사진 속의 소녀. 봉긋한 이마, 낮은 콧방울, 탄력 있는 볼과 각진 턱. 장난스럽게 웃는 앞니 빠진 얼굴…….

순간 그들 사이의 안개가 걷히고 모든 것이 선명해졌다. 한조는 눈앞의 여인을 응시했다. 그녀는 그의 시선을 피하지 않았다. 잠시 후 그녀가 말했다.

"엄마 아빠가 돌아가신 후 외삼촌에게 입양되었어. 충격을 빨리 잊게 하려고 외삼촌은 이름까지 바꾸었지. 나쁘진 않았어. 생판 모르는 사람이 아니라 엄마의 성이었으니까."

한조는 그제야 그녀의 삶을, 그녀의 상처를 어렴풋이 이해할 것 같았다. 그녀는 생물학적으로 성장했다기보다 비극적 사건과 기억의 거푸집에 의해 주조된 존재였다. 겨우 여덟 살에 그 잔혹과 비극을 겪었으니 그녀가 어떤 사람이 되었다 한들 이해할 수 없겠는가. 그렇게 생각하자 해리에 대한 미안함과 수진에 대한 연민으로 울음이 터질 것 같았다.

그들은 비극적인 사건을 두고 서로를 원망하거나 질책하지 않았다. 그저 잃어버린 기억의 조각을 하나씩 찾아 조각보를 만들려는 듯 그 여름 일을 서로에게 묻고 말해주었다. 그녀는 언니의 책상에 《햄릿》의 한 페이지가 펼쳐져 있었다고 말했다.

"난 그 페이지를 수백 번도 넘게 읽었어. 지금도 눈을 감으면 오필리아의 죽음을 전하는 왕비의 이런 대사가 떠올라. 냇가에 비스듬히 수양버들이 자라는데, 네 누이는 미나리아재비, 쐐기풀, 들국화, 그리고 야생란을 엮어 멋진 화환을 만들었지…… 물을 머금어 무거워진 옷이, 곱게 노래하는 불쌍한 것을 진흙 속 죽음으로 끌고 가는 데는 오래 걸리지 않았어."

그녀는 나직한 목소리로 거트루드 왕비의 대사를 읊조렸다. 오려놓은 듯 선명한 흰 달이 창틀에 걸려 있었다. 삼나무의 검은 가지들이 힘차게 뻗어올랐고 뾰족한 잎들은 바스락거리는 소리를 냈다. 회색 길고양이가 소리 없이 잔디밭을 가로질러 갔다.

삶의 한 부분을, 영혼의 한 조각을 그녀와 나누어 가졌다는 기쁨이 그의 온몸에서 들끓었다. 오래전에 헤어졌다가 다시 만난 가족 같은 친밀감이었다. 이제 그는 그녀의 아픔을 이해하고 그녀의 고통을 나누어 가졌다고 확신할 수 있었다.

그들은 보통 빛이 좋은 오후 3시 무렵까지 작업에 임했다. 한 조의 마음은 육체의 순수한 곡선을 포착하고 싶은 욕망으로 들끓었다. 그려야 한다는 강박이 아니라 그리고 싶다는 순수한 갈망이었다. 지금까지 자신이 그린 그림은 그림이 아닌 것 같았고 그녀가 세상에서 그리는 처음이자 마지막 그림처럼 느껴졌다.

해가 기울면 그는 피로한 눈과 굳은 손마디를 풀었고 그녀는 경직된 근육을 스트레칭했다. 그리고 그들은 면발이 딱딱하고 짠 스파게티를 나누어 먹었다. 완벽한 고립감이 주는 달콤한 중독성이 그들을 매료시켰다.

어느 늦은 저녁이었다. 빗방울이 흩날리면서 기온이 뚝 떨어졌다. 부드러운 빗방울이 닿자 땅은 한숨처럼 메마른 열기를 뿜어냈다. 두 시간 가까이 누드 상태로 움직이지 않은 그녀는 어깨를 떨었다. 한조는 자신의 체온이 밴 후드티를 해리의 어깨에 걸쳐주었다.

잔금이 가고 등걸처럼 딱딱해진 가죽 소파의 등받이가 삐걱거리는 소리를 냈다. 그는 포트에서 뜨거운 커피를 따라 그녀에게 건넸다. 커피잔에서 김이 가는 실오라기처럼 피어올랐다. 닿을 만큼 가까워진 서로의 얼굴에서 미세한 날숨의 떨림을 느낄 수 있었다.

"널 사랑해."

한조는 그녀가 자신을 사랑한다고 말하기를 원했다. 그러나 그녀의 입술은 얼어붙어 있었다. 그의 심장이 펌프질하며 온몸의 피를 한곳으로 몰아갔다. 해리가 마지못해 대꾸했다.

"나도 사랑해."

약을 올리는 것 같지는 않지만 그렇다고 진심이 느껴지지도 않았다. 그는 이전에도 두어 차례 그 정도 선에서 멈춘 적이 있었다. 그때마다 그는 그녀의 마음을 종잡을 수 없었다. 그녀는 사랑을 거부한다기보다 시간을 필요로 하는지 몰랐다. 그러나 언제까지? 그는 더는 우유부단한 남자가 되고 싶지 않았다.

그는 그녀에게 입을 맞추었다. 그리고 쐐기문자를 읽는 늙은 학자처럼 그녀의 상처 하나하나를 매만졌다. 그렇게 하면 그것들이 품은 고통을 이해할 수 있다는 듯이, 얼룩진 흉터에 새살이 돋기라도 한다는 듯이.

"잠깐. 그만, 그만해."

해리가 소리쳤다. 그는 그만둬야 할지 말아야 할지 망설이면서도 변명을 궁리했다. 거부당한 수치심을 감추고 용서를 구할 수 있는 말. 그러다 어떤 말이 그의 입에서 튀어나왔다. 그런 상황에서 남자들이 하는 바보 같은 말.

"난 널 사랑해. 너도 날 사랑하지?"

사랑을 구걸하는 그의 목소리는 그녀에게 거절할 수 없는 위협처럼 들렸다. 해리는 대답하지 않았다. 그때 그녀는 알지 못했다. 그가 자신의 침묵을 소극적 묵인, 혹은 무언의 승낙으로 받아들였다는 것을.

누구든 부자가 되고 일확천금을 버는 꿈을 꿀 수는 있다. 상상은 범죄가 아니니까. 하지만 남의 돈을 훔치거나 은행을 터는 건 범죄다. 아무리 사랑해도 상대가 싫어하는 행위를 강제하는 것 또한 마찬가지였다. 하지만 그 순간만큼은 그녀를 원한다는 사실만이 그의 몸과 영혼에 가득했다.

"사랑해. 사랑해. 사랑한다고 말해줘."

그가 할 수 있는 말은 그 한마디밖에 없었다. 듣고 싶은 말도 그것뿐이었다. 운명이 아무리 가혹해도, 과거가 아무리 끈질겨도 그 한마디면 헤쳐나갈 수 있을 것 같았다.

해리가 그를 밀쳐냈다. 가슴에 난 그녀의 손톱자국에서 날카로운 통증이 느껴졌다. 그녀의 거부가 자신의 존재 전체에 대한 부정으로 느껴졌다. 그의 내부에서 감당할 수 없는 분노가 치솟았다. 그녀가 아니라 그녀에게 거부당한 자신에 대한 분노였다. 그는 자신도 모르게 해리를 소파로 밀어 쓰러뜨리고 우두커니 선 채 중얼거렸다.

"도대체 왜?"

그 순간 머릿속에 아버지가 떠올랐다. 그러자 그녀가 자신을 거부하는 이유를 알 것 같았다. 그는 그녀의 언니를 죽인 살인자의 아들이었다. 그것은 그가 치러야 할 대가였고 합당한 징벌이었다. 과거에서 벗어났다는 안도감도 서로의 고통을 이해했다는 동질감도 그녀에게 용서받았다는 기쁨도 착각에 불과했던 것이다.

그는 그녀가 아픔을 느낄 정도로 힘껏 껴안았다. 순간 팽팽하게 경직된 그녀의 몸에서 힘이 빠져나가고 눈동자에 체념의 빛이 스쳤다. 그는 그녀의 눈꺼풀에 입을 맞추었다. 살아온 어떤 순간, 어떤 대상보다 완벽하게 그녀를 사랑한다는 확신이 들었다.

　나중에야 그는 다시 그때로 돌아간다면 멈추어야 했다고 수백, 수천 번도 넘게 후회했다. 그날의 행위가 얼마나 자기중심적이고 폭력적이었는지도 깨달았다. 그러나 그 순간은 그녀를 사랑한다는 사실만이 전부였다.

　이제 그는 잘못을 용서받기 위해서라도 더 깊이 그녀를 사랑할 것이다. 그리고 그녀를 그릴 것이다. 수많은 여인 중 삶의 증거가 되는 여자를, 존재를 통해 세계를 인식하게 하는 여자를. 다빈치가 모나리자를 그리듯, 모딜리아니가 에뷔테른느를 그리듯, 샤갈이 벨라를 그리듯.

　이제 그는 텅 빈 캔버스가 두렵지 않았다. 그녀를 그리는 것이 그녀에게 다가갈 유일한 경로이자 그녀를 사랑하는 행위 자체였다. 그녀의 아름다움을, 고통을, 절박함을 빛과 고결함과 생명의 이미지로 표현하고 싶었다. 그는 집착에 가까운 열의로 그녀를 관찰하며 비율을 짐작하고 구도를 계산했다. 그리고 그리스 조각과 중세 종교화, 르네상스 인물화의 기법을 섭렵했으며 각종 물감과 오일의 특성과 다양한 화구의 효과를 연구했다.

　마침내 〈오필리아; 여름〉이 완성되었을 때 한조는 망설임 없이 그녀를 캔버스로 이끌었다. 보일 듯 말 듯한 반투명 베일로 얼굴을 가린 그림 속 소녀는 반쯤 물에 잠긴 채 반듯이 누워 있었다. 얕은 개울의 수면에는 물풀이 자랐고 뒤로 파란 하늘이 펼쳐져 있었다. 부러진 가지 너머로 푸른 언덕 멀리 하워드 주택이 보였다.

수면은 고요했고 지그시 눈을 감은 소녀의 입가에 평온한 미소가 어렸다. 꽃으로 만든 화관, 수초처럼 물에 풀린 붕대, 자기 슬픔을 노래하는 입술, 곳곳에 새겨진 상처와 흉터…….

그녀는 기분이 이상했다. 죽은 자신의 모습을 보고 있는데도 두렵거나 역겨운 생각이 들지 않았다. 눈을 감고 있는데도 볼에 감도는 붉은 기운과 옅은 미소에서 생명력이 느껴졌다. 그것은 여리고 순수한 〈햄릿〉의 오필리아가 아니라 가혹한 삶의 흔적을 온몸에 새긴 오필리아였다.

"이제 무엇을 그려야 할지 알 것 같아. 마치 없던 길이 눈앞에 생긴 것처럼 생각이 선명해졌어. 오필리아에 사계화를 적용하는 거야. 가을은 빛으로, 겨울은 얼음으로, 봄은 진흙으로."

한조가 말했다. 그녀는 캔버스에서 눈을 떼지 않고 대꾸했다.

"그러니까 자기는 가을과 겨울, 내년 봄까지 우리가 함께할 거라 생각해?"

"당연하지. 우리가 함께하지 못할 경우란 헤어지는 것뿐인데? 난 널 그리고 그리고 또 그릴 거야."

한조는 있는 힘껏 해리를 껴안았다.

해리가 하워드 주택에 발길을 끊은 건 일주일 후였다. 그녀는 마치 처음부터 그곳에 없었던 사람처럼 사라졌다. 늘 공기처럼 떠다니던 집 안에도, 햇살을 받으며 포즈를 취했던 작업실에도 보이지 않았다. 그런데도 그는 무슨 일이 일어났는지 알지 못했고 알고 난 후에도 좀처럼 믿지 못했다. 그녀를 잃었다는 사실이 거짓말 같아 화를 내야 할지 슬퍼해야 할지 종잡을 수 없었다.

한조는 미친 사람처럼 여기저기 들쑤셨다. 그러나 그녀의 행방에 대해 마땅히 질문할 만한 사람을 찾을 수 없었다. 그녀가 사라진 후에야 한조는 그녀의 전화번호조차 물어본 적이 없다는 사실에 놀랐다. 그녀는 늘 그의 곁에 있었으므로 전화를 걸 필요조차 없었던 것이다. 그것은 얼마나 이기적인 착각이었던가?

상황을 편한 대로 생각하고 무신경하게 받아들이는 건 그의 오랜 습관이었다. 상대의 농담을 너무 진지하게 받아들여 분위기가 서먹해지거나 타인의 은유적인 표현을 알아차리지 못해 고지식하다는 말을 듣기도 했다. 사랑하는 그녀에게조차 그런 고약한 태도를 버리지 못한 자신의 우둔함에 그는 낭패감을 느꼈다.

그는 해리가 떠난 이유를 수도 없이 생각했다. 떠나기 전 그녀의 말과 행동을 떠올리려 안간힘을 썼고 그녀의 사소한 표정과 몸짓의 의미를 하나하나 곱씹었다. 도대체 그녀가 왜 떠났는지, 어디로 사라졌는지, 이럴 거였으면 왜 자신을 사랑했는지, 과연 자신을 사랑하기는 한 건지…….

그중에서도 마음을 찌르는 의문은 그녀가 왜 한마디 말조차 남기지 않았느냐는 것이었다. 그녀는 면전에서 이별 통보하기를 주저할 만큼 여린 여자가 아니었다. 그가 잘못했다고, 한 번만 용서해달라고 매달릴까봐 겁낼 성격도 아니었다.

이별 통보마저 그에겐 과분하다고 생각한 것일까? 아니면 한마디 없이 떠남으로써 돌이키지 못할 그의 과오를 응징하려 한 것일까? 어쩌면 그녀는 자신이 언니를 죽인 살인자의 아들이라는 사실을 끝내 받아들이지 못했는지 모른다. 언젠가 삶을 수렁으로 몰아넣은 사람의 아들을 왜 사랑하느냐고 묻는 그에게 그녀는 이렇게 대답했다.

"난 맬컴 주택 사람들을 가족이라고 생각했어. 그래서 그 사건 후에도 맬컴 아저씨나 자기에게 분노나 증오를 느끼지 않았어. 날마다 하워드 주택에서 자기가 돌아오기를 기다렸지. 그렇게 하면 정말 그런 일이 일어날 것 같았거든. 가족들은 죽었지만 자기는 살아 있었으니까."

해리의 말은 슬픔을 불러일으켰지만 쉽게 공감할 수는 없었다. 그녀는 살인자를 증오하며 그 아들을 잊어야 마땅했지만 그렇게 하지 않았다. 혼자 남겨진 외로움과 과거에 대한 그리움 때문이었을 것이다.

그들은 날마다 나란히 앉아 오후의 빛과 저무는 석양을 바라보았다. 그녀는 그가 옆에 있는 것을 좋아했고 그는 충직한 개처럼 그녀의 눈치를 살폈다. 그들은 서로를 위해 초라한 끼니를 장만해 나누어 먹었다.

그녀가 곁에 없다는 사실은 한조를 연약하게 만들었다. 단순한 정서적 상실감이 아니라 신체적 부작용을 동반한 금단증상이었다. 소화불량과 불면증, 일상을 이어가기 힘들 정도의 무기력증. 그는 며칠 동안 세수를 하지 않았고 배가 고프면 캔맥주로 끼니를 때웠으며 어두워져도 불을 켜지 않았다.

함께하는 동안 그는 그녀의 고통을 이해한다고 여겼다. 그러나 이제 그것이 착각이라는 사실이 분명해졌다. 그녀는 마주 보고 있는 순간에도 그가 아닌 허공의 어떤 점을 응시하는 듯했다. 서로를 사랑한다고 믿는 그 순간에도 그녀의 삶에서 쫓겨난 기분을 느낀 적이 한두 번이 아니었다.

결국 그는 그녀의 무엇도 이해하지 못했다. 타인의 기억을 이기는 사람은 없다. 아무도 없다. 그것은 진실을 이기는 사람이 없다는 말과 같다.

한조가 하워드 주택을 떠난 건 1년 후였다. 트럭에는 예닐곱 개의 이삿짐 상자와 네 점의 〈오필리아〉 연작이 실렸다. 그림은 해리의 부재로 인한 고통에서 그를 지탱해준 유일한 위안이었다. 그녀는 떠났어도 여전히 그려야 할 대상으로, 그의 오필리아로 존재했다.

명륜동의 초라한 빌딩 지하실을 월세로 얻은 그는 불안정한 일거리를 전전했다. 공사판 페인트칠, 간판집 아르바이트…… 그러다 미술학원 총무 겸 강사로 개인 레슨을 병행하며 하루하루를 버텼다. 어떤 기대도 없는 나날 속에서 그는 오래전에 사라진 흔적기관처럼 희망이란 말을 되새겼다.

수인을 만난 건 서울로 온 지 석 달이 지날 무렵이었다. 수인은 막 로펌 근무를 시작한 참이었다. 지하 작업실에 들어선 수인은 까칠하던 수염을 말끔하게 면도했고 더부룩하던 머리는 기름을 발라 넘겨 세련된 인상을 풍겼다.

대학 시절 이후 그들은 거의 만나지 않았다. 서로 말을 하거나 합의를 하지는 않아도 그들은 알았다. 자신이 상대의 고통을 비추는 거울임을. 참혹한 기억에서 서로를 보호하기 위해서라도 서로를 떠올리지 말아야 한다는 것을. 어쩌다 만나도 묵묵히 술잔을 기울이다가 서둘러 헤어져야 한다는 것을.

아주 가끔 만날 때에도 그들은 몇 년에 한 번 마주치는 사촌들처럼 서먹서먹했다. 지난 일에 대해서는 할 말이 너무 많아 입 밖에 낼 수 없고 다가올 일에 관해서는 할 수 있는 말이 없었다. 그들은 입안에 맴도는 말들을 내뱉지 않으려고 신경을 곤두세웠고 다른 얘기를 할 때조차 그 일을 연상시킬 만한 어휘나 표현을 애써 피했다. 말이 흉기가 될 수 있다는 사실이 두려웠다.

그럼에도 그의 입안에서 어떤 말이, 질문이 끊임없이 맴돌았다. 그 여름밤 이후 형에게 묻고 싶었지만 삼켜야 했던 질문. 지금 묻지 않는다면 영원히 알지 못할 비밀. 그는 가득 따른 소주잔을 입에 털어넣고 말했다.

"왜…… 왠지 몰라도 그날 화실에 나 혼자 있었다고 말했어야 한다는 생각이 들어."

수인은 불에 덴 사람처럼 놀랐다. 한조가 잔에 소주를 가득 따르는 동안 수인은 애써 차분함을 되찾았다.

"그런데 왜 그렇게 하지 않았어?"

"내가…… 그렇게 말했으면 형사들은 형을 잡아다 물었을 거야. 그때 어디서 뭘 했는지 말이야."

수인은 길게 숨을 내쉬었다. 그렇게 하면 몸 안의 당혹감을 몰아낼 수 있다는 듯이, 눈앞의 복잡한 문제를 능히 다룰 수 있다는 듯이.

"난 네가 안전하기를 바랐어."

수인의 관자놀이에 굵은 핏줄이 불거졌다. 자기 말이 진실처럼 들리게 하려는 안간힘이 눈에 보일 정도였다. 한조가 대꾸했다.

"난 안전했어."

"나와 함께 있었다고 말하지 않았다면 그렇지 못했을 거야.

넌 그때 어렸고 겁에 질려 상황을 제대로 이해하지 못했어."

"그래. 그때 난 어리석었어. 그래서 그런 바보 같은 짓을 한 거라고."

한조가 소리쳤다. 수인의 얼굴은 순식간에 10년쯤 늙은 사람처럼 지쳐 보였고 그 여름밤에서 방금 도망쳐 나온 소년처럼 창백했다.

"바보 같은 짓? 우리가 무슨 짓을 했는데?"

"기억 안 나? 우리는 함께 있었다고 거짓말을 했고 10년이 넘게 입을 다물었잖아."

한조는 자신이 그 사건에서 한 발짝도 나아가지 못했다는 것을 깨달았다. 이후로도 영원히 도망치지 못하리란 것도. 수인은 체념한 듯 고개를 끄덕였다.

"그래. 난 거짓말을 했고 네게도 거짓말을 하게 했어. 그런데 지금 와서 뭘 어떡하자고?"

"나…… 난 알아야겠어. 혀…… 형이 그때 어디에서 뭘 했는지……."

한조는 수인의 팔뚝을 움켜잡았다. 형을 믿고 싶어서, 형이 자신을 방패막이로 이용한 게 아니라고 믿고 싶어서.

"그래 난 거기 있었어. 유수지 근처 별장 말이야. 네가 믿지 않을지 모르고 믿기 싫을지도 모르겠지만." 수인이 혼잣말처럼, 거의 속삭이는 것처럼 가까스로 내뱉었다. "지수는 그때 날 좋아했어."

거대한 갈퀴가 한조의 가슴에 깊은 골을 파고 지나갔다. 형이 진실을 얘기하고 있다는 사실이 두려웠다. 지수가 사랑한 사람은 처음부터 자신이 아닌 수인이라는 사실이. 자신은 냉담한 형의 사랑을 얻기 위한 희생물일 뿐이었다는 게. 한조는 다시 물었다.

"그런데 왜 내가 형이랑 같이 있었다고 거짓말을 하게 했어?"

수인의 얼굴이 창백하게 변했다. 그는 무엇을 두려워하는 것일까? 진실을 말하는 것? 동생이 진실을 알게 되는 것? 아니면 동생이 자신의 말을 믿지 않는 것?

"그때 난 널 보호해야 했어."

"형은 날 보호한 게 아니라 자기를 보호하려 했을 뿐이야."

"그럴지도 몰라…… 아냐. 그렇지 않아." 수인은 횡설수설했다. "그때 지수는 오후에 화실에서 네 모델을 했어. 그건 지수가 마지막 본 사람이 너라는 얘기잖아. 내가 너와 함께 있었다고 말하면 우리 둘 다 의심을 받지 않을 거라 생각했어."

자신을 속이고 거짓말에 이용한 것으로 모자라 마치 그 세월이 아무것도 아니며 거짓의 결과가 자신과는 상관없다는 듯 태연한 형의 말에 한조는 맥이 풀렸다. 그는 빈 종이컵을 구겨쥐고 소주병을 들어 남은 술을 들이켰다. 수인이 그의 손에서 술병을 낚아챘다.

"그만해. 엄마처럼 되고 싶어? 알코올 중독으로 인생 망치고 싶냐고?"

한조는 형을 돌아보지 않았다. 캔버스의 밑그림이 흐릿해졌다. 그는 눈가에 어린 눈물을 흐르도록 두고 말했다.

"혀…… 형도…… 지수를 사랑했어?"

수인이 잠시 생각하더니 그의 어깨에 손을 짚었다. 강하고 거칠지만 주저하는 듯 따스함이 깃든 손길.

"지금 그게 중요해?"

"그럼 형은 그게 안 중요해?"

"한조야. 진실을 설명하기도 하고 재미도 있는 그런 해결책은 세상에 없어. 다른 건 몰라도 우린 죄를 짓지 않았고 어리석지도 무지하지도 않아. 그게 다라고."

수인의 목소리는 진지했고 확신을 담고 있었지만 듣고 싶은 대답은 아니었다. 또 하나의 질문이 한조의 입안에 맴돌았다. 그러나 혀끝에 딱딱하게 얼어붙은 그 말은 결국 입 밖으로 나오지 못했다.

'형…… 형이 지수를 죽였어?'

해리가 떠난 후 한조는 14점의 〈오필리아〉 연작을 완성했다. 그녀를 모델로 하워드 주택에서 작업한 4점을 제외하면 30호

미만의 소품들이었다. 전시회를 열 정도로 대단한 작품도 그럴 처지도 아니었지만 첫 전시회를 포기하고 싶지 않았다. 그림이 팔리면 더 좋겠지만 관계자들에게 좋은 인상을 주기만 해도 다행이었다.

여덟 번의 거절 끝에 생긴 지 얼마 안 되는 변두리 화랑을 대관할 수 있었다. 낙관적인 결과를 기대할 수 없는 대여 형식의 2주짜리 전시였다. 모난 곳이라곤 없는 둥근 얼굴에 동그란 뿔테 안경을 쓴 화랑 주인 서인문은 '죽음과 소녀'라는 섬뜩한 전시명을 붙여주었다.

전시회가 진행되는 동안 찾아온 사람은 손에 꼽을 정도였고 한 점의 그림도 팔리지 않았다.

곰인형을 닮은 펑퍼짐한 체구와 어울리지 않는 새된 목소리로 사사건건 핀잔을 늘어놓던 서인문은 전시회 마지막 날 오후에 잔뜩 흥분해서 소리쳤다.

"대박이야. 〈오필리아〉 연작 4점을 한꺼번에 싹쓸이하겠다는 사람이 나타났어."

반쯤은 믿고 싶었고 반쯤은 믿을 수 없는 얘기였다. 한 점도 팔지 못한 자신을 딱하게 여긴 서인문의 고약한 농담일까? 서인문이 키득이며 말을 이었다.

"구매자 신원은 나도 몰라. 하지만 생짜 신인의 작품에 손을 댄 걸 보면 물건을 알아보는 안목이 있어. 엄청난 자산가이거나 재벌가 사모님이거나 대박을 터뜨린 벤처 사업가일 거야."

한조는 해리에게 들려주고 싶었다. 그녀가 자신을 자극했고 숨은 재능을 끌어냈다는 말, 보이지 않는 탯줄을 통해 그에게 행운을 공급했다는 말을. 그 그림들은 그녀라는 존재에 대한 주석이었고 떠난 그녀를 향한 구애였다. 그는 그림으로 자신의 죄를 자백했고 사랑을 고백했고 용서를 빌었다.

"죽어라 죽어라 해도 죽는 법은 없어. 자넨 이 사람 바짓가랑이를 잡아야 해. 그게 예술비즈니스를 가동하는 기본요소니까. 작가와 고객의 상호신뢰 말이야."

대관료에다 중개료까지 챙긴 서인문은 이 전시회가 얼마나 무모한 짓이었는지, 변두리 화랑에서 4점을 한꺼번에 판 것이 얼마나 대단한 성과인지 너스레를 떨었다.

"이건 시작에 불과해. 두 번째 전시회에는 좀 더 큰 판을 벌여보자고. 알지?"

서인문의 호들갑에도 한조는 이 기적 같은 순간이 자기 인생의 최고점일 거라는 예감을 떨칠 수 없었다. 다시는 〈오필리아〉를 넘어서는 그림을 그리지 못할뿐더러 그려도 팔리지 않을 것 같았다.

예감은 적중했다. 서인문의 닦달에도 작업은 지지부진을 면치 못했다. 새로운 주제와 기법을 확립하지 못한 그의 그림은 크기나 주제, 기법이 제각각이었다.

몇 차례의 우여곡절 끝에 열린 두 번째 전시회에 걸린 스물네 점의 그림들은 작품이 되려다 만 미완성작으로 보였다. 색 위에 다른 색을 덮어 패치워크를 연상케 하는 작품들은 전시회가 끝난 후에도 팔리지 않고 그대로 남았다.

그녀가 곁에 없다는 사실이 모든 빛을 그에게서 앗아갔다. 한조는 다시 미술계 언저리를 헤매는 무명 화가로, 중고등학생에게 미대 입시를 가르치는 강사로 돌아가야 했다. 그는 더 궁핍해지고 더 암담해지고 더 쇠약해질 것이다. 그 생활을 벗어나기까지 몇 년이 걸릴지 알 수 없고 영원히 갇힐지도 몰랐다.

"자기? 나야. 해리. 토요일 날 만나자. 무슨 일인지는 만나서 얘기해줄게."

수화기 너머의 목소리는 쥐라기의 계곡에서 들리는 것처럼 멀게 느껴졌다. 그녀는 대답을 기다리지도 않고 만날 시간과 장소를 통보한 후 전화를 끊었다.

주말 오후, 그들은 햇살이 쏟아지는 카페 테라스에 마주 앉았다. 헤어지기 전보다 짧게 자른 머리카락 때문인지 그녀는 소년 같은 분위기를 풍겼다. 오목하던 콧날은 예리해졌고 볼살이 빠져 돌출된 광대뼈는 활기찬 인상을 주었다. 입술에 힘을 줄 때 생기는 보조개는 조금 더 깊어졌다. 그사이 키가 3cm 정도 큰 것 같았는데 살이 빠져서 그렇게 보였는지 모른다. 여전히 자신만만했는데도 예전보다 다정다감한 느낌이 들었다.

해리는 아이스커피 한 모금을 빨대로 빨고 분홍색 한글과 영어가 함께 새겨진 명함을 내밀었다.

김수진. 쿤스트. 수석기자.
Sujin Kim. Kunst. Senior editor.

《쿤스트》는 구독자 수가 많지 않았지만 독특한 안목과 날카로운 시각으로 독자적인 영역을 구축한 미술잡지였다.

"대학 4학년 때부터 편집자로 일하게 됐어. 허접한 아르바이트로 시작했는데 운이 좋았는지 정식 편집자가 됐어."

해리는 어젯밤 집 앞까지 바래다주고 다음날 다시 만난 연인처럼 서슴없었다. 마치 그들의 삶을 기록하는 필름에서 헤어진 시간을 잘라내고 이어붙인 것처럼. 그녀가 떠난 후의 고통과 외로움을 생각하면 배신감이 느껴질 정도였다. 그녀를 만나면 하려고 생각했던 말들이 하나도 떠오르지 않았다. 한조는 씁쓸하게 말했다.

"잘 지낸 것 같아 보기 좋네. 하긴 그러려고 떠났겠지만⋯⋯."

해리는 활짝 웃었다. 다시 만났다는 사실을 생생하고 순수하게 기뻐하는 것 같았다. 그녀는 지나간 시간에 관해 이야기하지 않았고 왜 그를 떠났는지도 언급하지 않았다. 마치 그런 일이 일어난 적조차 없으며 그간의 안부를 묻거나 헤어진 후의 삶을 궁금해할 필요도 없다는 투였다.

그녀는 자신이 쓴 기사와 인터뷰, 그리고 불황 이후 꿈틀거리는 미술 시장에 대해 말했다. 그러고는 그림 작업을 계속하고 있는지 묻지도 않고 그를 인터뷰하겠다고 했다. 계획과 절차에 따른 인터뷰 섭외가 아니라 즉흥적이고 느닷없는 통보였다.

"무슨 도깨비 같은 말이야? 난 유망하지도 않고 인터뷰할 만한 자격도 없어."

"자긴 자격이 없는 게 아니라 자부심이 없을 뿐이야. 자신감을 가져. 자긴 첫 전시회에서 네 점이나 팔았잖아?"

"그게 내 인생 처음이자 마지막 행운이었어. 두 번째 전시는 쫄딱 망했거든. 지금은 입시생들 습작이나 고쳐주며 밥벌이하는 신세야. 작업할 시간도 의욕도 물감 살 돈도 없어."

그 말을 하며 그는 이미 그녀에게 인터뷰를 당하고 있다는 생각이 들었다. 그녀가 말했다.

"화가는 그림을 그리지 않아도 화가야. 근데 나 맥주 한 병 시켜도 돼?"

한조는 웨이터를 불러 맥주 한 병을 시키고 말했다.

"한마디도 없이 날 떠난 게 미안해서라면 그럴 필요 없어. 힘들긴 했어도 난 잊었으니까."

사실이 아니었다. 자신의 모멸감을 감추려는 순진한 거짓말이었다. 그러나 그녀의 반응은 뜻밖이었다.

"잊었다고? 어떻게 그럴 수 있어? 난 자기를 잊은 적 없는데……"

해리는 어이없는 표정으로 그를 빤히 처다보았다. 마치 말 한 마디 없이 떠난 사람이 자신이 아니라 한조라는 듯이. 그는 그녀의 말을 믿을 수 없었지만 그렇지 않다고 단정하고 싶지도 않았다.

웨이터가 물방울이 맺힌 맥주병을 테이블에 내려놓았다. 하워드 주택에서의 작업과 첫 전시회에 관해 이야기하며 한조는 그때가 자기 인생의 절정이었음을 새삼 깨달았다. 그 이후의 긴 추락에 대해서는 말할 것도 없고 말하고 싶지도 않았다.

8시가 지나 그들은 자리에서 일어섰다. 그는 재킷을 벗어 그녀의 블라우스 위에 걸쳐주었다. 아직 할 이야기가 많았다.

한조의 작업실은 20평이 조금 넘는 반지하 스튜디오였다. 바닥에 얇은 매트리스가 깔렸고 가구라곤 낡은 테이블 하나가 전부였다. 의자 등받이에는 걸쳐둔 옷가지가 수북했고 화장실 문 앞에 빈 소주병 네 개가 뒹굴었다. 그는 널브러진 물건들을 부산스럽게 쓸어모아 테이블 아래로 몰아넣었다.

"치울 필요 없어. 난 지저분한 게 좋아. 나 아니면 자기는 아무것도 못하는 남자라는 생각이 들거든."

그들은 100년 동안 헤어져 있던 동화 속 연인들처럼 이야기를 주고받았다. 해리의 한마디 한마디가 연극 주인공의 대사처럼 생생하게 들렸다. 그녀도 자신도 변하지 않았다는 사실이 당연한 것 같기도 하고 신기하기도 했다.

해리가 다가와 입을 맞추었다. 그녀의 찬 머리카락이 그의 볼과 목덜미를 간지럽혔다. 어느덧 그들은 검고 부드러운 흙 속으로 파고드는 쟁기날처럼 서로의 몸으로 스며들었다. 따스함과 부드러움, 우아함과 강인함. 그들은 오래전에 떠난 집으로 돌아온 아이들처럼 오래오래 서로에게 머물렀다.

《쿤스트》 10월호에 실린 그녀의 기사는 한조와 그의 작품에 대한 과도한 찬사나 근거 없는 호평 대신 냉정한 비판이 주를 이루었다. 그는 두 번의 전시회를 끝으로 그림을 그리지 못하는 작가로 소개되었다. 기사 속의 그는 약육강식의 생태계에서 도태되어 멸종해가는 종의 마지막 개체, 포식자에게 잡아먹히기 직전의 상처 입은 초식동물처럼 보였다. 그럼에도 그에게 남아 있는 야수의 본능을 그녀는 놓치지 않았다. 과장도 과소평가도 없는 정확한 기사였다.

그것이 해리의 재능이었다. 비정할 정도로 매몰찼지만 원하는 걸 획득하는 힘. 작가, 갤러리 오너, 화상들이 번갈아 그녀를 찾았고 책상에는 전시 카탈로그가 쌓였다. 그녀의 독특한 안목과 맹렬한 추진력은 사장의 전적인 신뢰와 업계의 주목을 이끌어냈다.

한조는 분명히 깨달았다. 그녀가 자신을 어두운 곳에서 끄집어내줄 것을. 그녀를 떠날 수 없으며 그녀에게 예속되고 싶은 욕망을. 모두가 원하는 여자의 선택을 받았다는 사실이 말할 수 없이 자랑스러웠다.

다음해 봄 그는 방 두 개짜리 그녀의 아파트로 이삿짐을 옮겼다. 이불보퉁이와 커다란 트렁크 둘, 책상과 약간의 책, 크고 작은 캔버스 그림 20여 점.

하늘색으로 방을 칠하며 그들은 페인트가 튄 서로의 얼굴을 마주 보며 깔깔거렸다. 그들 사이에는 친남매보다 애틋한 친숙함이 존재했다. 육체적 욕망이나 예술적 열정을 넘어서는 운명적 친밀감이었다. 그들은 마치 같은 병을 앓는 병자들처럼 소중한 사람을 동시에 잃은 서로의 처지를 절박하게 이해했다.

그들은 징검다리를 건너듯 하루에서 다른 하루로 건너갔다. 기쁨과 즐거움이 작고 환한 방 안에 담겼다. 아침이면 잘 익은 열대과일처럼 달콤한 햇살이 좁은 베란다에 쏟아졌다. 그들은 잠든 서로의 규칙적인 숨소리를 들었고 세수하지 않은 서로의 얼굴을 마주 보며 웃었다. 그는 이해할 수 없는 문장에 밑줄을 긋듯 그녀의 흉터를 더듬었다.

하지만 그는 여전히 무명 화가였고 그녀와 세대 차이를 느낄 정도로 나이도 먹었다. 그런데 그녀는 무엇 때문에 그를 사랑하는 것일까? 결혼이 비즈니스라면 그녀는 그의 무엇에 투자했단 말인가? 그녀가 대답했다.

"자기에겐 숨겨진 뭔가가 있어. 드러나지 않은 재능인지 감춰 둔 비밀인지 몰라도 난 그걸 끄집어낼 거야. 안 되면 배를 갈라 서라도 말이야."

한조는 자신의 내부에 무엇이 있는지 몰랐다. 무엇이 있다 해도 그것을 어떻게 꺼낼지 몰랐다. 그러나 사랑하는 여인 앞이라 자신도 모르게 잔뜩 거드름을 피웠다.

"황금알을 낳는 거위를 죽이겠다고? 안 돼. 내 배를 가를 생각은 절대 하지 마."

그녀는 그의 찌푸린 눈살을, 비틀어진 입술을, 캔버스를 스치는 손을 놓치지 않고 지켜보았다. 말수가 적고 행동이 굼뜨고 자주 멍한 생각에 잠겨 있어도 그는 어리석거나 게으른 남자가 아니었다. 그의 내부에는 자신의 가슴을 찢고 심장을 뜯어내려는 열망으로 가득 찬 남자가 있었다. 그녀가 말했다.

"난 이용할 수 있는 사람들을 모두 이용하고 화상들을 동원하고 구매자의 비위를 맞출 거야. 자긴 유명해지고 난 이익을 챙기는 거지. 어때? 행복하지 않아?"

"행복해. 행복하지 않아도 그렇게 되려고 노력할 수 있으니까……."

"창밖을 봐! 자기, 싸락눈이 함박눈으로 변했어."

그녀는 탄성을 지르며 현관으로 뛰쳐나갔다. 그는 옷걸이에서 그녀의 패딩 코트를 급히 챙겨 들고 뒤따랐다. 그녀는 그물에 걸리지 않으려는 새처럼 눈밭을 뛰어다녔다. 그는 그물처럼 코트 자락을 펼치고 그녀를 따라잡아 감싸안았다. 불티처럼 흩날리는 눈에 그녀의 얼굴이 젖고 속눈썹이 반짝였다. 발갛게 달아오른 귓바퀴, 실핏줄이 드러난 뺨. 잠시 바라보기만 해도 눈이 멀어버릴 정도로 환한 기쁨의 덩어리.

그의 가슴은 맹렬한 도끼질을 견디는 장작개비처럼 기쁨으로 빠개질 것 같았다. 그녀가 눈앞에 살아 있다는 단순한 사실이 놀라운 희열로 변모했다.

어떤 사랑에는 과거를 재구성하는 힘이, 망가진 삶을 복원시키는 능력이 있다. 행복을 잊은 지 오래지만, 그 형태와 색깔과 질감을 되살리긴 어렵지만, 그 순간만큼은 자신에게 그럴 자격이 있는 것 같았다.

결혼식을 보름 앞두고 한조는 수인에게 전화를 걸었다. 수인의 목소리는 귀찮은 투는 아니었지만 그렇다고 반갑지도 않은 듯했다. 수인은 한조가 불러주는 결혼 날짜와 시간, 장소를 받아 적고 말했다.

"축하해. 꼭 갈게. 지금은 바쁘니까 끊자. 손님이 기다리고 있어서……."

3년 전 결혼한 수인에게는 두 살짜리 아들이 있었고 다음해 봄에는 둘째가 태어날 예정이었다. 한조가 형수 될 사람을 처음 본 것은 결혼식을 한 달쯤 앞둔 주말 저녁식사 자리에서였다. 그녀는 서울의 한 중학교에서 수학을 가르친다고 했다. 흰 블라우스와 검은 바지 차림의 그녀는 말수가 적고 표정변화가 거의 없었다. 크지도 작지도 않은 키에 귀걸이나 목걸이도 하지 않았다. 너무 평범해서 오히려 눈에 띄는 그녀의 외모는 다소 의외였다.

"좋아?"

그녀가 잠시 자리를 비운 사이에 한조가 물었다. 수인은 잠시도 망설이지 않고 대답했다.

"좋아! 그건 왜 물어?"

"어린 시절 내가 알던 형의 이상형과 다른 것 같아서……."

수인은 웃으며 대답했다.

"이상형은 이상형일 뿐이야. 눈에 띄거나 대단한 여자는 나와 어울리지 않아. 이 사람은 수수해서 내게 어울리는 것 같아. 사랑하니까 그런가봐."

수인의 말투는 언젠가 편의점 앞 파라솔 의자에서 소주잔을 기울이며 했던 말과 닮아 있었다. 그가 마지막으로 사법시험에 낙방한 날이자 변호사의 꿈을 포기한 날이었다.

"이제 그만할래. 나 같은 놈에게 사법시험은 주제넘은 욕심이야."

"왜 그런 말을 해? 그냥 운이 따르지 않았을 뿐이야. 다시 시
작해."

한조의 말에 수인은 고개를 가로저었다.

"넌 내가 똑똑한 줄 알지? 나도 그런 줄 알았어. 처음 떨어졌
을 땐 운이 없다고 생각했고 두 번째는 아르바이트하느라 시간
이 모자랐다고 생각했어. 난 매번 다른 핑계를 댔지. 군대에 갔
다오느라, 돈이 없어서…… 하지만 어느 순간 문제가 나란 걸
알게 되었어."

취해서 뭉개진 수인의 목소리에서 슬픔이 깃든 평화가 느껴
졌다. 한조가 반박했다.

"형처럼 똑똑한 사람에게 문제는 무슨 문제?"

"내가 똑똑한 건 사실이지만 변호사가 될 만큼 충분히 똑똑하
지는 않은 거지. 난 그저 조그만 소도시에서 공부 좀 잘하는 애
에 불과했어."

궁핍과 불운에 지친 형의 무력한 모습에 한조는 가슴이 찢어
지는 것 같았다. 형은 한 번도 그런 모습을 보인 적이 없었다. 한
조는 목소리를 높였다.

"몰라? 형은 우리 식구들의 자랑이자 희망이라는 거. 형이 꾸
는 꿈을 모두가 함께 꾸었다는 거……."

"알아. 알지만 포기할래. 내겐 더 태울 만한 것이 남아 있지

않아. 부모님은 돌아가셨고 꿈은 사라졌고…….”

“그럼 이제 어떻게 할 건데?”

“돈을 벌어야지. 개업한 선배 사무실에 들어가든 이것도 저
것도 안 되면 브로커로 나서든…… 열심히 하면 사무장쯤 될 수
있을 거야.”

맥빠진 목소리에 실낱 같은 수인의 꿈이 비쳤다. 변호사가 되
지 못해도 상관없으며 그냥 평범하게 살 수만 있다면 만족한다
는 투였다. 한조는 형의 사그라든 꿈이 가슴 아팠지만 마음의
평화를 찾은 것 같아 다행스러웠다. 살인자의 아들, 알코올 중
독자의 아들일 수밖에 없었던 형이 한 여자의 남편으로서 평범
한 행복을 누리기를 한조는 진심으로 원했다.

사무장이 된 수인은 악착같이 돈을 모았다. 변호사를 보조해
의뢰인을 면담하고 서면을 쓰는 업무는 물론이고 의뢰인을 끌
어오거나 변호사 대신 소송업무를 진행하는 불법도 서슴지 않
았다. 불법과 탈법을 오가며 사건을 긁어오는 수임 능력은 결국
세 차례 해고로 이어졌는데도 그때마다 더 나은 새 직장을 찾았
다. 변호사법 위반과 사기 혐의로 맞은 두어 차례의 구속 위기
도 운 좋게 빠져나왔다. 자격증이 없다는 사실만 빼면 그는 변
호사도 부러울 것이 없었다.

이제 누구도 그가 오래전 세상을 떠들썩하게 했던 살인자의
아들임을 알지 못했다. 설사 아는 사람이 있어도 입 밖에 내지

못할 것이다. 입 밖에 낸다 한들 그는 상관하지 않을 것이다.

전시 기간이 어긋나는 바람에 한동안 비게 된 갤러리 벽에 〈오필리아〉 연작 네 점이 걸렸다. 해리는 웨딩드레스 대신 전시회나 파티에 입고 가는 흰 민소매 원피스를 입었다. 한조는 새로 산 검은 정장에 나비넥타이를 맸다. 20여 명의 하객은 어항 속의 금붕어처럼 조용히 실내를 돌아다녔다.

굵고 검은 테 안경을 쓴 《쿤스트》 사장 최인영은 사십대 중반의 여자였다. 언뜻 차가운 인상이지만 살짝 처진 눈꼬리의 잔주름에는 온화함이 깃들어 있었다. 군데군데 보이는 흰머리는 나이 먹는 것을 두려워하지 않고 나이를 들켜도 상관없다는 자신감을 드러냈다. 새처럼 우아한 몸동작은 순식간에 시선을 집중시키며 공간을 장악했다.

"인상적인 그림이에요. 새신랑에게 이런 말…… 유감이지만 이해할 수 없네요. 저런 작품을 그리고도 제대로 된 후속작이 없다니 재능을 썩힌 게 아닌가요?"

〈오필리아; 가을〉을 찬찬히 훑어보던 그녀가 한조를 돌아보며 미소지었다. 축하인지 비난인지는 몰라도 그녀의 표정에서 악의를 찾을 수는 없었다. 그녀는 날카로운 지적조차 기분 나쁘지 않게 하는 능력을 지닌 것 같았다. 성공한 사람들에게서 흔히 볼 수 있는 초연한 냉소와 절제된 권위였다.

"괜찮아요. 이제부터 그릴 테니까요. 제가 그렇게 만들 거예요."

해리가 치즈 카나페를 소리내 씹으며 말했다. 핀잔을 주는 것 같기도 했고 달래는 것 같기도 했다. 인영은 꾸중을 듣다 체념한 아이처럼 시선을 그림으로 돌렸다. 티격태격하는 그들의 말과 표정에는 연인들의 말다툼 같은 분위기가 있었다. 한조는 해리가 자랑스러웠다. 그녀가 인영의 공격에서 자신을 보호했을 뿐 아니라 자신을 강한 존재로 변화시킬 거라는 믿음 때문이었다. 인영이 말했다.

"그거야. 난 훌륭한 작품을 원하고 그걸 만들 작가를 원해. 그럼 우린 역사를 만들 수 있어. 자기는 남편을 작가로 만들고 그는 작품을 만들고 나는 작품을 훌륭하게 만들고 그는 더 위대한 작품을 만들고…….”

두 여자는 마주 보며 웃었다. 자본과 영향력, 안목과 베팅이 지배하는 미술계에서 인영은 암사자 같은 존재였다. 그녀가 발굴한 작가의 이름을 어렵지 않게 댈 수 있을 정도의 수완과 실력이 있었다. 그 명단에 이름을 올릴 수 있다면?

한조는 숨을 깊이 들이쉬었다. 운명에 선전포고할 때였다. 그는 이제 혼자가 아니었다. 그에게는 아내가 있었다. 그들은 서로의 과거를 어루만지며 삶을 쌓아갈 것이다. 그리고 그는 그릴 것이다. 온갖 색들이 물결치며 감정을 불러일으키는 그림, 화면을 물들인 색이 눈앞을 가득 채우는 그림, 그림 앞에 선 사람에게 자신이 모르는 자신을 보여주는 거울 같은 그림을.

그 사실을 한조는 온 세상에 선언하고 싶었다. 봐, 나는 벗어났어. 비극적인 살인사건과 소중한 사람을 모두 잃은 비통함과 살인자의 아들이라는 모욕과 결별했다고!

"하워드 주택으로 돌아가자. 옛날처럼 그곳에 가서 행복하게 지내고 싶어. 자긴 다시 그림을 그리고…….'

해리는 콘스탄티노플 천도를 결심한 콘스탄티누스 대제처럼 말했다. 그녀에겐 그 말을 할 자격이 있었다. 신탁 약정에 따라 성인이 된 그녀에게 하워드 주택의 소유권이 넘어왔기 때문이다.

그녀의 결정에 숨은 의미는 분명했다. 두 번째 전시 실패 후 깊은 슬럼프에 빠진 한조에게 새로운 계기가 필요했던 것이다. 한조는 자연스럽게 그녀의 뜻을 받아들였다. 그녀가 원한다면 무엇이든 할 수 있다는 의무감으로, 그 일이 마치 자신이 아닌 그녀를 위한 일인 것처럼.

그들은 아버지의 집으로 돌아온 탕자처럼 하워드 주택으로 돌아갔다. 황폐해진 뜰에 차를 세우자 허리까지 자란 잡풀들이 무릎을 스쳤다. 위풍당당하던 기와는 부서지고 견고한 돌벽에는 이끼가 끼어 있었다. 대낮인데도 모기와 각다귀들이 성가시게 달려들었다.

해리는 본채와 별채 보수 공사에 서울 아파트 전세보증금을 쏟아부었다. 꼬박 30일이 걸린 공사 끝에 푸른 빛이 감도는 검은 기와와 붉은 벽체가 소박한 격조를 드러냈다. 1층 바닥을 없애 지하실과 합친 별채는 긴 가로 창으로 들어온 빛으로 환했고 높아진 천장 덕에 대형 작업도 가능했다.

솜씨 좋은 장인이 공들여 지은 수제 양복처럼 하워드 주택은 그들에게 꼭 맞았다. 견고함을 되찾은 낡은 집처럼 손상된 그의 가능성도 회복될 것 같았다. 그곳에서는 무엇이든 그릴 수 있을 듯했다.

그러나 그릴 수 있을 것 같다는 기대와 그리는 행위는 다른 문제였다. 그의 재능을 추켜세우는 해리의 믿음과 달리 초조함이 하루하루 한조를 갉아먹었다. 사람들은 참을성이 부족했다. 멈출 순간을 그가 알아차리기도 전에 고객들이, 평론가들이, 컬렉터들이 그를 멈춰 세웠다. 그는 한때 사람들이 흘깃 돌아봤다가 외면해버린 화가, 육체적으로, 정신적으로 고갈된 사내에 지나지 않았다. 그사이에 새로운 작가들의 그림들이 고객의 시선을 낚아챘다.

아내가 출근하면 텅 빈 작업실에 공허가 들어찼다. 자신에게 그림을 그릴 자격이 있는지 의심스러웠고 그럴 능력이 있다고 믿을 수 없었다. 형은 여전히 소식이 없었다. 가끔은 서로를 사랑한다는 사실마저 희미해졌다. 어떤 때는 정말 서로를 사랑하는지 확신할 수조차 없었다.

불친절했던 운명이 모처럼 베푼 친절을 음미하기도 전에 한조는 추락했다. 그는 안 된다고 다짐하면서도 오후가 되면 술병을 찾았다. 그는 더 이상 화가가 아닌 주정뱅이에 불과했다. 술은 문제를 해결하는 게 아니라 잊는 방편이었고 그가 아는 가장 비참한 삶의 방식, 아니 죽음의 방식이었다. 알코올성 치매로 어머니가 요양원에서 죽음을 맞았을 때 그는 그녀의 뇌가 더 참혹하게 망가지기 전에 멈춘 것을 다행으로 여겼다.

아내의 퇴근 시간이 되면 한조는 술병을 숨겼다. 그리고 어떤 의도도 기대도 없이 캔버스를 덧칠해나갔다.

"모든 게 뒤죽박죽이야. 아무것도 그릴 수 없어. 그리고 싶은 것도 없고."

취한 그의 눈빛은 흐릿했고 목소리는 자기혐오로 떨렸다. 해리는 그렇지 않았다. 인간 이한조는 믿지 못해도 그의 재능만은 절대적으로 믿었다. 그의 무능과 나태와 독선과 변덕까지 그가 지닌 재능의 본질로 여겼다.

"자기는 여전히 그리고 있어. 뭐가 됐든 캔버스에 뭔가를 그리고 있잖아? 이 색과 질감을 봐! 낙담과 고통 없이 나올 수 없는 배합이라고."

해리의 말을 듣고 있으면 한조는 다른 사람이 된 것 같았다. 자신이 태어날 때부터 세상을 놀라게 할 천재 예술가가 아닌 적이 한순간도 없었던 것처럼. 그래서 그는 그리지 못해도 캔버스를 떠나지 않았다. 취하긴 해도 붓을 놓지 않았다. 그녀가 지켜보는 한 그는 그릴 수 있었다. 그리지 못해도 그리려는 열망을 잃지 않을 수 있었다. 그는 밤의 검은 속살에 새벽빛이 스며들 때까지 붓을 놀렸다. 그러다 창이 희부윰해지면 잠든 그녀 옆에 칼처럼 몸을 세우고 잠들었다.

두껍게 덧바른 물감층을 조각하는 발상은 우연히 다가왔다. 캔버스에 물감을 칠하는 전통적 회화 기법 대신 우드 패널에 두껍게 덧칠한 물감층을 예리한 도구로 도려내고 사포로 갈아 다층적 색채를 드러내는 기법이었다. 작업은 각 층의 색 분포를 찍은 사진들과 화면을 정교하게 대조하며 그림을 파고 갈고 도려내는 방식이었다.

완성작은 다양한 쐐기와 물결 모양이 어우러진 형태를 이루었다. 효과 면에서는 쇠라의 점묘화를 연상케 했고 기법적으로는 메소포타미아의 쐐기문자를 닮아 있었다. 흉터처럼 벌어진 표층의 무채색 틈으로 드러난 무정형의 색채들은 다양한 해석을 가능케 했으며 구체적인 대상을 떠올리게 하기도 했다.

"그림에 이름을 붙여야겠어. 누구나 한눈에 떠올릴 수 있는 걸로 말이야. 그…… 왜, 사람들은 규정짓기를 좋아하잖아?"

해리가 브람스의 피아노 소나타에 맞추어 고개를 흔들며 물었다. 한조는 뚱한 표정으로 되물었다.

"그럴 필요까지 있을까?"

"쐐기화는 어때? 점토판을 파서 새긴 수메르인들의 쐐기문자가 떠오르잖아?"

"나쁘지 않은데."

"두고 봐. 사람들은 자길 쐐기화의 대가라 부르게 될 테니까."

차분하면서도 허세가 느껴지는 목소리였다. 그는 짜릿한 기쁨에 휩싸여 그녀의 이마에 입을 맞추었다. 그녀에게 더 나은 삶을 가져다줄 자격을 갖춘 것 같았다.

다음해 가을 '갤러리 쿤스트'에서 열릴 〈쐐기들〉 전시회에 걸 쐐기화 14점이 선정되었다. 100호가 넘는 네 점의 연작은 무정형의 쐐기 분포로 각기 다른 시점에서 본 하워드 주택을 재구성한 야심작이었다.

'갤러리 쿤스트'는 무뚝뚝함이 느껴질 정도로 투박한 골조를 드러낸 콘크리트 건물이었다. 4m가 넘는 천장은 웅장한 느낌을 주었고 세 구획의 전시장은 부드러운 S자 동선을 이루었다. 해리는 칠을 하거나 패널을 붙이는 대신 노출된 콘크리트에 그림을 걸었다. 거친 콘크리트의 질감 때문에 그림의 색이 더욱 돋보였다.

덧바른 물감을 긁고 파내어 이면의 색을 드러내는 기법이나

시간과 기억을 호출하는 주제의식은 호평을 받았다. 《쿤스트》
의 영향력과 해리의 수완이 이룬 예상 밖의 결과였다. 한편 쐐
기화가 심미적으로 기법적으로 수준 미달이라는 혹평도 없지
않았다.

한 평론가는 쐐기화로 포장된 그의 기법이 오래전에 한물간
추상표현주의의 어설픈 복제품일 뿐이라고 썼다. 의기소침해진
한조에게 해리는 아무리 나쁜 기사라도 실리지 않는 것보다는
낫다고 말했다.

"두고 봐. 자긴 메기를 풀어놓은 연못 속의 미꾸라지처럼 열
심히 헤엄치고 오래 살아남을 거야."

사실이든 그렇지 않든 한조는 설득당하고 있었다. 새로움이
란 제시되기보다 해석되는 개념이었다. 추상표현주의는 새롭지
않은 것이 아니라 새롭게 보이지 않을 뿐이었다. 거기에 그의
새로운 길이 있었다.

사흘 만에 150호짜리 〈하워드 하우스 Ⅱ〉가 팔렸다. 익명의
구매자가 모 재벌 총수라는 설이 퍼져 애호가들의 관심을 끌었
다. 곧이어 다른 두 점의 〈하워드 하우스〉도 팔려나갔고 아직 그
리지 않은 대형 작품 주문 3건이 들어왔다.

"내가 실수를 했어."

2주간의 전시가 끝났을 때 그녀가 생각났다는 듯 말했다.

"무슨 실수?"

"자기 작품가를 더 높게 책정해야 했는데…… 난 자기가 훌륭한 작가인 줄 알았는데 그게 아니었어. 자긴 위대한 작가가 될 거야."

아내에게서 갓 짠 과일주스의 상큼한 단내가 났다. 그녀는 스케줄 관리를 담당할 비서를 따로 붙여야겠다고 투덜거리며 장난스럽게 웃었다.

그는 그녀의 조언에 따라 〈쐐기들〉의 기법과 주제를 심화시키고 규모를 키운 작품 제작에 착수했다. 그가 작업에 몰두하는 동안 그녀는 2년 후에 있을 다음 전시회를 준비했다. 《쿤스트》정기구독자들, 대형 영화사 사장들, 유동성이 양호한 기업가들, 미술 애호가 명단에서 신중하게 골라낸 인사들에게 초청장이 전달되었다. 그녀는 미술계뿐 아니라 영화계와 패션계 인물까지 초청해 그들 각자의 관심사에 맞춰 한조의 신작을 부각시켰다.

작품들은 이전 전시회의 배가 넘는 가격에 팔렸다. 대기업 계열의 화랑이 입도선매한 네 점의 대작은 건축 중인 신사옥 로비를 장식할 예정이었다.

한 방송사 예술기행 프로그램의 출연 섭외가 왔을 때 해리는 그의 의사를 물어보지도 않고 수락했다. 그녀는 이 시대의 예술가란 작품을 창작하는 사람이 아니라 대중에게 말을 거는 사람이라며 난감해하는 그의 등을 떠밀었다.

방송 활동은 화가로서의 성공과 차원이 다른 대중적 인기를 몰고 왔다. 그림에 관심 없던 사람들도 화가 이한조를 알게 되었다. 미술에 무관심했던 젊은이들이 그의 작품 프린트를 구매했고 한 유명 디자이너는 그림 속 색채를 모티프로 한 의상을 선보였다. 한 미술대학은 그를 겸임교수로 초빙했다. 큐레이터와 화랑 주인들이 그에게 몰려들고 기자와 PD와 학생들이 그의 주변에 북적거렸다. 그의 재능은 시장에서 걸맞은 가격을 인정받았고 이한조라는 이름은 만천하에 공인되었다.

비즈니스의 관점이 지배하는 미술 시장은 자본과 욕망이 결탁한 아름다운 신기루였다. 한 점의 그림을 둘러싼 냉혹한 평가와 화가들의 진부한 자기 옹호, 주식시장처럼 오르내리는 폭력적인 그림 가격, 공격적 물량 공세와 스타 마케팅…….

허황된 그 생태계를 벗어나고 싶은 만큼이나 한조는 그곳에서 살아남고 싶었다. 그래서 내키지 않는 파티나 모임에 꼬박꼬박 참석했다. 대부분은 은근히, 혹은 대놓고 자기 자랑을 늘어놓거나 겸손을 가장한 오만을 과시하는 술판이었다.

집으로 돌아오면 한 일이 없는데도 흠씬 두들겨 맞은 듯 몸이 지끈거렸다. 온갖 소리가 귓가를 떠나지 않았다. 술잔 부딪치는 소리, 자세를 고쳐 앉느라 의자를 끄는 소리, 소곤대는 목소리…… 어느 파티에서 샴페인 잔을 매만지며 대형 화랑 수석 큐레이터에게 소곤거리던 사십대 수집가의 귓속말이 떠올랐다.

"어떻게 저렇게 안 어울리는데도 문제없이 함께 살지? 자본과 재능의 결합으로 봐야 하는 걸까?"

큐레이터가 뭐라 대꾸했지만 잘 들리지 않았다. 수집가가 다시 말했다.

"김수진이 최 사장과 그렇고 그런 사이라는 얘기가 있던데. 믿거나 말거나지만 그녀의 정부라는 말도 있고……."

"누가 그런 얘길 믿겠어요? 하지만 쐐기화가 최 사장의 영향력과 김수진의 수완, 그리고 이한조의 재능의 결합이란 건 확실해요."

그는 보타이를 풀어 호주머니에 쑤셔넣고 도망치듯 빠져나왔다. 아내를 둘러싼 유쾌하지 못한 수군거림을 처음 들은 건 아니었다. 시끌시끌하던 분위기가 그의 등장으로 싸해지고 신나게 얘기하던 사람들이 그가 인사하면 어색해하는 순간들.

어느 주말 오후 그는 해리에게 그런 이야기를 들은 적이 있는지 조심스럽게 물었다.

"사람들이 우리 얘기를 하는 건 부러워서 그러는 거야. 그들은 이야기를 만들어내고 부풀리고 배배 꼬지만 그러라고 해. 진실은 누구도 당신 같은 재능을 지니지 못했고 누구도 나처럼 당신을 사랑할 수 없다는 거니까."

해리는 왕따가 된 아이를 위로하는 초등학교 선생님 같았다. 한조는 라스티냐크와 줄리앙 소렐을 떠올렸다. 부유한 귀부인의 후원을 받아 성공을 좇다 파멸한다는 프랑스 소설의 젊고 어리석은 주인공들. 그는 '남자 신데렐라'라는 달갑지 않은 언사에 무심하기로 했다. 그건 사실이었으니까.

토요일 아침, 그들은 정원 벤치에 나란히 앉았다. 그들 앞에는 해리가 가판대에서 사온 주말판 신문이 펼쳐져 있었다. 한조는 신문에 실린 자신의 인터뷰 사진을 얼떨떨한 눈으로 바라보았다. 부스스한 머리카락과 약간 비뚤어진 입술. 아버지가 잡혀간 다음날 아침신문 1면 머리기사가 떠올랐다.

'여고생 살해범 검거'라는 큰 활자 아래 한 남자의 사진이 실려 있었다. 더부룩하게 헝클어진 앞머리와 퉁퉁 부은 눈두덩, 굳게 다문 입술과 정면을 응시하는 눈, 애써 마음을 다잡는 근심 어린 살인자의 얼굴.

집이 아닌 데에서 본 아버지는 낯설었다. 기사에는 한조가 아는 사실과 모르는 사실이 섞여 있었다. 보림천 여고생 피살사건 범인이 체포되었다는 것, 범인이 헤밀 학원 관리주임 이진만이라는 것, 그가 폭력행위에 관한 법률 위반으로 1년 반을 복역했다는 것, 범인의 작업실에서 피해자 사진이 다수 발견되었다는 것, 경찰이 살해동기를 조사 중이라는 것……. 어디까지가 진실이고 어디부터가 거짓인지 알 수 없었지만 신문 기사는 거짓이라 해도 그것을 믿게 만드는 힘이 있었다.

"우리가 태어나기 전에 아버지가 감옥에 간 적 있다는 말……
들어본 적 있어?"

한조는 멍하니 창밖을 보며 형에게 물었다. 수인이 무심하게
고개를 가로저었다. 한조가 다시 물었다.

"사실일까? 사실이라면 아버지가 우리에게 거짓말을 한 걸
까?"

"거짓말이 아니야. 그냥 말하지 않았을 뿐이잖아?"

"모든 걸 말하지 않았으니까 거짓말이야. 어떤 침묵은……."

그 뒤에 이어진 말을 떠올리려는데 해리가 그의 어깨에 손을
짚었다. 그 순간만큼은 그녀의 얼굴에서 그늘을 찾아볼 수 없었
다. 그녀가 말했다.

"인터뷰 사진이 잘 나왔네. 그냥 잘생긴 게 아니라 영락없는
아티스트야."

비스듬히 정면을 응시하는 사진 속의 그는 행운을 원하지 않
는 남자의 인상을 풍겼다. 그 때문에 획일적인 시류를 벗어난
예외자, 혹은 세상 법칙과 동떨어진 단독자로 보였다. 그는 신
문에서 보는 자기 얼굴이 낯설고 멋쩍었다.

"가벼워. 유치하기도 하고. 이건 내가 아니라 사람들이 내게
서 보기를 원하는 이미지일 뿐이야."

"그럼 어때? 지금은 이미지가 실체를 규정하는 시대잖아? 당
신에겐 사람을 끄는 뭔가가 있어. 현대적이라고 해야 할까? 동

시대적이라고 해야 할까? 세상과 거리를 유지하면서도 존재감을 잃지 않는 요즘 사람들 취향이지."

해리는 사진에 대고 입을 맞추었다. 현실의 그는 껍데기에 지나지 않고 자신의 능력과 시간을 쏟아 창조해낸 그의 이미지를 더 사랑한다는 듯이. 그는 아내가 자신에게 모욕을 주려는 것인지 궁금했다. 그녀가 말했다.

"그나저나 자기 살 좀 빼야겠다. 피카소처럼 신나게 오래 살아야지."

아닌 게 아니라 지난 몇 달 사이에 몸이 눈에 띄게 불어 있었다. 날렵하던 턱선은 두둑해졌고 허리에는 셔츠 자락이 투실투실 불거졌다. 아직 삼십대 못지않다고 자기 암시를 해도 마흔을 훌쩍 넘겼다는 사실은 적잖이 당혹스러웠다.

"늙었다는 말처럼 들리네."

한조는 잔디 위를 뒹굴다 딴청 피우는 로스코의 등에서 검불을 떼어주며 대꾸했다.

"더는 젊지 않다는 말이지."

해리의 입가에 볼 우물이 패였다. 대형 미술관장과 큐레이터들, 유능한 화상들, 까다롭고 안목 높은 컬렉터들 사이에서 백조처럼 눈에 띄는 아내가 그는 자랑스러우면서도 불안했다. 그녀가 예전처럼 어느 날 느닷없이 자신을 떠날지 모른다는 불안이 시도 때도 없이 찾아왔다.

만약 아이가 있다면 어땠을까? 삶의 전환점마다, 결정이 필요한 순간마다 그는 스스로에게 물었다. 그렇게 하는 것만으로도 바른 선택을 할 수 있고 자신의 결정에 당위성을 부여할 수 있었다. 만약 아이가 있었다면 덜 불안했겠지만 더 혼란스러웠으리라. 지금 하는 고민은 하지 않겠지만 더 많은 고민이 생겼으리라.

결혼한 지 3년이 지나도록 그들 사이에는 아기가 없었다. 그럼에도 그들은 어떤 식으로든 임신을 위한 인위적 노력을 하지 않았다. 원하기만 하면 아이는 언제든 가질 수 있다고 생각했으니까. 아이는 그들의 상상 속에, 대화 속에, 사랑 속에 존재했다. 그들은 아이가 사내아이일지 여자아이일지, 둘 중 누구를 닮았을지 궁금해했고 어떤 이름을 지을지, 생일선물을 뭘로 할지, 아이가 그림을 잘 그릴지 그렇지 않을지, 화가가 되겠다면 말릴지 내버려둘지 고심했다.

그들은 공허감을 느끼는 대신 서로의 아이가 되기로 했다. 그래서 서로에게 어리광을 부리고 어처구니없는 요구를 하고 위로하며 욕구를 충족시켜주었다.

아버지가 될 기회가 전혀 없진 않았다. 결혼 3년째 여름휴가를 떠난 태국의 어느 섬에서 해리는 태연하게 임신 소식을 전했다. 그렇게 중요한 이야기를 어떻게 그리도 천연덕스럽게 할 수 있는지…… 대단한 모성애를 기대하진 않았어도 무덤덤한 그녀의 태도가 그는 서운했다.

임신기간 동안 그는 그녀를 성모마리아처럼 숭모했다. 그러다 6주 후 아이는 그녀의 몸에서 떨어져나갔다. 보지도 못한 아이를 잃어버렸다는 상실감이 그의 가슴에 깊은 골을 냈다. 태어나지 않은 아이의 울음소리가 가슴 밑바닥에서 들려왔다. 그는 괴로움을 삭이며 말했다.

"아이는 다시 가지면 돼."

그녀가 대답했다.

"아냐. 그럴 수 없을 거야."

그 후 한조는 삶의 매 순간 같은 질문을 반복했다. 그 아이가 살아 있었다면 어땠을까? 아마 옹알이하고 걸음마를 하고 축구교실에서 무릎이 까져 돌아오고 초등학교에 다닐 것이다. 그러나 그 아이는 그의 곁을 떠났다. 그 사실을 분명하게 깨닫던 날 그는 전쟁터로 나가는 병사처럼 결연한 목소리로 그녀에게 말했다.

"그림을 그려야겠어. 더 좋은 그림, 더 훌륭한 그림 말이야."

"좋은 생각이네. 필요한 생각이기도 하고."

그는 방금 세수를 하고 나온 듯 촉촉한 그녀의 얼굴에 자신의 목덜미를 밀착시켰다. 두 얼굴의 굴곡이 퍼즐 조각처럼 맞물렸다. 그녀가 말했다.

"피카소가 되지 않아도 상관없어. 자긴 그냥 자기면 되는 거야."

그녀는 그의 인생 자체를 자신의 가장 성공적인 작품으로 만들기로 작정한 것 같았다. 세속적인 성공을 위해 손을 더럽힐 수 있다는 솔직한 욕망이야말로 그녀가 지닌 맹렬한 에너지의 원천이었다.

해리가 사직서를 낸 것은 그 무렵이었다. 누구보다 일에 열정을 가졌던 그녀의 갑작스런 사의는 회사 안팎에 갖가지 소문을 불러일으켰다.

"당신에 대해 말들이 많아. 자산가의 후원을 받아 큰 프로젝트를 진행할 거라고도 하고 본격적으로 내 매니지먼트를 할 거라고도 하더군."

한마디 상의 없이 회사를 나온 아내에 대한 서운함과 앞으로의 계획에 대한 궁금증이 뒤섞인 질문이었다. 해리는 고개를 가로저었다.

"남의 인생에 왜들 그렇게 관심이 많은지…… 자기 인생을 그렇게 열심히 살면 다들 돈도 벌고 부자가 될 텐데……."

"궁금한 건 나도 마찬가지야."

그가 다시 추궁했다. 해리의 눈이 깜짝파티를 준비하는 아이처럼 빛났다.

"내가 하고 싶은 일을 할 때가 된 것 같아. 해야 할 일이기도 하고……."

한조는 더 캐묻지 않았다. 그 일이 무엇이든 그녀가 아이디어
와 재능을 발휘할 거라고 믿었다. 그녀는 예술을 이해하는 심미
안이 있고 재능을 알아보는 안목도 뛰어났다. 감정에 휘둘려 즉
흥적으로 행동하거나 어설픈 이분법으로 대상을 분류하지 않고
상황을 객관적으로 파악하는 냉철함도 있었다. 그럼에도 아내
가 무언가를 감추려 한다는 생각을 떨칠 수 없었고 그 생각 때문
에 그는 상처받았다.

아내는 하루의 대부분을 2층 서재에서 보냈다. 그녀가 즐겨
앉던 별채 화실의 갈색 암체어는 종일 텅 비었고 그녀의 머리가
닿아 진하게 변색된 가죽이 과거를 되살려줄 뿐이었다. 이전에
그녀는 그 의자에 앉아 작업 중인 그를 몇 시간이고 조용히 지켜
보았다. 자신이 거기에 앉아 있기만 해도 그의 그림이 더 나아
질 거라 믿는 소녀처럼.

해가 지고 본채로 건너가면 컴퓨터 자판 소리가 도드라지게
들렸다. 토닥거리는 소리는 늦은 밤에도 멈추지 않았다. 한조는
침실로 돌아오지 않는 아내를 기다리다 혼자 잠들었다. 그녀가
자신을 삶의 바깥으로 밀어내려 한다는 생각이 들었다.

한밤에 눈을 뜨면 아내의 빈자리가 벼랑처럼 까마득했다. 그
녀가 몰두하는 일이라면 응원과 도움을 아끼지 않겠지만 그녀
의 관심이 떠났다는 불안을 떨칠 수 없었다. 그녀가 자신의 재

능에 염증을 느꼈거나 그것이 소진되었다고 생각하는 건 아닌지 두려웠다.

문득 악착같이 이룬 성공이 신기루처럼 사라질지 모른다는 불안이 몰려왔다. 어제와 오늘이 같다고 내일도 똑같으리라는 법은 없다. 사람들이 일자리를 잃고, 살던 집에서 쫓겨나고, 살해당하는 건 하루아침이니까. 그렇다 해도 지금은 그것을 누릴 자격이 있다고 그는 스스로를 다독였다.

어느 주말 산책길에 그들은 강변 벤치에 나란히 앉았다. 해리는 통이 넓은 갈색 바지와 파란 꽃잎이 날염된 하늘하늘한 셔츠 차림이었다. 바람이 불자 통 넓은 바지 자락이 그녀의 다리에 감겼다. 그녀는 딴청을 부리는 로스코를 바라보며 웃었다.

"어떨 땐 로스코가 자기보다 철든 것 같아. 내 마음을 위로해주고 내가 혼자 있고 싶으면 슬그머니 사라져주기도 하고⋯⋯."

자기 이름이 들리자 로스코가 돌아보았다. 가시처럼 날카로운 이가 드러났지만 웃는 표정이었다. 가벼운 질투라도 느껴야 하나? 그는 나이보다 조숙한 소년처럼 고개를 주억거리는 로스코를 쓰다듬었다.

"요즘 무슨 일이 그렇게 많아?"

그는 음성에서 조바심이 드러나지 않도록 조심했다. 아내는 그 질문을 오래 기다렸다는 듯 담담하게 대답했다.

"글을 쓰고 있어. 개인적인 글이야. 책으로 출판했으면 해."

"개인적인 글? 말하자면 무엇에 관한?"

"나의 개인적인 삶에서 당신을 빼면 아무것도 남지 않는다는 걸 몰라?"

해리가 되물었다. 그녀의 말대로 그의 존재는 그녀의 개인적 삶에서 절대적이었다. 구체적으로 생각해보지는 않았어도 누군가 자신에 대해 글을 쓴다면 다른 누구도 아닌 아내여야 한다는 것은 너무도 당연했다.

그녀는 그의 아내이자 연인이었고 법관이자 교도관인 동시에 냉철한 기록자였다. 그녀는 《쿤스트》에 그의 인터뷰를 썼고 도록에 그의 작품 소개 글을 썼고 여러 매체에 그에 대한 글을 기고했다. 작품에 대한 냉정한 평가도 있었고 그라는 인간에 대한 귀여운 폭로도 있었다. 한조는 그녀가 자신을 어떤 존재로 그릴지 궁금했다.

"말하자면 나의 뭐에 관해 쓸 거지?"

"당신이 모르는 당신, 당신이 모르는 나에 관한 이야기……
자서전이기도 하고 논픽션이기도 하고 소설이기도 하고 그런가 하면 아무것도 아닌 얘기……."

한조는 자신이 무엇을 모르는지, 무엇을 모른다고 그녀가 생각하는지 궁금했다.

"난 가끔 당신 말을 하나도 못 알아듣겠어. 내가 너무 어리석

어서일까? 아니, 당신이 너무 똑똑한 거야. 어쨌든 내가 첫 독자
이긴 한 거지?"

해리는 대답 대신 찬 손으로 그의 뺨을 쓸었다. 메마른 피부
가 스치며 바스락거리는 소리가 났다.

"물론이지. 그러려고 쓰는 건데."

그녀의 목소리는 차분하게 가라앉았다. 커다란 수조 안을 들
여다볼 때처럼 길고 마른 그녀의 몸이 휘어져 보였다. 그녀 뒤
로 사람들이 물고기처럼 천천히 지나갔다. 풍경들의 속도가 한
없이 느려졌다.

저무는 강가에서 그들은 거울을 보듯 서로를 바라보았다. 그
리고 서로의 얼굴에 투영된 자신의 과거, 자신의 고통, 자신의
기억을 하나하나 찾아냈다. 그러느라 어둠이 다가오는 것도 알
아채지 못했다.

3장

◇

　출판금지 가처분 신청은 소용없었다. 《나에 관한 너의 거짓
말》은 대형서점 소설 분야에 진열되었다. 몇몇 매체의 신간 코
너에 소개되며 판매량도 늘기 시작했다. 조급해진 한조는 휴대
폰에 대고 소리 질렀다.

　"채…… 책이 서점에 쫙 깔렸어. 광고 문구에 뭐라고 쓰여 있
는지 알아? '나…… 나는 그때 열여덟이었다. 그리고 그는 마흔
살이었다.' 대놓고 원조교제를 암시하고 있다고. 할 수 있는 건
다 하겠다고 했잖아. 내용증명을 보내고 소송을 걸고 미디어를
동원하겠다고 큰소리치더니 뭘 한 거야."

　수인은 배신감으로 가득한 한조의 절박함을 알 듯했다. 그는
숨을 고르고 차분하게 말했다.

　"진정하고 내 말 들어. 네 말대로 출판사에 명예훼손 우려가

있으니 출판을 강행할 경우 법적대응을 하겠다는 내용증명을 보내거나 출판금지 가처분 신청을 할 수도 있었어."

"그런데 왜 아무것도 안 한 거야?"

"아무것도 하지 않은 게 아니라 눈을 떼지 않고 동향을 지켜보았어. 생각해봐. 그들이 두 장짜리 내용증명으로 출판을 포기할 것 같아? 기다렸다는 듯 노이즈 마케팅으로 독자들의 호기심을 자극할 거야. 가처분은 직접적이고 명시적이고 심대한 사유가 없는 한 법원이 받아들이지 않아. 대한민국은 표현의 자유와 출판의 자유가 살아 있는 민주공화국이잖아?"

"그럼 형을 믿고 찾아간 날 속인 거야?"

한조는 통증을 견디느라 신경이 예민해진 류마티즘 환자처럼 소리쳤다. 알지 못할 슬픔이 바늘처럼 수인의 가슴을 찔렀다. 수인은 나직이 휘파람을 불었다.

"널 속인 게 아니라 안심시켰던 거야. 봐, 생각보다 상황이 나쁘지 않아. 아직은 피해가 발생하지도 않았고. 말 그대로 소설은 소설일 뿐 사실로 믿을 독자는 많지 않아. 그렇지만 피해가 확실해지면 싸움을 걸 거야. 피해가 없으면 다행이고."

한조는 형이 법을 다루는 사람이며 법정에는 그곳의 언어가 있다는 사실을 수긍했다. 의뢰인이 피해자이건 가해자이건 이길 전략을 제시하고 사건을 따는 게 수인의 일이었다. 이기지 못할 싸움이라면 피해를 최소화하는 데 초점을 맞춰야 했다.

"혀…… 형이 당사자라도 그렇게 속 편하게 말할 거야? 이제 어떻게 할까? 소문이 퍼지고 냄새를 맡은 기자들이 달려들 때까지 넋 놓고 기다릴까? 아니면 뭐…… 뭐…….."

한조가 말머리를 더듬었다. 수인이 말을 끊었다.

"나 지금 바빠. 면담실에 손님이 기다리고 있으니까 만나서 얘기해. 오늘 퇴근 후에, 아니 내일, 아니 모레…… 퇴근 후에 너네 집에 갈게. 8시 반쯤 도착할 거야."

수인은 전화를 끊었다. 그는 상대가 먼저 전화를 끊을 때까지 기다리는 사람이 아니었다. 무례한 사람으로 보일 것을 알아도 그런 오해가 불편하기보다 효율적이라고 생각했다. 사람들이 자신에게 기대할 게 없다고 여기고 체념하게 만드는 일은 짜릿했다. 자신이 그들보다 우위에 있음을 확인할 수 있기 때문이었다.

그는 가난했지만 똑똑했고 내구력이 강했다. 세상이 돌아가는 방식을 읽고 복잡한 삶의 설계도를 해독할 줄도 알았다. 비록 변호사가 되진 못해도 그는 이제 보통 사람들처럼 살 수 있게 되었다. 그것이 그의 꿈이었다. 평범한 남자가 되어 보통 사람의 삶을 사는 것.

현관 초인종을 누르면 아내와 두 아들이 현관으로 달려나왔다. 초등학생이 된 큰아들은 며칠에 한 번씩 우주비행사에서 감귤 농사꾼으로 꿈이 바뀌고 둘째는 밥을 마음껏 먹을 수 있게 집에서 기르는 강아지가 되고 싶다고 조잘댔다.

수인은 지금이 바로 자신이 원했던 순간이라고 생각했다. 그것이 어떤 순간이며 왜 그토록 강렬하게 원했는지는 분명하지 않아도 자족할 만한 행복과 무결한 평화를 얻은 것은 분명했다. 그럼에도 지금의 행복은 정당한 자기 몫이 아니라는 회의에 시달렸다. 따뜻한 조명과 풍족한 음식과 사랑하는 가족과 시도 때도 없는 아이들의 웃음이 누군가로부터 도둑질한 장물이라는 불안을 떨칠 수 없었다.

어쩌면 그건 행복이 아니거나 행복이라 할지라도 진실을 숨긴 대가로 얻은 거짓 행복에 지나지 않을지 몰랐다. 누군가가 '너는 그런 행복을 누릴 자격이 없다'고 소리치는 환영이 시시 때때로 그를 사로잡았다.

수인은 장식장에 기대어 잔에 가득 채운 위스키를 들이켰다. 목구멍이 화끈거리고 찌릿한 술기운이 밀려들었다. 일곱 살인가 여덟 살 때 동생을 잃어버린 날이 생각났다. 한조는 글자도 읽지 못하면서 도서관에 가는 그를 억지로 따라나섰다. 그는 혹시 길을 잃으면 아무 데도 가지 말고 그 자리에 서 있으라고 몇 번씩 동생에게 당부한 후 책에 빠져들었다.

저녁이 되어서야 그는 동생이 사라진 것을 알아차렸다. 열람실과 복도를 뒤지고 거리를 헤매는 동안 해가 지고 날이 어두워졌다. 한 시간쯤 후에야 그는 레코드 가게 앞에 우두커니 서 있

는 동생을 발견했다. 한조는 울지도 않고 커다란 눈망울로 그를
바라보았다.

"집에 돌아가자. 여기 추워."

한조는 길을 잃었던 사실조차 잊은 듯 집을 향해 고분고분 걸
어갔다. 수인은 동생이 어떻게 그렇게 아무렇지도 않을 수 있는
지 궁금했다.

"무섭지 않았어?"

"무서웠어."

"그런데 울지도 않더라?"

"형이 올 줄 알았거든. 길을 잃어도 가만히 있으면 오겠다고
했잖아."

수인은 텅 빈 작업실에서 자신을 기다릴 한조를 생각했다. 너
저분한 작업도구들과 그리다 만 그림들 사이에 우두커니 서 있
을 동생을. 자기보다 훨씬 커다란 아이를. 그만 마셔야 한다고
생각하면서도 수인은 다시 잔을 채웠다.

"한조야. 거기 가만히 있어. 형이 갈게."

4부로 구성된 소설은 어떤 살인사건을 둘러싼 배신과 복수의
기록이었다. 이야기의 층을 한 겹 벗겨보면 여론의 재판정에 한
조를 회부할 기소장이기도 했다.

1부는 두 주인공인 화가와 소녀의 만남과 헤어짐을 그리고 있

었다. 소녀를 유혹해 권위로 짓밟은 화가의 행위는 위계에 의한 강간으로 받아들여질 법했다.

20여 년 전 살인사건을 그린 2부는 10쪽 남짓의 짧은 분량임에도 소설 전반에 중요한 플롯을 제공했다. 소녀의 살해된 언니와 관련 있는 마을 남자 서너 명이 용의자로 떠올랐다. 그중에는 어린 시절의 화가 자신도 포함되어 있었다. 경찰은 마을 건너 숲에 살던 벌목꾼을 범인으로 지목했는데 이야기는 진범이 따로 있다는 복선을 따라 진행되었다.

3부는 화가가 성인이 된 소녀를 다시 만나 재기하는 내용으로 이어졌다. 소녀와 결혼한 그가 전시회에 선보인 작품들은 획기적인 구상과 기법으로 화제를 불러일으킨다. 아내가 구상하고 상당 부분을 그린 작품을 그의 이름으로 발표한 덕이었다.

주인공은 점점 더 혁신적인 대형 그림을 아내에게 주문하며 유명화가로 성공한다. 전시회마다 아내를 장식품처럼 대동하면서도 그녀의 재능과 역할에 대해서는 철저히 함구한다. 아내는 그의 완벽한 내조자로 알려지지만 정작 공동작업자로서의 그녀의 존재는 철저히 무시된다.

그의 위선과 자신의 거짓된 삶에 환멸을 느끼면서도 그녀는 남편을 벗어나지 못한다. 남편을 통해 자신을 구축했고 자신이 이룬 성과를 무너뜨리고 싶지 않았으므로 그림자 인생을 받아들일 수밖에 없다. 그러는 동안 화가는 작업실에 스무 살 어린 여자를 불러들인다. 배신감에 사로잡힌 아내의 복수로 뻔뻔한 남편은 결국 파국을 맞는다.

살인자는 4부에 등장했다. 담당 형사의 끈질긴 추적 끝에 화가가 진범으로 밝혀진 것이다. 그는 어릴 때부터 남몰래 사랑해온 소녀의 언니가 벌목꾼과 사랑에 빠지자 분노와 질투심을 참지 못하고 그녀를 살해했다.

철저한 윤색과 가공을 거친 등장인물에서 현실의 특정 인물을 연상하기는 어려웠다. 소설 속의 배신과 갈등에 그들 부부의 실생활이 얼핏 비쳐도 마찬가지였다. 소설이 현실을 반영할 수는 있어도 현실을 대신할 수는 없으니까.

그러나 다른 사람은 몰라도 그에게 그 소설은 현실보다 실제적이고 치명적이었다. 모든 사람이 알아채지 못해도 그는 알았다. 모른 척하면 아무 일도 아니겠지만 한조는 그럴 수가 없었다.

아내는 소설에서 세 가지 사실을 분명히 했다. 주인공인 화가가 본인 의사에 반하여 미성년자를 유린한 파렴치한이고, 명성을 얻기 위해 아내의 재능을 훔치고도 그 사실을 철저히 숨긴 도둑이며, 십대 시절 이웃 여인을 살해한 살인자란 것이었다. 진범이 밝혀지기 전, 그의 행적에 의구심을 품는 형사의 말을 들은 여주인공은 이렇게 독백했다.

나는 그가 언니를 죽였다고 생각하지 않았고 그럴 수 있을 것 같지

도 않았다. 만약 그렇다면 견디지 못할 사람은 그가 아닌 나 자신이다. 먼저 그가 언니를 죽였다는 사실을 견딜 수 없을 것이다. 다음으로 그런 그를 사랑한 나 자신을 용서할 수 없을 것이다. 마지막으로 그럼에도 그를 증오하지 못할 나 자신이 두렵다.

한조는 그녀의 허황한 견해, 혹은 말도 되지 않는 왜곡을 어떻게 반박해야 할지 알 수 없었다. 아내는 정말 자신을 살인자라 생각하는 걸까? 만약 그렇다면 언제부터 그렇게 생각했을까? 그런데도 어째서 살인자의 아내가 되었을까?

세상에는 설명할 수 없는 일도 해석되지 않는 일도 있다. 사람들은 가족들과 식사를 하고, 정원에 묘목을 심고, 친구들과 기분 좋게 술을 마시다 교통사고를 당하거나 자살하거나 계단에서 굴러 죽는다. 거기에 어떤 이유가 있단 말인가?

그날 아침 아버지는 강당 배수관 공사 마감에 대한 조바심으로 일찍 출근했고 종일 인부들과 파이프를 들어 옮기고 삽질을 했다. 작업 후에는 다음날 작업에 쓸 자재를 점검했다. 그리고 유수지로 지수를 데리고 가서, 혹은 불러내서 죽였다? 아무리 생각해도 그건 말이 되지 않았다.

그런데도 그는 과학적 증거와 명확한 자백으로 이루어진 당위의 구조를 허물 자신이 없었다. 아버지가 살인자가 아닌 이유를 내세울 수 없었고 아버지가 아니면 누구인지 주장할 근거도 없었다. 아버지가 살인자라는 사실을 인정하는 비통함이 그 사실을 거부함으로써 감당해야 할 혼란과 비난보다 받아들이기 쉬울 것 같았다.

그래서 그는 아버지가 살인자가 아닐 수도 있다는 가능성을 하나씩 배제했다. 공식적인 사건 조서와 법정 기록에 어떤 의구심도 갖지 않았고 아버지가 범인이라는 합리적 증거와 법률적 판단을 순순히 받아들였다. 수많은 의구심은 목구멍 너머로 삼켰다. 가령 지수가 그날 왜 아버지를 따라 댐까지 갔는지, 아버지는 왜 그날 저녁 일에 대해 입을 열지 않는지, 왜 그토록 쉽게 범행을 인정했는지…….

아버지가 체포된 후 그는 형과 함께 경찰서를 찾았다. 남보라는 형사과, 수사과, 행정지원실이라고 적힌 표지판들이 걸린 어두침침한 복도를 지나 긴 탁자 양쪽에 10여 개의 접이의자가 놓인 방으로 그들 형제를 들여보냈다. 딱딱한 의자에 앉아 있으려니 용서받지 못할 엄청난 범죄를 저지른 것 같았다.

맞은편 문으로 아버지가 들어왔다. 밝은 빛에 눈이 부신지 아버지는 갑자기 굴 밖으로 나온 땃쥐처럼 미간을 찌푸렸다. 며칠 사이에 노인이 되어버린 듯했다.

"너희들이 여긴 뭐 하러 왔어?"

아버지가 버럭 소리를 질렀다. 잠을 못 잤는지 머리카락이 더 부룩했고 두 눈은 충혈되어 있었다. 서부영화에 등장하는 인물의 얼굴이 떠올랐다. 머리 회전이 빠르고 상황을 통제하는 주인공 총잡이가 아니라 어리숙하면서도 순박해서 보호가 필요한 농부.

"엄마하고 같이 오려고 했는데 잠에서 깨질 못하세요. 술을 많이 마셨어요."

수인이 말했다. 아버지의 마음을 아프게 하려고 마음먹은 것 같았다. 한조는 아버지에게 묻고 싶은 것들이 많았다. 아버지가 지수를 죽였는지, 죽였다면 왜 죽였는지, 죽이지 않았다면 왜 이곳에 와 있는지. 그러나 그는 다른 질문을 던졌다.

"뭐…… 필요한 거 없으세요? 다음에 올 때 가져오게요. 밤에 추우시면 양말 가져다드릴까요?"

아버지는 대답 대신 마디가 불거지고 못이 박힌 손으로 아들들의 손을 쥐었다. 그는 예상외로 굵고 단단한 아들들의 손목과 손마디 뼈, 거기서 고동치는 거침없는 활력과 강한 생명력에 놀랐다.

"아버지가 너희들을 사랑한다는 걸 알지?"

아버지는 망치를 들고 정확한 각도와 위치를 가늠하느라 못 대가리를 겨눠볼 때처럼 아들들을 주의 깊게 살폈다. 한조는 왠지 몰라도 그를 다시 볼 수 없을 거라는 생각이 들었다.

"네, 알아요."

"그것만 알면 됐다. 너희들이 날 사랑할 필요까진 없으니까…… 이제 그만 가도 돼. 다시는 오지 마."

수인은 그 후 다시는 아버지를 찾지 않았다. 한조는 선고 공판 후 두 번 더 아버지를 찾아갔다. 한 번은 입대를 앞둔 주말이었고 또 한 번은 제대를 한 주말이었다. 두 번 다 비가 왔고 두 번 다 아버지를 만나지 못했다.

턱이 긴 사십대 교도관은 아버지가 일체의 면회를 거절하니 이제 오지 않는 게 좋겠다고 했다. 그는 아버지가 건강하시다며 뭐 전해줄 말이 있느냐고 물었다. 그는 없다고 대답했다. 아버지를 이해하면서도 거부당했다는 생각을 떨칠 수 없었다.

교도소 정문을 나설 때 비가 내렸다. 까마득한 플라타너스 가지에서 검은 새들이 울었다. 비에 젖은 시멘트 담장은 어둑하게 가라앉았고 검은 망루는 빗속에 우뚝 서 있었다. 담이 높아 다행이라는 생각이 들었다. 높은 담이 아버지를 가두고 있는 게 아니라 세상으로부터 아버지를 보호하고 있는 것 같았다. 세상은 아버지가 살기에 너무 거칠고 제멋대로지만 그 담장 안에 있는 한 아버지는 안전할 테니까.

서울로 돌아오는 버스 안에서 그는 아버지가 면회를 거부한 이유를 생각했다. 아버지는 두려웠던 것일까? 오랜만에 나타난 아들 앞에서 부끄러운 아버지가 되고 싶지 않아 혼자 감당해온 진실을 말해버릴까봐? 그래서 아들에게 다시 커다란 혼란을 주게 될까봐?

그는 아버지를 잊고 싶었다. 아버지를 잊음으로써 그 사건을 잊고 싶었다. 마치 그 일이 자신이 아닌 모르는 사람의 과거인 것처럼. 그래서 그는 아버지의 모습을 머릿속에서 지웠다. 미소 지을 때마다 꿈틀거리던 검은 눈썹, 햇살에 달아오른 머리카락을 쓰다듬던 갈고리 같은 손, 품에 안길 때 나던 시큼한 땀과 먼지의 냄새를 모두.

세월이 지나며 그는 살인자의 아들이라는 정체성을 자신의 것으로 받아들였다. 진실을 찾느라 삶을 탕진하기보다 공인된 거짓을 택한 셈이었다. 진실 따위…… 살아가는 데 거추장스럽기만 할 뿐이니까.

다음날 한조는 정오 가까운 시간에 눈을 떴다. 지난밤 늦도록 아내의 책과 씨름하며 술잔을 홀짝이느라 새벽에야 겨우 잠들었다.

요란하고도 집요한 전화벨 소리에 뻣뻣한 몸을 억지로 일으켰지만 입안은 바짝 말랐고 혀는 모래를 삼킨 듯 깔깔했다. 그는 어기적거리며 탁자 위의 전화기를 집어들었다.

전화를 건 사람은 몇 차례 만난 적이 있는 한 일간지 미술 담당 기자였다. 기자는 인사치레도 없이 아내의 책과 관련한 질문을 툭툭 던졌다. 그에게 생각할 시간을 주지 않으려는 듯했다.

예측한 대로 그는 작가 인터뷰를 끝냈다고 말했다. 남자 주인공을 유추하기는 어렵지 않으며 주인공을 짐작하는 독자들이 있다고도 했다. 한조는 구구한 억측에는 법적으로 대응하겠다고 대꾸했다. 매스컴에 일체의 반응을 삼가야 한다는 수인의 충고를 어긴 충동적 행동이었다. 기자는 내막을 모르지만 적절히 대처하지 않으면 파렴치한으로 낙인찍힐 거라고 조언했다. 그는 소설 내용과 자신이 상관없다는 점을 분명히 할 수 있어 감사하다는 말로 전화를 끊었다.

갑자기 조용해지자 멀리서 자동차 경적 소리와 착암기 소리, 호루라기 소리가 시끌시끌했다.

첫 기사는 오후 4시가 조금 넘은 시간에 인터넷에 올라왔다. '《나에 관한 너의 거짓말》의 주인공은 실제 인물인가?'

기사는 18세 소녀를 이용한 파렴치한의 신원에 대해 흐릿한 뉘앙스를 풍겼다. 혹시 있을지 모를 명예훼손 시비를 염두에 둔 듯했다.

즉각적으로 수십 개의 댓글이 올라왔다. 개인 블로그와 미술 관련 카페와 SNS에 우후죽순처럼 그의 이름이 떴다. 역겨운 욕설과 비난으로 가득 찬 감정의 배설물들.

곧이어 휴대폰과 작업실 전화가 교대로, 혹은 동시에 울렸다. 한조는 포격이 쏟아지는 전쟁터 한복판에 우두커니 서 있는 병사가 된 기분이었다. 그의 경력, 그의 작품, 그의 명성, 그의 아내, 그의 행복. 한때 그의 것이었던 모든 것이 파편이 되어 흩어지고 있었다.

아내가 곁에 있었으면…… 그녀는 이럴 때 어떻게 해야 할지 말해주었을 것이다. 겁먹지 마. 그들은 당신을 질투하는 것뿐이야.

그렇다. 남들이 뒤에서 쑥덕거려도 그들의 결혼은 더할 나위 없었다. 한조는 여신과 사랑에 빠진 목동처럼 아내를 사랑했다. 함께 보낸 하루하루가, 조용하게 웃고 나직하게 떠들던 순간이, 그때는 아무것도 아니었던 이야기들이 새삼 그리웠다.

아내는 술에 취한 적이 드물었다. 쉽게 울음을 터뜨리지도 않았다. 그러나 이 순간만큼은 그녀가 술에 취해 울고 있으면 좋겠다는 생각이 들었다. 물론 그녀는 그를 생각조차 하지 않을 것이다. 그러고 보면 아내는 그를 배신한 적이 없는지도 모른다. 한순간도 그를 믿었던 적조차 없었을 테니까.

그는 술잔을 채워 목구멍 너머로 흘려보냈다. 테이블 위의 휴대폰이 진동했다. 화면에 '형'이라는 글자가 떴다.

"한조니? 괜찮아?"

어떻게 괜찮을 거라고 생각할 수 있지? 그러나 그는 형을 탓하고 싶지 않았다. 일을 이 지경으로 만든 것은 형이 아니라 자신이니까. 취기가 여전했지만 그 정도의 지각은 있었다.

"응 괜찮아. 머리가 아파. 너무 많이 마셨나봐."

"난 네가 전화 안 받을 줄 알았어. 그래야 해. 지금 당장 전화기 끄고 집에서 나가 있어. 아무도 만나지 말고."

그의 귀에는 수인이 떠드는 소리가 들리지 않았다. 옥상 난간에 걸터앉아 체포되던 아버지를 바라보던 기억이 났다. 아버지 팔목에 채워진 금속의 날카로운 광채가 떠올랐다. 그때 아버지가 웃었던가? 고통스러워했던가? 자신을 바라보았던가? 수인이 다시 소리쳤다.

"기자들이 언제 닥칠지 모르니까 당장 휴대폰 끄고 집에서 나가. 당분간 어디 좀 가 있어. 뭘 좀 먹고 정신 차리고. 응? 내 말 알아들었으면 알았다고 대답해."

아내가 남겨둔 물건들이 눈에 들어왔다. 소파 등받이에 벗어서 걸쳐놓은 카디건, 그녀의 입술 자국이 선명한 커피잔, 그녀가 나뭇잎 갈피를 끼워둔 모파상의 소설…… 그 모든 것들이 그녀의 부재를 절절히 깨우치게 했다.

"형. 갈 데가 없어."

자신의 말이 너무 절망적으로 들려 그는 놀랐다. 창유리에 비친 퀭한 눈과 수척한 볼이 다른 사람의 것처럼 보였다. 그는 벌을 받고 있다고 생각했다. 그의 죄는 운명을 예측하지 못한 채 내뱉은 어설픈 거짓말이었다. 수화기 너머에서 수인의 다급한 목소리가 들렸다.

"뭐라고?"

"젠장. 어디로 가야 할지 모르겠다고."

해리

희재가 하워드 주택을 매입하겠다고 말했을 때 선우는 반신반의했다. 시가지가 내려다보이는 언덕 위에 우뚝 선 이산시의 상징물은 한 개인이 소유할 대상이 아니었다. 만약 누군가가 하워드 주택을 소유한다면 모든 시민이 간직한 마음의 집을, 도시의 역사를 빼앗는 셈이었다.

병마와의 싸움에서 패색이 짙어지자 하워드 박사는 주택을 매도해 재단 재정을 보강하라는 유언장을 작성했다. 그러나 비싼 가격은 차치하고라도 부속 건물과 사유지까지 합쳐 1천여 평에 가까운 매물 규모를 감당할 구매자를 찾기는 쉽지 않았다. 건물 원형을 유지해야 한다는 조건 때문에 주택을 헐고 고층으로 재건축하려던 건설업자들도 계획을 접었다.

4년이 넘도록 주인을 찾지 못한 하워드 주택에 달려든 사람은 장희재였다. 시내 중심가에 있는 호텔 소유주의 둘째아들인 그는 성공한 사업가인 아버지를 존경하면서도 증오했다. 형과 비교되는 아우였던 그는 자신이 멍청한 낙제생이 아님을 끊임없이 아버지에게 보여주려 했지만 번번이 실패했다.

　군대를 제대한 그는 대학에 돌아가는 대신 돈벌이에 뛰어들었다. 아버지의 도움 대신 은행에서 빌린 돈으로 중고 자동차 한 대를 구입해 호텔 투숙객을 상대로 렌트카 사업을 시작한 것이었다. 그는 타고난 친화력과 붙임성을 밑천으로 직접 기사이자 정비공으로 일했다. 5년이 지나자 차는 열두 대로 늘어났다.

　렌트카 사업이 궤도에 오르자 그는 정비공장을 설립했다. 마이카 열풍을 타고 너도나도 자동차를 구입한 사람들은 자동차에 문외한이었고 열악한 도로 조건으로 접촉사고가 속출했다. 그의 사업은 물 흐르듯 승승장구했다.

　마흔을 갓 넘긴 나이에 그는 알 만한 지역 기업인이 되었다. 그러나 뛰어난 수완가인 그에게도 하워드 주택은 쉽게 손댈 물건이 아니었다. 걱정스런 표정의 아내에게 그는 말했다.

　"내가 어릴 때 이산시에는 5층이 넘는 건물이 거의 없었어. 언덕 위의 하워드 주택은 아버지 호텔보다 높은 유일한 건축물이었지. 난 시내 어디에서도 보이는 저 기념비를 갖고 싶었어. 그러면 아버지를 뛰어넘을 것 같았거든."

선우는 그토록 확신에 찬 남편의 모습을 본 적이 없었다. 자신도 오래전부터 그 집에 살고 싶었다고 대답해야 할 것 같은 의무감이 느껴질 정도였다.

그가 아내에게 말하지 않은 다른 이유도 있었다. 100년 가까운 도시의 내력이 담긴 하워드 주택의 상징적 신뢰감과 친근감이 정치를 꿈꾸는 그에게 큰 자산이 될 거라는 계산이었다. 버려지다시피 한 낡은 집을 수선하고 꾸미면 지역 언론의 좋은 뉴스거리가 될 수도 있을 터였다.

매입대금을 지불한 날 그는 깜짝 선물을 불쑥 내밀 듯 가족들에게 하워드 주택이 '우리 집'이라고 선언했다. 그리고 곧장 주택 원형을 유지하면서도 뼈대를 제외한 거의 모든 부분을 손보는 대규모 수선에 들어갔다.

색 바랜 기와를 새것으로 갈고 벽체의 강도를 보강하고 구식 창틀에 단열 유리를 갈아끼웠다. 허물어진 축대는 다시 쌓고 지붕을 덮은 삼나무 가지는 말끔히 정리했다. 한때 집이라기보다 부와 명예의 견고한 요새였던 하워드 주택은 이제 시간이 부여한 아름다움까지 얻게 되었다.

이사하던 날 아침 그들은 흰옷으로 갈아입었다. 자동차가 언덕 구비를 돌자 고풍스러운 기와지붕과 붉은 벽돌이 모습을 드러냈다. 딸들은 동화 속의 성처럼 웅장한 집의 위용에 마음을 빼앗겼다.

아이들 방은 2층 복도 양쪽에 마주 보고 있었다. 누가 알려주지 않았는데도 지수는 무언가에 끌리듯 자기 방으로 다가갔다. 방 안에는 새 침대와 책상이 놓여 있었다. 창가로 다가가 창문을 밀어젖히자 정원과 별채가 한눈에 들어오고 언덕 아래로 학교와 시가지가 펼쳐졌다. 잔뜩 흥분한 해리가 방 안으로 뛰어들며 소리쳤다.

"언니! 이 집…… 재미있을 것 같아."

해리의 말대로 하워드 주택에서는 매일 놀이동산처럼 신나는 일이 벌어졌다. 숨을 곳, 탐색할 곳, 구경할 곳이 무궁무진했다. 오래된 집이 내는 소리, 벽들 사이의 좁은 틈, 지하실 계단의 개수와 기울기, 작은 골방들과 합판으로 가려진 계단 밑 공간, 눈을 뜨면 창으로 밀려드는 삼나무 향기…….

주말이면 맬컴 아저씨는 카메라로 사진을 찍어주었고 아줌마는 맛있는 간식을 만들어주었다. 한조는 종일 스케치북에 하워드 주택을 그렸다. 해리가 귀찮게 굴어도 그는 짜증을 내는 법이 없었고 둘만 아는 장난스러운 표정을 지어 보였다.

해리는 그 즐거운 놀이공원을 영원히 떠나고 싶지 않았다.

그날 해리는 한 번도 해본 적 없는 낯선 놀이를 하는 기분이었다. 엄마가 그렇게 생각하도록 했을 것이다. 언니에게 아무 일도 일어나지 않았으며 늘 하던 숨바꼭질처럼 아무렇지 않게 돌아올 거라고.

밤 10시 30분. 언니 대신 엄마가 동화책을 들고 침대로 왔을 때 뭔가 달라졌다는 생각이 들었다. 엄마가 읽어준 동화는《백 조왕자》였다. 언니가 읽어준 셜록 홈스나 미스 마플 이야기가 훨씬 재미있었는데…….

해리는 엄마가 동화책을 덮고 머리카락을 쓸어주어도 쉽게 잠들지 못했다. 언니는 그때까지도 돌아오지 않았다. 엄마는 침 대에서 일어나 불을 끄며 말했다.

"해리야. 언니가 늦는구나. 내일 아침에 일어나면 돌아와 있 을 테니 그만 자야지."

그러나 엄마는 거짓말을 했다. 언니는 다음날 아침에도 돌아 오지 않았다. 모든 것이 그대로였지만 집 안은 낯선 공간처럼 변했다. 아빠의 눈은 충혈되었고 단정했던 머릿결은 삐죽삐죽 뻗쳐 있었다. 엄마는 후줄근한 빨래무더기처럼 소파에 몸을 걸 치고 있었다. 집 전체가 나사가 부러지고 톱니바퀴가 깨진 거대 한 기계 같았다.

경찰차가 자갈돌이 깔린 진입로로 들어왔다. 해리는 창 너머 로 차에서 내리는 회색 점퍼 차림의 남자와 정복 여순경을 내려 다보았다. 키가 작고 단단한 체구의 남자는 늙수그레한 반장에 게 타박을 받는 수사드라마의 굼뜬 주인공 같았다. 해리는 매회 비슷한 패턴으로 진행되는 수사드라마처럼 형사들이 50분 안에 범인을 잡을지 궁금했다.

그들은 집 안에 들어오자마자 언니의 방부터 뒤질 것이다. 드라마에서 늘 그랬던 것처럼. 그들은 언니가 읽던 책 상자와 세가지 색 립스틱과 헤어 롤러 세트가 담긴 화장품 상자를 찾아낼 것이다. 그리고 그것들이 담고 있는 언니의 비밀을 캐내려고 안달할 것이다.

해리는 그들이 그렇게 하도록 내버려두고 싶지 않았다. 그것들은 그녀와 언니만 아는 비밀이었다. 그녀는 아무도 모르게 언니 방으로 건너갔다. 그리고 형사들이 들이닥치기 전에 언니 옷장에서 골판지 상자 두 개를 가져다 자기 침대 밑에 숨겼다.

이제 그들은 알지 못할 것이다. 언니가 방으로 들어가면 꼴보기 싫다는 듯 책가방을 내던진 것을, 책상에서 공부한 게 아니라 거울을 들여다보며 화장한 것을, 가끔 엎드려 작은 소리로 흐느낀 것을.

해리는 창틀에 턱을 고이고 고요한 정원을 내려다보았다. 언니가 사라진 건 이번이 처음이 아니었다. 언니는 숨바꼭질을 좋아했고 몸을 숨기는 데 능했다. 한번 숨으면 놀이가 끝나고 찾기를 포기한 한참 후에야 나타나곤 했다. 어디에 있었느냐고 물으면 언니는 숨어 있었다고 대답했다.

"거짓말. 술래도 없는데 누구한테서 숨어?"

"사람들."

"무슨 사람들? 나쁜 사람들?"

"아니, 그냥…… 사람들."

해리는 그 사람들이 누구인지 궁금했다. 어쩌면 언니는 모든 사람들로부터 숨고 싶었던 건 아닐까? 엄마, 아빠, 선생님, 친구들, 어쩌면 자기 자신으로부터도.

해리는 언니가 아주 긴, 어쩌면 끝나지 않을 숨바꼭질을 하고 있다는 상상을 했다. 그럼 이제 침대에서 언니 이야기를 듣는 일도, 책상에 엎드려 우는 언니의 등을 바라보는 일도 없을 것이다.

지수의 부재는 도시의 분위기를 미묘하게 바꾸었다. 사람들은 장례식이 끝나고 살인범이 잡히면 그들 가족도 회복되리라 생각했다. 편하기도 하고 비정하기도 하지만 그렇게 삶은 이어지니까. 그러나 그들은 영원히 회복하지 못했다. 그들에게 완전하지 않은 가족은 불완전한 가족이 아니라 아무것도 아니었고 지수는 네 명 중 한 명이 아닌 그들의 전부였다.

다음해 선거 기간 내내 희재는 선거사무소에서 숙식을 해결했다. 지수가 없는 집은 그에게서 생명의 일부를, 삶의 의미를 앗아갔다. 사람들은 딸을 잃은 그를 동정하면서도 표를 던지지는 않았다. TV 개표방송 진행자는 그가 딸이 살해당하는 개인적인 비극에도 선전했지만 재선에 나선 전임 시장을 넘지 못했다고 논평했다.

해리는 현저하게 줄어든 아빠와 엄마의 말수를 눈치챘다. 어쩌다 얘기를 나눌 때도 입에 올리지 말아야 할 금기어들이 늘었다. 죽음, 경찰서, 언니, 형사 같은 단어들. 죽음을 얘기하려면 '죽음'을 대신할 다른 어휘를 찾아야 했다. 찾지 못하면 말하기를 포기하는 게 나았다.

금지된 말들은 전염병처럼 번졌다. 지수가 좋아했던 콘 샐러드, 지수가 자주 불렀던 〈아베마리아〉, 숨바꼭질, 보림천, 댐 같은 말을 쓸 수 없게 되었다. 마침내 그들은 말을 잃었다.

밤이면 아래층의 목소리들이 잠결에 들려왔다. 굵은 쥐들이 어둠을 쏟아내듯 지속적이고 신경질적인 아빠의 목소리, 구부러진 못처럼 뭉그러지거나 납작해진 엄마의 목소리.

"낮에 빚쟁이들이 왔어요. 깡패 둘이 세 시간을 넘게 제집처럼 거실을 차지했어요. 해리와 난 부엌으로, 2층 방으로 쫓겨다녔구요."

엄마의 목소리는 천을 덮어씌운 듯 웅웅 울렸다. 어둠 속에서 아빠가 고통스럽게 그르렁거리는 소리를 냈다.

"개새끼들. 완장 차고 어깨띠 두르고 따라다니더니 이제 내 시체를 뜯어먹겠다고?"

사람들은 여고생 피살사건을 불편해했고 일이 더 커지기를 원치 않았으며 빨리 잊히기를 바랐다. 비극적 사건의 연대책임에서 벗어나기 위해 그들은 자신들을 피해자로 생각했다. 가해자는 그녀의 가족이었다. 그들은 희재가 선거를 위해 하워드 주택으로 이사했고 딸을 제멋대로 살인자에게 내맡긴 탓에 비극을 불렀다고 수군댔다.

아빠는 술을 마시기 시작했다. 어두워지기 전부터 취했고 모르는 사람과 먹살잡이를 하기도 했다. 몇 차례 음주운전을 적발당했는데 아는 경찰관이 눈감아주는 바람에 유치장 신세를 겨우 면한 적도 있었다.

아빠가 술을 마시지 않을 때는 모든 것이 좋았다. 다정했고 세심했고 잘 웃었고 가족을 진심으로 사랑했다. 하지만 술에 취하면 그는 감정을 통제하는 데 어려움을 겪었다. 슬픔에 사로잡힌 아빠가 이마를 찧으면 벽이 쿵쿵 울렸다. 그러다 어느 순간 물풍선이 터지는 둔중한 소리가 났다. 아빠가 엄마의 뺨을 후려치는 소리였다.

밤이면 해리는 침대에서 숨을 죽였다. 팽팽한 적의와 공포가 어둠 속에서 부풀어올랐다. 식초처럼 시큼하고 소금처럼 짠 슬픔의 맛을 혀로 느낄 수 있을 정도였다. 아래층에서 소리가 들려왔다. 둔탁한 마찰음과 파열음. 억눌린 비명과 신음. 그러다 아빠가 흐느끼는 소리가 들렸다.

"여보. 괜찮아? 코피가 나잖아. 젠장. 여기 휴지를…… 아니, 고개를 들어봐."

아빠가 울고 있다는 사실이 믿기지 않았다. 아빠의 울음이 돌아오지 않는 언니 때문인지 망가진 엄마 때문인지 짐승이 되어버린 자신 때문인지는 알 수 없었다.

고통 앞에서 어른들은 한없이 나약했다. 그들은 어둠 속에서 우스꽝스러운 모습으로 서로를 망가뜨렸고 그러다 지치면 짧은 잠에 빠졌다.

해리는 그들 누구에 대해서도 생각하고 싶지 않았다. 그녀는 뾰족하게 심을 간 연필을 집어들고 자신의 팔뚝을 찔렀다. 그리고 연약한 새끼 동물처럼 상처에서 흐르는 피를 핥으며 잠들었다.

아침에 일어나면 엄마의 뺨에 붉은 손자국이 선명했다. 광대뼈에는 달처럼 동그란 멍 자국이 노르스름하게 삭아 있었다. 엄마는 차가운 눈으로 자기 앞의 세상을 노려보다 해리에게 들키면 억지웃음을 지었다. 딱딱한 엄마의 웃음은 모르는 타인처럼 낯설었다.

"엄마. 아빠가 쫓아오지 못하는 곳으로 도망가서 살면 안 돼?"

엄마는 섬망 환자처럼 멍하니 해리를 바라보았다. 이 아이가 누군지 잠시 생각하는 것 같았다. 그러더니 말없이 두 팔을 벌렸다.

해리는 엄마 품에 안기고 싶지 않았다. 팔을 내민 엄마는 사랑으로 충만한 엄마가 아니었다. 사랑할 대상을 잃어버린 엄마, 몸의 반쪽이 무너진 엄마, 더는 해리를 품어 보호할 수 없는 엄마였다.

해리는 어른들을 믿지 못했다. 모두가 돌아올 거라던 언니는 돌아오지 않았고 괜찮을 거라고 했지만 괜찮은 것은 없었다. 수염을 깎지 않은 버석한 얼굴을 비비며 사랑한다고 말하는 아빠도 믿을 수 없었다.

그래도 해리는 자기 생각이 틀리기를 바랐다. 엄마가 한순간도 자신을 잊은 적이 없으며 여전히 자신을 사랑한다고 믿고 싶었다.

그들 가족은 서로 떨어진 적이 없었다. 피서를 떠날 때도 돌아올 때도 함께였다. 지수가 떠난 후에야 그들은 언제든 헤어질 수 있음을 깨닫고 놀랐다.

어느 아침 잠결에 현관문을 두드리는 소리가 들렸다. 처음엔 꿈인 줄 알았는데 노크 소리는 성가시고 끈질겼다. 눈을 뜨니 방 안이 후텁지근하게 달아올라 있었다.

문밖에 알 것 같기도 하고 모를 것 같기도 한 여자가 서 있었다. 지금보다 어렸을 때 몇 차례 만난 적이 있는 외삼촌의 아내였다. 외숙모는 갈 데가 있으니 세수를 하라며 부엌으로 갔다. 세수를 하고 나온 해리는 식탁 위에 놓인 시리얼을 오독오독 씹어먹었다. 해리가 물었다.

"엄마 아빠는 어디 갔어요?"

외숙모는 말없이 싱크대로 가서 해리가 비운 그릇을 흐르는 물에 몇 번씩 헹궜다. 그러더니 그릇의 물기를 닦고 나서야 입을 열었다.

"해리야. 엄마 아빠는 돌아가셨어."

거짓말! 어른들은 누구나 거짓말을 한다. 언니를 찾아오겠다던 맬컴 아저씨는 그렇게 하지 않았고 언니가 죽었을 때 엄마는 아니라고 했다. 외숙모도 거짓말을 하고 있는 것이다.

"가자. 엄마 아빠께 인사를 드려야지. 예쁜 옷으로 골라 입어야 한다."

해리는 많은 것을 물어보고 싶었다. 그러나 지금은 그러면 안 될 것 같았다. 이런 일은 처음이라 잘 모르지만 착한 아이처럼 굴어야 할 것 같았다. 그래서 지난 생일에 아빠가 선물로 준 분홍 원피스와 파카를 옷장에서 꺼내 입었다.

병원은 시내에 있는 3층 적벽돌 건물이었다. 주차장에 10여 대의 차가 주차되어 있었다. 앰뷸런스에는 "응급환자호송"이라는 빨간 글자와 십자가가 새겨 있었다. 외숙모가 아빠 이름을 대자 검은 넥타이를 맨 접수실 직원이 오른쪽 건물 지하실로 안내했다.

천장은 하얗고 벽과 바닥은 서늘했고 금속들은 은빛을 뿜어냈다. 흰 마스크를 쓴 남자가 두 개의 시트 자락을 차례로 걷었다. 머리를 가지런히 빗은 아빠는 잠든 것 같기도 하고 생각에 잠긴 것 같기도 했다.

엄마는 피 한 방울 흘리지 않은 깨끗한 얼굴이었다. 창백한 미소는 보일 듯 말 듯 희미했다. 서재에서 브람스 교향곡 3번 2악장을 듣던 표정이었다. 살아 있을 때보다 예뻐 보였다. 고통의 그림자가 얼굴을 떠났기 때문일까? 해리는 엄마 아빠가 고통을 느끼지 않았기를 바랐고 그랬으리라 믿었다.

"아침 일찍 전화드려 죄송합니다. 말씀드린 대로 지난 새벽 장희재, 김선우 씨 부부가 귀가 도중 교통사고를 당했습니다. 강변도로에서 다리로 접어들다 난간에 부딪쳐 강으로 추락했습니다. 결빙구간에서 바퀴가 미끄러진 것으로 보입니다. 구급차가 도착했을 때는 두 분 모두 절명한 상태였습니다."

문 앞에 대기하던 정복 경찰관이 몇 걸음 다가서서 설명했다. 외숙모가 말했다.

"해리야. 엄마 아빠께 하고 싶은 말 없니?"

해리는 할 말이 있었다. 화장한 언니가 예뻤다는 말, 언니가 정원에서 혼자 숨바꼭질했다는 말, 지긋지긋한 집에서 도망가고 싶다던 말, 보여주고 싶은 것도 있었다. 언니가 쓰다 남은 화장품, 언니가 읽어주던 침대 밑의 책들…… 하지만 그 말들은 언니와 그녀만의 비밀로 남을 것이다.

해리는 엄마와 아빠에게 했어야 할 말들을 생각했다. 그들이 알았으면 좋았겠지만 하지 못한 말들. 취한 아빠가 무서웠지만 그래도 사랑했다는 말, 자신을 돌보지 않는 엄마가 미웠지만 보고 싶다는 말, 언니가 어딘가에서 숨바꼭질을 하고 있다는 말. 그러나 영혼은 말을 알아듣지 못할 것이다. 그래서 그녀는 이렇게 말했다.

"아빠 안녕! 엄마 안녕!"

외숙모는 뺨이라도 얻어맞은 사람처럼 놀란 눈으로 해리를 바라보았다.

외삼촌은 도시 서쪽 공단에서 작은 밴딩 공장을 운영했다. 말이 공장이지 외삼촌이 사장 겸 인부였고 외숙모가 경리와 노무자 역할을 맡은 영세수공업이었다.

외삼촌은 버려진 강아지처럼 하워드 주택에 혼자 남은 해리를 데려가 입양과 개명 절차를 밟았다. 반대하는 외숙모는 해리 앞으로 상속될 재산이 있다며 설득했다. 그러나 재산의 상당 부분은 선거 자금으로 쓰였고 통장에는 알량한 예금 부스러기가 남았을 뿐이었다. 그나마 해리가 성년이 될 때까지는 매월 일정액이 지급되는 신탁 약정이 되어 있었다.

하워드 주택은 신탁 재산이라 팔 방도가 없었다. 팔려고 해도 살 사람이 없었다. 사람들은 그 집이 끔찍한 살인현장으로 전락

하고 그들 가족이 겪은 수난을 기억에서 지우지 못했다.

희재와 선우는 지수가 잠든 추모공원의 가족 묘역에 묻혔다. 해리는 영혼이 된 가족들도 외로움을 느낄지 궁금했다. 그렇지는 않으리라. 적어도 그들은 함께 있으니까.

외삼촌에게는 그녀보다 두 살, 네 살 어린 딸들이 있었다. 외삼촌 부부는 그녀를 특별히 아끼지는 않아도 딸들을 돌봐주는 그녀에게 싫은 기색을 드러내지도 않았다. 그녀는 외삼촌의 큰딸 김수진이라고 스스로 세뇌했다.

"그 집으로 이사 간 것부터 잘못이었어. 그렇게 말렸는데도 자기 마음대로 하더니 이 지경이 된 거야. 그 미친 맬컴 주택 놈이 모든 걸 망가뜨렸어."

외삼촌은 외숙모의 귀에 대고 쉰 소리로 말했다. 해리는 맬컴 아저씨가 언니를 죽였다는 외삼촌의 말을 믿고 싶지 않았다. 그녀는 기억의 세부사항을 뭉개고 인물들을 흐트러뜨렸다. 사건의 성격을 명확하게 규정하는 순간 맞닥뜨려야 할 진실이 두려웠다. 애도되지 못한 죽음, 파묻힌 진실, 뒤얽힌 이해관계와 자기애, 감춰진 위선과 죄.

매일 아침, 잠을 깨면 퉁퉁 부은 눈이 제대로 떠지지 않았다. 꿈속에서 이유 모를 슬픔에 휩싸여 밤새 울었던 것 같았다. 슬픔의 원인이 무엇인지는 기억나지 않았다.

극단적 감정변화로 인한 충동 행위의 대상은 남녀와 어른, 아이를 가리지 않았다. 선생님도 친구도 예외가 아니었다. 그녀는 주먹질과 발길질을 했고 분이 풀리지 않으면 할퀴고 물어뜯고 돌멩이를 던졌다. 중학생이 된 후에는 무단결석과 폭행, 교사 조롱과 가출로 인한 보호자 호출과 근신, 유·무기정학이 반복되었다.

해리는 실내가 창백하리만치 밝은 편의점이 좋았다. 진열대를 오가며 물건들 위치와 가격을 머리에 담기만 해도 머릿속이 활시위처럼 팽팽해졌다.

어느 날부터인지 몰라도 계산대를 지나 밖으로 나오면 주머니에 낯선 물건들이 들어 있었다. 필요하지도 않고 도대체 왜 가져왔나 싶은 작은 물건들. 남의 것을 훔쳤다는 죄의식은 야릇한 만족감으로 바뀌었다. 무엇인지 몰라도 자신이 어떤 대상을 처벌했으며 그 대가로 작은 보상을 받은 것 같았다.

집에 돌아오면 분노와 자책으로 숨이 막혔다. 자신이 나쁜 것에 오염되었다는 생각이 들고 내부에서 곪는 죄가 느껴졌다. 그녀는 깨끗해지고 싶었지만 어떻게 해야 할지 몰랐다. 자신의 뺨을 때려줄 누군가를 간절히 원했지만 그녀를 나무라거나 꾸짖는 사람은 없었다. 유일한 방법은 스스로를 처벌하는 것뿐이었다.

그녀는 뾰족한 연필심으로 허벅지를 찔렀다. 날카로운 통증이 온몸에 번졌고 두 눈의 초점이 흐릿해졌다. 해리는 이를 악

물고 연필심을 젖혀 부러뜨렸다. 참을 수 없는 통증이 쐐기처럼 파고들어 몸 안의 슬픔을 몰아냈다. 감당할 수 없는 육체적 고통에 정신적 고통이 자리를 내준 셈이었다.

도구들은 점점 다양해졌다. 날카롭거나 반짝이거나 뾰족한 것들…… 팔뚝이나 종아리의 상처들은 시간이 지나며 더 크고 깊어졌고 회복도 점점 더뎠다. 뒤처리를 제대로 하지 못한 상처가 덧나고 켈로이드 흉터가 불거졌다.

학교에서는 냉랭한 시선들이 그녀를 덮쳤다. 쉬는 시간에 교실 구석에 둘러서서 쑥덕거리던 아이들은 그녀가 다가가면 입을 다물고 서로를 데면데면 쳐다보았다.

중학교 3학년 여름방학 일주일 전, 남학생 몇몇이 복도에서 수군거렸다. 그들의 대화가 해리가 앉은 유리창 옆자리까지 들려왔다.

"여름방학에 뭐할 거야?"

"하워드 주택에 들어가보자."

"거기 뭐하러?"

"그 집에 유령이 산대."

"거짓말. 그걸 어떻게 믿어?"

"그러니까 들어가서 확인해봐야지."

해리는 뱃속이 부글거리고 속이 매스꺼웠다. 가족들의 영혼이 하워드 주택을 떠나지 못하고 머무르는 걸까? 아빠는 아침이면 갈색 가죽 소파에 앉아 조간신문을 읽을까? 엄마가 끓인 커피 냄새가 아침잠을 깨울까? 밤이면 언니는 동화책을 읽어줄까?

해리는 그랬으면 좋겠다고, 그럴 거라고 믿고 싶었다. 그러자 아이들의 난폭한 발자국에 하워드 주택을 내맡길 수 없다는 생각이 들었다. 엄마와 아빠와 언니를, 그들의 죽음을, 죽음 후에도 계속되는 삶을 모르는 그들로부터 하워드 주택을 지켜야 했다.

방학은 일주일 뒤로 다가와 있었다.

삭은 철책 너머 황폐한 하워드 주택 정원에는 키 낮은 관목들이 삐죽삐죽 솟고 잡초들이 웃자라 있었다. 마른 덤불 사이에 녹슨 자전거와 부러진 옷걸이가 널려 있었다. 관목이 울창한 그늘 밑에 하얗게 풍화된 물체가 반짝였다. 작은 짐승의 두개골 같았다.

해리는 일곱 살 무렵 정원 구석에서 본 죽은 고양이를 떠올렸다. 모로 누운 고양이의 사지는 뻣뻣했고 콧구멍에는 벌레들이 바글거렸다. 가늘게 뜬 두 눈은 심각하게 사유하는 듯 보였다.

고양이의 육체는 외롭고 끈질기게 부패했다. 겨울 동안 얼고 녹기를 되풀이하며 스러져가는 고양이를 훔쳐보며 해리는 나쁜 짓을 저지르는 것 같았다. 그러다 어느 날 고양이는 사라졌다.

그날 밤, 언니는 침대 머리맡에 앉아 정원의 전나무 아래에 고양이를 묻어주었다고 말했다.

해리는 정원을 가로질러 본채로 향했다. 두더지들이 쏠아놓은 구멍에 발목이 푹푹 빠졌다. 현관문에는 묵직한 쇠사슬과 녹슨 자물쇠가 달려 있었다. 1층 창은 굵은 대갈못으로 고정되어 있었다. 열쇠가 없었지만 상관없었다. 집 모서리를 돌아가니 목재 골조에 지붕을 덮은 보일러실이 나타났다.

그녀는 도둑고양이처럼 몸을 웅크리고 벽체의 나무 널 틈으로 들어갔다. 보일러실에서 본채 지하실로 통하는 나무문은 하워드 주택에 살던 어린 시절 해리의 비밀통로였다. 숨바꼭질을 할 때면 현관으로 나갔다가 몰래 그 문으로 집 안에 숨어들어 언니를 놀래켰다.

지하실 벽을 따라 이어진 계단 끝, 아귀가 틀어진 문틈으로 빛줄기가 비쳤다. 문짝을 밀자 눈에 익은 전경이 되살아났다. 까마득히 높은 천장과 반듯한 벽체와 윤이 나는 바닥의 나무 무늬와 커다란 소파와 벽면을 가득 채운 책장. 마치 곧 돌아올 여행을 떠난 사람들의 집처럼 치우지 않은 가구와 책장에 흰 천이 덮여 있었다.

짧은 정적이 지나갔다. 1초? 아니면 10초? 커튼 틈으로 어른거리는 빛 속에서 그녀는 무언가를 보았다. 무엇인지는 확실하지 않았다. 분명한 실체라기보다 혼자만의 느낌이었는지도 모른다. 어떤 따스함과 친숙함, 그리고 달콤함과 반가움. 그 모든 감정의 덩어리가 집약된 얼굴들.

처마 위에, 계단 모퉁이에, 테라스 난간에 아빠와 엄마, 언니가 있었다. 얘기를 나누거나 만질 수 없어도 그들의 존재를 분명히 느낄 수 있었다.

서재 문을 밀자 녹슨 경첩이 비명을 질렀다. 창밖을 향해 갈색 가죽의자가 놓여 있었다. 앉은 사람의 정수리가 안 보일 정도로 높은 등받이에 포도 덩굴이 조각된 아빠의 안락의자였다. 아빠의 팔꿈치가 닿은 팔걸이는 희끄무레하게 퇴색되었고 등받이에는 거무스름한 기름 자국이 배어 있었다. 해리는 의자 등받이 너머로 아빠에게 말했다.

"왜 그랬어? 왜 나만 남겨놓고 모두 떠나버렸냐고."

집 안은 조용했고 자신의 숨소리만 규칙적으로 들렸다. 그녀는 먼지를 뒤집어쓴 의자에 돋을새김된 꽃과 덩굴의 윤곽을 쓰다듬었다.

창밖에 어스름이 내려도 해리는 두렵지 않았다. 죽은 가족들이 있는 하워드 주택이 살아 있는 외삼촌 집보다 아늑했다. 주방 찬장 맨 아래 칸에 정전에 대비해 엄마가 사둔 양초 네 자루와 성냥갑이 있었다. 그녀는 촛불을 켜고 계단을 올랐다. 어른거리는 불그림자가 죽은 사람들이 걸어오는 말소리 같았다. 해리야. 많이 컸구나. 왜 이제 왔니? 우린 이곳에서 잘 지내.

창에 비친 촛불 그림자를 보면 아이들은 꽁무니가 빠지게 도망치겠지. 이제 어떤 아이도 도깨비불이 어른거리는 하워드 주택에 얼씬하지 않을 것이다.

해리는 2층 자기 방 침대 아래에서 상자를 꺼냈다. 상자를 열자 희미한 실론 차의 아릿한 향이 났다. 언니의 물건들은 고스란히 남아 있었다. 마른 립스틱과 화장품들, 테가 삭은 선글라스, 모서리가 접힌 책들…… 언니가 이곳에 없는데 언니의 물건들은 그대로 있는 것이 이치에 맞지 않는 것 같았다. 입술에 복숭아색 립스틱을 칠하고 웃던 언니가 기억났다.

"예뻐?"

화사한 입술을 오물거리던 언니의 얼굴은 생소했다. 엄마도 화장은 했지만 언니와 달랐다. 화장한 엄마는 여전히 엄마였다. 조금 더 선명하고 예쁜 엄마. 그러나 화장한 언니는 언니가 아니었다.

"예뻐서 싫어. 언니가 아닌 것 같아."

해리는 말라빠진 립스틱을 손가락으로 찍어 입술에 발랐다. 희미한 달콤함이 느껴졌다. 언니가 화장을 한 건 다른 사람이 되고 싶었기 때문일까? 착하고 예쁘고 공부 잘하는 언니가 아닌 비밀을 지닌 사람. 엄마 아빠의 딸이 아닌 자기만 아는 어떤 사람. 언니는 다른 누군가가 아닌 자신에게 보여주고 싶어 화장을 한 건 아닐까?

상자 바닥에 노르스름하게 바랜 스프링 노트가 들어 있었다. 한조의 스케치북이었다. 그가 그린 하워드 주택은 묘사가 거칠고 음영처리도 부실했는데도 그녀의 기억보다 선명하고 생명력이 넘쳤다. 녹슨 청동 창틀 장식과 지붕 위로 날아오르는 새떼와 새들의 반짝이는 부리와 노란 눈, 굳건한 삼나무 가지와 어슬렁거리는 길고양이, 심통을 부리고 장난을 치며 연민을 자아내는 얼굴들…….

해리의 손길이 스케치북의 한 갈피에서 멈추었다. 익숙하면서도 낯선 얼굴이 그녀의 눈길을 잡아끌었다. 가냘픈 턱과 주저하는 듯 어렴풋한 입술이 왠지 언니를 떠오르게 했다. 빠른 선으로 쓱쓱 그은 몸의 굴곡도 춤추듯 나아가는 언니의 걸음걸이와 비슷해 보였다. 무심히 창밖을 바라보는 언니, 책을 안고 있는 언니, 그리는 사람을 응시하며 미소짓는 언니…….

갈피마다 펼쳐지는 생생한 스케치들은 모두 누드 상태였다. 고압 전류가 지나가는 듯 머릿속이 찌릿했다. 그는 이 그림을 상상으로 그렸을까? 아니면 실제로 벗은 언니를 보고 그렸을까?

녹아내린 촛농이 쐐기 모양으로 쌓였다. 언니가 돌아오지 않는다는 사실이 새삼스러운 질문으로 다가왔다. 그녀는 창가에서 물러나 이 불가해한 일을 이해하리라고 마음먹었다. 왜 언니가 돌아오지 않았는지, 누가 언니를 그렇게 만들었는지 알아낼 거라고.

　비 오는 어느 오후 해리는 언니의 옷장에서 옷 한 벌을 골라
입었다. 흰 물방울무늬가 있는 하늘색 원피스는 유행에 뒤처지
고 후줄근했다. 허리와 어깨는 맞춤옷처럼 맞았는데 엉덩이가
끼고 소매는 짧았다. 그래도 그녀는 그 낡은 옷들을 벗지 않았
다. 죽은 사람의 옷을 입고 있으면 자신이 죽은 줄 모르고 돌아
다니는 존재라는 의도적 착각에 빠질 수 있기 때문이었다.

　비가 그쳐도 먹구름은 물러가지 않고 불어난 탁류는 굼실거
리며 발밑을 지나갔다. 그녀는 무언가 결심한 사람처럼 강둑의
간이화장실로 갔다. 그녀는 화장실 칸 문고리를 걸고 가방에서
연필깎이 칼을 꺼냈다. 날카로운 통증과 현기증이 차례로 몰려
왔다.

　화장실 청소를 하던 미화원이 잠긴 문을 억지로 열고 그녀를
발견했다. 강변에서 상해를 입은 여학생이 발견되었다는 신고
는 비행청소년과 가정폭력 담당 경사에게 전달되었다. 하워드
주택 사건 이후 5년 동안 교통계에서 근무하다 여성청소년계로
옮겨온 남보라는 관내의 가정폭력 현장출동에서 막 돌아온 참
이었다.

　출동현장에는 젖먹이를 안은 여자가 쪼그리고 앉아 있었다.
남편은 집 안에 없었고 대여섯 살쯤 되어 보이는 남자아이가

겁먹은 눈으로 그녀를 빤히 보았다. 광대뼈가 부풀어오르고 팔에 난 멍 자국이 뻔히 보이는데도 그녀는 남편의 폭행을 부인했다.

무슨 일이냐고 물어도 그녀는 아무것도 아니라는 대답을 되풀이했고 '그냥……'이라며 얼버무릴 뿐이었다. 폭력에 길든 여자의 언어는 침묵과 거짓말이었다. 폭력을 처벌하지도 피해자를 보호하지도 못한다는 자괴감이 남보라를 괴롭혔다.

급히 차를 몰아 병실에 도착했을 때 아이는 잠들어 있었다. 보호자는 아직 도착하지 않았다. 뿔테안경을 쓴 삼십대 중반의 의사는 심각한 표정으로 조금만 늦었으면 위험할 뻔했다고 말했다.

"허벅지를 자해했는데 상처가 깊어요. 동맥을 건드리지 않은 게 천운이었죠. 오후 내내 비를 맞았는지 저체온증에다 출혈도 심했어요. 다행히 지금은 안정을 찾았어요. 이렇게 깊은 자해흔은 흔치 않은데다 한두 번도 아니에요. 이 지경이 될 때까지 부정적인 감정이 오래 누적되었을 겁니다."

잠든 아이가 미간을 찌푸리며 입술을 달싹였다. 나쁜 꿈을 꾸는 걸까? 남보라는 연락처를 확인하기 위해 병상 머리맡 탁자에 놓인 백팩을 열었다. 참고서 두어 권과 연습장, 중간중간 모서리가 접힌 《카라마조프가의 형제들》, 알록달록한 헝겊 필통이 들어 있었다.

살짝 갈라진 책갈피를 펼치자 낡은 가족사진 한 장이 끼어 있었다. 남보라는 사진 속의 인물들을 찬찬히 살펴보았다. 그녀가 아는 사람들이었다. 살해되거나 고통 속에 죽었거나 사람들에게서 잊혀진 하워드 주택 사람들. 남보라는 지금도 그것을 가족 사진이라고 불러도 될지 알 수 없었다.

등 뒤에서 매트리스 삐걱거리는 소리가 났다. 아이가 깨어난 모양이었다. 남보라는 돌아보며 최대한 부드럽게 말했다.

"안녕? 난 중부경찰서 여성청소년계 남보라 경사야."

아이는 대답하지 않았고 눈을 피했다. 남보라는 아이가 자신을 기억하고 있을지, 기억한다면 어떤 사람으로 기억할지 궁금했다.

"날 알아보겠니? 네가 아주 어렸을 적에 우리 만난 적이 있어."

아이는 그녀를 힐끗 보더니 시선을 깔았다. 남보라는 아이에게 왜 몸을 그었느냐고 묻지도, 그러다가 죽는다며 겁을 주지도 않겠다고 다짐했다. 이 아이는 이미 너무 오래, 너무 많이 그런 이야기를 들었을 테니까.

"경찰이면 남의 사진을 가져가서 돌려주지 않아도 되는 거예요? 우리 언니 사진 가져갈 때 돌려주겠다고 말했잖아요."

아이의 눈은 적의로 번들거렸다. 막연한 증오나 울분이 아니라 도와달라는 간청처럼 느껴지는 적대감이었다. 남보라는 그제야 사건이 종결되고 수사반이 해체되며 전단용 사진을 돌려주는 걸 까맣게 잊었다는 사실을 깨달았다. 그 사진은 경찰서 자료실의 사건 파일 상자에 처박혀 있을 것이다.

"미안하구나. 몸이 나으면 찾아와. 네 언니 사진을 찾아서 꼭 돌려줄게."

남보라는 자신의 근무처와 연락번호가 적힌 명함을 건넸다. 아이는 누운 채 베개 위의 고개를 모로 돌렸다.

"그때도 금방 돌려주겠다고 했잖아요. 2층 계단에서 다 들었어요."

그때 일을 어제처럼 생생하게 기억하는 아이는 언니의 죽음을 잊기는커녕 지금도 그 순간을 사는 것 같았다.

"미안하다. 그땐 처음이라 미숙했고 덤벙대기만 했어. 하지만 잘못된 걸 알았으니 바로잡을 수 있어."

남보라는 침상 모퉁이에 걸터앉아 해리의 이마를 짚었다. 햇살에 달아오른 자갈처럼 따뜻하고 매끈한 손, 좋은 일이 일어날 것 같은 기분이 드는 손. 해리가 말했다.

"언니에게 일어난 일을 지금도 이해할 수 없어요. 뭔가 어긋나 있다는 생각이 드는데 그게 뭔지 모르겠어요."

남보라는 해리가 수긍하도록 그 사건을 설명할 자신이 없었다. 풋내기 순경인 그녀가 한 일이라곤 잔심부름밖에 없었으니까. 그녀는 자신에게 하듯 나직하게 말했다.

"모든 걸 이해하진 못해도 사건을 재구성할 수는 있을 거야.

시간이 지나고 네가 이해할 수 있는 나이가 되면 말이야."

남보라는 그렇게 말하면서도 그럴 수 없을 거라는 회의가 들었다. 아무리 시간이 지나도 이 아이는 그 일을 이해할 수 없을 거라고. 설사 그럴 수 있어도 그건 진실이 아니라 설명에 불과할 거라고.

그럼에도 이 아이에겐 진실이 필요했다. 받아들일 수 없을 만큼 가혹해도 받아들이지 않을 수 없는 진실이. 어쩌면 그런 진실은 존재하지 않을지 모른다. 뉴스에는 진실과 거짓, 혹은 둘 다 아닌 것이 뒤섞여 있었고 쉬쉬하며 전해지는 뒷얘기와 뜬소문은 대부분 엉터리였다.

해리는 시립도서관 3층 정기간행물실에서 사건 당시 신문들과 주간지와 월간지, 스캔들로 도배된 황색 잡지까지 꼼꼼히 살피고 마이크로필름을 뒤졌다. 하워드 주택의 태생과 역사, 건축 미학적 분석, 사건 관련자 자료와 경찰 수사, 재판 관련 기사 들.

그녀는 당시 이웃들과 언니의 친구, 선생님, 참고인과 증인들도 찾았다. 그들 중 누군가는 죽었고 누군가는 살아 있었다. 누군가는 입을 다물었고 누군가는 기억조차 하지 못했다.

해리는 오래된 뉴스의 행간을 읽고 사람들을 만나며 그날의 색깔과 냄새와 소리를 떠올리기 위해 안간힘을 썼다. 사건과 상관없어 보이거나 볼품없는 가십조차 읽고 적고 스크랩했다. 그것은 다른 누구도 아닌 그녀의 것이었고 그녀에겐 자기 몫의 진실을 소유할 권리가 있었다.

그녀는 맥락을 찾지 못한 기억의 작은 조각을 모으고 의미를 부여하지 못한 사실들을 재구성할 것이다. 뒤엉킨 진실이 제 모습을 드러내도 그 일 이전으로 돌아갈 수는 없겠지만 어긋난 자신의 삶을 바로잡을 수는 있을 것이다.

해리가 학교를 그만둔 것은 고등학교 2학년 때였다. 그 무렵 그녀는 결석하는 날이 많았고 하워드 주택의 황폐한 정원을 바라보거나 퇴락한 집 안을 서성이다 늦은 밤에야 외삼촌 집으로 돌아갔다. 마치 버려진 성채의 마지막 성주, 동지들이 죽은 뒤에도 적과 대치하는 최후의 저항군, 끔찍한 전쟁터에 살아남은 생존자처럼.

아이들 사이에선 밤이면 하워드 주택 창에 불빛이 번지고 잡풀이 우거진 정원을 헤매는 유령을 보았다는 괴담이 떠돌았다. 터무니없지만 전혀 헛소리는 아니었다. 그녀 자신이 그 유령이었으니까. 그 여름 그녀는 죽었고 그 후 한순간도 살아 있었던 적이 없었으니까.

한조를 하워드 주택 관리인으로 지정한 재단의 결정에는 불법이나 모순이 없었다. 해리는 한조를 다시 만나면 반가워해야 할지 분노해야 할지 망설였다. 살인자의 아들을 증오하는 게 마땅했지만 그럴 수 없었다.

한조는 언니의 죽음에 대해 말할 수 있는 유일한 사람이었다. 그녀는 그의 기억에 엉긴 흙을 털고 흩어진 조각을 맞춰 그 여름의 모든 순간을 재구성하고 싶었다. 설사 그렇게 하지 못해도 기억을 나누는 것만으로도 서로의 고통을 이해하고 치유할 수 있을 것 같았다.

한조가 돌아온 날 밤 해리는 하워드 주택 2층 창에서 맬컴 주택을 내려다보았다. 하워드 주택이 쇠락한 폐허가 아니라는 것을 그에게 알려주고 싶었다. 이 집이 빈집이 아니며 여전히 주인이 있고 그 주인이 자신이라는 것을.

돌아온 한조는 그녀를 알아보지 못했다. 그녀는 다행이라고 생각했다. 그가 자신을 알아본다면 그의 기억은 어떤 식으로든 손상되거나 왜곡될 테니까. 감추고 싶거나 그녀가 몰랐으면 하는 일을 말하지 않을 테니까.

어느 오후, 그들은 나란히 소파에 앉아 피아노 위의 가족사진을 바라보았다. 미소를 머금은 희재의 검은색 정장 바지에는 날카로운 주름이 서 있고 선우의 원피스에는 흰 레이스가 선명했다. 지수의 단발머리에는 빗 자국이 남았고 앞니가 빠진 구멍을 드러내고 웃는 해리 옆에는 어린 믹스종 반려견이 앉아 있었다.

"노벰버……."

해리는 혼잣말처럼 강아지의 이름을 불렀다. 한조는 그 개가 사라진 지수를 찾는 수색작전에 동원되었다고 말해주었다.

"노벰버가 경찰 수색견들보다 지수 냄새를 훨씬 잘 기억했거든."

해리는 그 일을 기억하지 못했지만 노벰버란 이름을 듣고 가슴이 벅찼다. 자신의 과거가 망상이 아니고 기억 또한 거짓이 아님을 증명해낸 뿌듯함 때문이었다.

그들은 같은 과거를 간직한 고통의 동지, 기억의 동반자였다. 기억에 관한 한 그들은 같은 무늬를 가진 동물이었고 고통에 관한 한 같은 배에서 태어난 새끼들이었다. 마치 평생 함께 자란 이란성쌍둥이 같았다. 어떻게 그토록 오래, 멀리 떨어져 있었는지, 왜 이제야 만났는지 알 수 없을 정도였다.

사진 속의 가족은 행복하며 견고한 웃음이 절대 사라지지 않을 거라고 웅변하는 듯했다. 그러나 해리는 그들이 행복한 게 아니라 행복한 표정을 짓고 있을 뿐이라는 생각이 들었다.

엄마와 아빠를 마지막으로 보았을 때 해리는 단지 '안녕'이라고 말했다. 너무 많은 말을 하고 싶었는데 하나도 하지 못했다. 복잡한 감정 중에 무엇을 숨기고 무엇을 드러내야 할지 몰랐고 모순과 사실을 가려낼 수도, 속임수와 오해를 분별하지도 못했다.

시간이 지나고 부유물들이 가라앉자 거짓말과 비밀이 뚜렷해졌다. 언니는 약속을 지키지 않았고 엄마는 거짓말을 했다. 그리고 아빠는 죽음으로 모든 사람을 속였다.

경찰은 언니가 묻힌 추모공원에 다녀오는 고갯길에서 추락한 부모의 사망원인을 결빙구간에서의 운전미숙으로 결론내렸다. 하지만 그녀는 알았다. 어른들이 거짓말에 능하며 그들의 말을 믿을 수 없다는 것을.

그들은 언니에게 갈 이유가 없었다. 언니가 여전히 하워드 주택에 있다고 생각했으니까. 그들은 언니가 아니라 결빙구간을 찾아간 것이었다.

빛이 유난히 강한 어느 날, 한조는 해리에게 자신의 꿈 얘기를 들려주었다.

"난 그림을 그리고 있었어. 물감을 듬뿍 묻혀도 붓은 바짝 말랐고 아무리 색을 칠해도 캔버스는 텅 빈 그대로였어. 무서워. 꿈속에서처럼 다시 그림을 그릴 수 없을까봐."

그는 도와달라고, 자신을 수렁에서 건져달라고 애원하고 있었다. 그럴 수 있을지와는 별개로 그가 애절하고 진솔한 고백을 했다는 사실만으로 해리는 감격했다. 자신만이 그가 어떤 사람인지 알고 그가 살아 있음을 증명할 유일한 증인이 된 것 같았다.

해리는 한조가 자신을 마음껏 사랑하고 미워하고 두려워하고 안달하게 만들고 싶었다. 그가 언니를 사랑했던 것보다 깊이 자신을 사랑하게 하고 싶었다. 그의 재능이 구원받으면 그의 삶이 구원받을 것이고 그러면 자신도 출구 없는 어둠에서 벗어날 거라 믿었다.

"자긴 못 그리는 게 아니라 그릴 대상을 못 찾은 것뿐이야. 그 것만 찾으면 대단한 작품이 될 거야."

해리는 바닥에 펼쳐진 캔버스 천 위에 팔을 괴고 엎드려 빤히 그를 보았다. 이래도 그리지 않겠느냐고 묻는 것처럼.

"하늘 높이 떠 있는 솔개의 눈으로 날 봐. 수천 개의 눈동자를 가진 잠자리처럼, 밤에도 사냥감을 쫓는 사자처럼 날 바라봐. 건축가가 복잡한 도면을 보듯, 지리학자가 등고선을 관찰하듯 나만 바라봐."

이제 그는 대상을 보는 자신만의 시선을 찾게 될 것이다. 지금껏 누구도 본 적이 없는 관점으로 그녀를 그릴 것이다. 그러기 위해 그는 그녀를 바라보기를 멈추지 않을 것이다. 마치 영원히 그럴 수도 있을 것처럼.

없었어야 했고 없던 것처럼 되지도 않는 일이지만 해리는 시간이 지나면 잊히리라 생각했다. 그러나 그 일은 그녀에게 깊은 상처를 남겼고 그들 관계를 영원히 규정지었으며 그들 사이의 오점이 되었다.

그토록 오래 한조를 그리워하고 사랑했던 그녀는 그날 죽었다. 그가 그녀의 일부를 죽였으므로. 한조는 자신이 가져다준 안도와 기쁨을 한순간에 그녀에게서 앗아갔다.

그녀는 한조와의 섹스를 원하지 않았다. 적어도 그때, 그곳에서, 그런 방식은 아니었다. 사랑하지 않아서가 아니었다. 그녀는 한조를 사랑했다. 그런데도 갈망으로 들끓는 그를 선뜻 허락할 수 없었다. 혼자 살아남은 자책감과 가족에 대한 그리움, 살인자의 아들을 사랑한다는 불안이 뒤섞인 감정 때문이었다.

그날 이후 해리는 하나의 질문을 되풀이했다. 그는 왜 멈추지 않았을까?

한조는 사랑 때문이었다고, 사랑하기 때문에 멈추지 못했다고 했다. 그러나 신뢰를 무시한 사랑을 어떻게 사랑이라 할 수 있을까? 51%는 믿을 수 있고 49%는 믿을 수 없는 믿음이란 없다. 100%의 신뢰가 아니면 그것은 믿는 것이 아니다. 설사 그의 사랑이 진실하다 해도 그가 지울 수 없는 잘못을 저지른 것 또한 엄연한 사실이다.

해리는 그 일이 그의 착각이나 오해 때문이라 여겼고 그에게 오해나 착각을 불러일으킨 자신을 책망했다. 그러나 착각이라면 착각한 그의 잘못이지 어떻게 자신의 잘못이란 말인가?

문득 언니의 상자에서 발견한 한조의 누드 스케치들이 떠올랐다. 그는 언니를 사랑하기보다는 자신의 육체적 욕망을 충족시켰고 그녀를 이해한 것이 아니라 자신의 예술적 욕망을 따랐을 뿐이었다. 사랑하는 사람을 작품에 이용한 그의 이기심에 분노가 치솟고 그에 대한 사랑이 역겨움으로 바뀌었다.

그런데도 해리는 한조를 책망할 수 없었다. 차라리 그가 나쁜 인간이었다면 증오할 수 있었을 것이다. 그러나 그는 그녀를 사랑하고 그녀가 사랑하는 남자였다. 그 사실이 그녀를 고통스럽게 했다.

법적 수단을 생각해보기도 했다. 그러나 세상이 희생자를 애도하지도 피해자를 보호하지도 않는다는 사실을 그녀는 어린 나이에 체험한 터였다. 사람들은 살해당한 언니를, 사고로 죽은 부모를, 고아가 된 그녀를 동정했지만 곧 귀찮아했고 결국 잊었다.

경찰도 법도 변호사도 피해자 편은 아니었다. 증거불충분, 합의, 기소유예, 기소중지, 혐의없음으로 결론난 재판기록과 판결문, 구형량과 판결추세가 이를 증명했다. 피해자들이 손가락질당하고 집과 직장과 학교에서 쫓겨나 고통받고 스스로 목숨을 끊는 동안 가해자는 합의하거나 탄원서를 내고 선처받았다.

폭행사건이 표면화되면 질문은 그가 아닌 그녀에게 향할 것이다. 어린 계집애가 남자 혼자 사는 집에 왜 갔나? 남자랑 단둘이 있는데 왜 옷을 벗었나? 왜 소리치지 않았나? 질문은 비난이 되고 경멸로 변할 것이다. 그녀가 부모 없이 학교에서 쫓겨났고 행실이 나쁜 계집애이기 때문에.

　세부상황을 시시콜콜 캐묻는 검사와 변호사의 공방은 재판장의 최종 질문으로 수렴될 것이다. '원고는 피고를 사랑했나요?' 그녀는 그렇다고 대답할 수밖에 없을 것이다. 판사는 짜증을 내며 다시 물을 것이다. '그런데 왜 피고를 고소한 겁니까?'

　그토록 뻔뻔하고 한심하기 짝이 없는 관점에 기댄 심판을 그녀는 도저히 받아들일 수 없었다.

　중부경찰서 여성청소년과에서 보고서를 작성하던 남보라는 해리를 금방 알아보았다. 남보라는 작업 중인 컴퓨터 파일을 닫고 책상 서랍에서 갈색 서류봉투를 챙겼다.

　건물 밖으로 나온 그들은 쪽문을 통해 경찰서 옆 작은 공원에 이르렀다. 햇빛 아래서 보니 남보라는 병원에서 만났을 때보다 약간 살이 붙은 모습이었다. 그들은 공원 한쪽 느티나무 아래 벤치에 나란히 앉았다.

　남보라는 들고 있던 봉투를 내밀었다. 봉투 안에는 색 바랜 사진이 들어 있었다. 화학약품이 부식되어 가장자리가 희미해진 사진 속의 지수는 화난 것 같기도 했고 웃는 것 같기도 했다. 대답하기 곤란한 질문을 던져놓고 해리의 표정을 지켜보는 것 같기도 했다. 해리는 언니의 사진을 골똘히 바라보며 말했다.

　"하워드 주택에 관해 듣고 싶어요. 정확히는 하워드 주택이

278

아니라 하워드 주택에서 살던 언니의 피살사건에 대해서요."

남보라는 그 질문을 수십 번은 들은 것 같았고 지금 상황이 몇 번이나 겪은 것처럼 익숙하게 느껴졌다. 오랜 시간이 흐른 후 피살자 가족이 느닷없이 들이닥쳐 허술한 수사결과를 비난하며 진실을 추궁하는 상황. 이 아이가 수사기록과 재판기록을 찾아 헤맨 게 자기 탓이라는 생각이 들었다. 그때 제대로 했다면 그런 일은 없었을 테니까.

"그 사건은 내게 첫 사건이었고 가장 마음에 남는 사건이기도 했어. 그때 난 수사반의 일원이었지만 커피만 타 날랐지. 여자라서, 신참이라서, 강력계 출신이 아니라서……. 변명 같지?"

겨우 말을 마친 남보라는 입술로 손을 가져가 바짝 마른 각질을 뜯었다. 해리가 대답했다.

"지금 와서 잘잘못을 따지려는 건 아니에요. 그렇게 해도 아무것도 바꿀 수 없고 누구도 만족하지 못할 테니까요."

"그런데 왜 날 찾아왔지?"

"그냥…… 알고 싶어서요. 어디서부터 무엇이 잘못되었는지를요."

더는 그 사건을 외면할 수 없고 외면해서도 안 된다는 사실을 남보라가 받아들이는 데는 약간의 시간이 필요했다. 겉으로 볼 때 그 사건 수사는 충분히 성공적이었다. 수사가 끝나자 상부에서 격려금이 내려왔고 반원들은 일 계급 특진의 영예도 얼었다. 그녀 또한 진급이나 공적 심사에 유리한 대우를 받았다. 그런데도 뭔가 잘못되었다는 생각은 지금까지 뇌리를 떠나지 않았다.

"얘기를 해주고 싶은데 무슨 얘기를 할지 모르겠어. 네가 무엇을 알고 싶은지, 내가 그 답을 줄 수 있을지 확실치도 않고……."

"맬컴 아저씨 얘기를 해봐요. 어떻게 아저씨가 범인이라는 걸 알았죠?"

해리가 물었다. 남보라는 잠시 생각을 정리했다. 만약 이진만의 범행이 한 치의 의심 없이 설명되었다면 많은 사람의 삶이 지금과 달라졌을 것이다. 하워드 주택 사람들과 맬컴 주택 사람들을 죽이고 내쫓고 망가뜨린 건 증명되지 못한 진실, 답을 얻지 못한 질문이었다. 그녀는 입수하는 잠수부처럼 긴 숨을 들이쉬고 말했다.

"수사망을 좁히자 맬컴 주택 남자들이 남았어. 두 아들은 지수와 친했는데 알리바이가 있었지. 전적으로 믿을 순 없어도 형제는 범행 시간에 함께 있었던 거야. 반면 이진만은 알리바이가 불완전했고 젊은 시절의 전과까지 밝혀졌어. 수사의 초점은 그에게로 옮겨갔지. 작업실에서 당시 사건에 관한 신문 스크랩과 지수 사진까지 나온 후에는 혐의가 더욱 확실해졌고…… 결정적으로 피살자 체내에서 검출된 체액검사 결과가 나왔어."

"누구였죠?"

해리가 짧게 되물었다. 남보라는 천천히 고개를 가로저었다.

"당시 유전자 분석기술로는 완전한 데이터를 검출할 수 없었어. 검체가 소량인데다 시간도 많이 지나 증거효력도 불충분했고…… 하지만 용의자의 자백을 끌어내는 데는 효과가 있었지. 이진만은 체액에서 확인된 혈액형을 제시하기도 전에 모든 걸 털어놓았어. 평소에 자주 갔던 댐 근처로 피해자를 따라가 성폭행 살해 후 유수지에 유기했다고 술술 털어놓더군. 여전히 찜찜한 구석이 없진 않았지만……."

"범인이 자백했는데 뭐가 찜찜하다는 거죠?"

"이진만은 자백하면 수사가 완전히 종결되느냐고 물었어. 반장이 그렇다고 확인해주자 사건 전모를 자백할 테니 아이들을 건드리지 말아달라고 했어. 이상하지? 자기가 한 짓이라면 말할 필요조차 없는 뜬금없는 요구잖아?"

남보라는 의문문으로 문장을 끝내는 습관을 버리지 않았다. 그 순간 해리는 자신의 삶이 거짓의 토대 위에 서 있다는 사실을 깨달았다.

"증거라곤 자백밖에 없는데 왜 그를 재판에 넘겼죠?"

"거짓말이 통하는 건 얼마나 그럴듯한가가 아니라 사람들이 뭘 믿고 싶어 하는가에 달려 있어. 그때 수사반은 빨리 범인을 찾으라는 상부의 채근과 매스컴 공세에 시달렸어. 범인을 만들어서라도 대령해야 할 판이었지."

"수사가 아니라 그럴싸한 살인자를 짜맞춘 셈인가요?"

해리가 비난하듯 말했다. 남보라는 고개를 숙였다. 얼굴을 스치는 바람이 바늘처럼 따가웠다.

"우린 신이 아냐. 우리가 뭐라고 설쳐대는 살인마에게서 사람들을 구하고, 모든 사건의 진실을 밝혀내겠어? 우린 그저 알아낸 걸 토대로 모르는 걸 생각하고 또 생각할 뿐이야. 추측하고 가정하고 유추하고 망상도 하지. 그게 할 수 있는 유일한 거야. 수사의 언어는 논리와 증거니까."

"그때는 왜 그렇게 하지 않았죠?"

해리가 따졌다. 남보라는 당황한 나머지 변명 아닌 변명을 늘어놓았다.

"논리와 증거로 보면 범인이 이진만이란 건 명백했어. 피해자 체내에 남아 있던 체액의 혈액형이 일치했거든. 의문이 전혀 없진 않아도 자백을 뒤엎을 정도는 아니었어. 어린 아들들보다는 전과자인 그가 범인인 게 훨씬 보편타당했고…… 변명처럼 들릴지 몰라도 그때 반장에겐 세 가지 수사원칙이 있었어. 첫째 증명 가능한 진실이어야 한다는 거야. 진실은 아닐지라도 적어도 진실에 가까워야 한다는 점이지. 둘째는 가해자와 피해자의 입장을 동시에 고려한다는 거야. 마지막으로 사회가 받아들일 만한 근거를 지녀야 한다는 거야. 그 사건은 원칙에 어긋나지 않았지만 생각할 때마다 마음이 무거워지는 건 어쩔 수 없었어. 퍼즐 조각들은 들어맞는데 그림이 안 나오는 거야."

자기 과오에 대한 남보라의 고백은 두루뭉술하고 설득력이 부족했지만 진실되게 들렸다. 해리가 말했다.

"진실에 가까운 건 진실이 아니에요. 독 한 방울을 떨어뜨리면 우물물 전체가 독약이 되는 거예요."

해리는 돌아서서 걸었다. 사건 당시 함께 있었다는 형제의 진술을 믿을 수 없다는 건 분명했다. 그들은 왜 거짓말을 했을까? 둘 중 누군가를 보호하기 위해서였을 것이다. 그렇다면 누구를?

맬컴 아저씨가 범인이 아닐지 모른다는 해리의 추측은 시간이 지나며 그가 언니를 죽였을 리 없다는 확신으로 바뀌었다. 맬컴 아저씨는 살인을 계획하거나 실행할 수도, 뒤처리할 능력도 없는 인물이었다. 분노로 눈이 멀어 잠깐 이성을 잃을 수는 있겠지만 사람을 죽일 만큼 감정적이지도 무모하지도 않았다. 아저씨는 살인을 저질렀기 때문이 아니라 살인을 인정했기 때문에 살인자가 된 것이다. 그의 자백에는 의심의 여지가 없었지만 그의 살인 행위는 의문투성이였다.

아저씨가 언니를 죽였다면 계획적인 범행이었을까? 아니면 우발적이었을까? 사람을 죽이고 아무 일도 없었던 것처럼 살 수 있다고 생각했을까? 만약 체포되지 않았으면 다른 사람을 죽였을까? 만약 아저씨가 범인이 아니라면 왜 그런 터무니없는 자백을 했을까?

모든 의문은 필연적인 하나의 질문에 수렴되었다. 도대체 누가 언니를 죽였나?

해리는 언니의 죽음에 대해 끊임없이 한조와 이야기했다. 단도직입적으로 묻기도 하고 상관없는 이야기 끝에 넌지시 꺼내기도 했다. 아버지 이야기를 할 때 그는 목에 힘줄이 섰고 말을 더듬었다. 이야기하는 동안 후회하는 것 같기도 했다.

어느 오후의 산책길, 그들은 강이 내려다보이는 둑에 나란히 걸터앉았다. 며칠 전에 내린 비에 불어난 강물이 만수위에서 굼실거렸다. 오솔길 산책로가 끝난 곳에 유수지 둑이 보이고 강변을 천천히 오가는 순찰차의 경광등이 번쩍였다.

지수의 시신이 발견된 그날도 한조는 그곳에 앉아 있었다. 그날의 풍경이 생생하게 되살아났다. 노란 테이프에 찍힌 붉은 글씨, 접근 금지, 젖은 교복, 강둑을 달리는 사람들, 번쩍이는 경광등, 요란한 사이렌 소리, 윙윙대던 헬리콥터 굉음…….

한조는 그때 자신이 울었는지 생각했지만 기억나지 않았다. 해리가 말했다.

"그날 아침 언니와 약속을 했어. 잠들기 전에 《바스커빌가의 개》마지막 부분을 읽어주겠다고. 그렇지만 해가 지고 저녁식사 시간이 되었는데도 언니는 돌아오지 않았어. 난 문밖으로 나가 나무 울타리에 기대어 언니를 기다렸어. 그러다 거기서 세 사람을 보았어."

한조는 그녀가 오래전부터 그 이야기를 세심하게 구상해왔다는 느낌이 들었다. 자신을 자극하기 위해 중간중간 가공을 거친 이야기일 수도 있었다. 그는 미심쩍은 목소리로 물었다.

"어떤 사람?"

"맬컴 아저씨와 언니. 그리고 또 한 사람." 해리는 조용히 말을 이었다. "아저씨는 포치의 흔들의자에 앉아 맥주를 마시고 있었어. 그때 별채 화실이 있던 지하실 계단에서 갑자기 언니가 뛰어올라왔어. 언니는 나를 보지 못한 채 언덕 위로 곧장 달려갔어. 두 손으로 얼굴을 가렸던 걸 보면 울고 있었던 것 같아. 반가운 마음에 언니를 부르려는데 누군가 언니를 뒤따라 계단을 올라왔어. 그러고는 자전거를 타고 언덕 너머로 사라진 언니를 쫓아 달려갔지. 그게 내가 본 언니의 마지막 모습이었어."

한조는 조용하게 흐르는 강의 견고한 밑바닥을 응시했다. 머릿속에 깊이 가라앉은 무거운 자갈과 물무늬가, 어른거리는 빛 속을 느리게 헤엄치는 물고기와 너울대는 물풀이 떠올랐다. 그 풍경 속의 자신이 한없이 처량하게 느껴져 바라보는 것 말고는 할 수 있는 것이 없었다. 그는 가슴속에서 억지로 말을 짜냈다.

"그게 누구였어?"

서쪽 하늘에 걸린 태양이 곪은 환부처럼 노란빛을 뿜었다. 숲 쪽에서 침엽수의 향기를 실은 바람이 덤불을 흔들고 지나갔다. 해리가 대답했다.

"몰라. 어두워서 얼굴을 자세히 보지 못했어."

한조는 더 다그치지 않았다. 해리는 안도했다. 그가 물었다면 그 얼굴이 떠오르고 그 이름을 말하게 될까봐 두려웠다. 그녀는 잊혔던 모든 기억이 확연히 떠오르기를 간절히 바라면서도 동시에 모호한 채 남아 있기를 바랐다. 그러면 묻힌 고통이 파헤쳐지지 않고 모두에게 필요한 만큼의 기억만을 간직할 수 있을 테니까.

그날 해리가 울면서 언덕을 내려갔을 때 아저씨는 포치에서 맥주를 마시고 있었다. 아저씨 발밑에서 삐걱거리던 나무 널 소리가 생생하게 기억났다. 아저씨는 마음대로 자란 잡풀에 한쪽 무릎을 대고 그녀를 안아주었다. 아저씨 입에서 시큼한 맥주 냄새가 났고 짓이겨진 풀에서 씁쓸한 냄새가 났다. 해리는 언니가 자신을 본체만체 가버렸다고, 동화책을 읽어주기로 했는데 언덕 위로 도망갔다고 일러바쳤다.

"언니가 뭘 잘못했다고 도망가겠니? 누가 언니를 쫓아가기라도 하던?"

아저씨가 말했다. 그녀는 누구를 보았는지 확정적으로 말할 수 없었다. 그 이름을 입 밖에 내지 않으면 언니에게 아무 일도 생기지 않을 것 같았다.

"어떤 남자요."

아저씨의 짙은 눈썹이 꿈틀거렸다. 잠시 생각하던 그는 해리의 손을 잡고 집 앞까지 데려다주었다. 대문 앞에 다다른 아저씨는 걸음을 멈추고 말했다.

"집에서 기다려라. 내가 언니를 찾아보마. 그리고 그 녀석은 붙잡아 혼쭐을 내줘야겠다."

그러나 아저씨는 언니를 찾지도 못했고 언니를 따라간 남자를 잡지도 못했다. 그리고 그날 밤 언니는 돌아오지 않았다. 아저씨는 거짓말을 했다. 그렇다고 살인을 했다고 단정지을 수는 없었다.

"그때 왜 입을 다물었어? 그 얘길 했으면 아버지는 살인자가 되지 않았을지도 몰라."

한조가 말했다. 미지근한 바람에 강변도로를 달리는 자동차 배기가스 냄새가 실려왔다. 해리는 두통과 어지럼증을 참을 수 없었다.

"아무도 내게 묻지 않았어. 그때 내가 본 것이 어떤 의미인지 그 말을 해야 하는지 말아야 하는지도 몰랐어. 그게 중요한 단서라는 걸 흐릿하게나마 깨달은 건 중학생이 된 후였어. 어느 날 갑자기 기억이 났지만 그때 무얼 할 수 있었겠어?"

"그런데 이제 와 아버지가 아니라고?"

한조는 입술을 일그러뜨렸다. 그의 괴로움이 마치 자신의 것처럼 해리의 가슴을 후벼팠다. 그녀는 배수구로 빨려들어가는 낙엽처럼 그에게 달려들었다. 그의 목덜미에 닿은 그녀의 얼굴은 얼음덩이처럼 차고 딱딱했다. 한조가 물었다.

"그럼 누구야?"

해리는 대답하지 않았다. 대답하기 싫어서가 아니라 대답할 수 없었다. 며칠 밤이 걸릴 수도 있고 평생 못할 수도 있는 대답이었다. 희뿌연 저녁 공기 속으로 날벌레들이 어지럽게 날아올랐다. 새들이 반짝이는 부리로 날아오르는 작은 벌레들을 재빠르게 낚아챘다.

한조는 그녀가 몰라서 대답하지 못하는지 알면서 대답을 피하는지 궁금했다.

그날 저녁 해리는 한조를 보았다. 울면서 화실을 뛰쳐나온 언니는 해리를 미처 발견하지 못한 채 자전거를 타고 언덕길을 넘어갔다. 언니를 뒤따라 계단을 올라온 그는 언니가 사라진 언덕 너머로 정신없이 달려갔다. 그 언덕길은 보림천 산책로와 이어졌고 상류로 따라 올라가면 언니가 살해당한 유수지와 댐으로 연결되었다.

해리는 그때 두 사실이 어떻게 연결되는지 몰랐지만 한조가 그린 〈오필리아; 여름〉을 본 순간 언니의 죽음을 어렴풋이 이해할 것 같았다.

그림 속 여인은 얇은 반투명 베일로 얼굴을 가린 채 물에 누워 있었다. 갈색 물풀이 자라는 검은 늪 뒤로 잔디 언덕이 펼쳐졌고 하워드 주택이 보였다. 2층 오른쪽 방의 창은 열려 있었다. 알지 못할 불안이 감도는 적막한 풍경이었다.

화관을 쓰고 물에 반쯤 잠긴 여인은 연약해 보였다. 이곳저곳에 흉터가 있는 몸은 가늘고 창백했다. 그는 모델인 그녀를 통해 오필리아의 신화적 면모를 표현했다지만 정작 당사자로서는 생각해본 적 없는 여린 모습이었다. 분명 자신의 얼굴을 보고 있는데도 자꾸 다른 사람이 생각났다.

어느 순간 그녀는 그림 속의 오필리아가 자신이 아닌 언니라는 강한 확신이 들었다. 그는 왜 언니를 그렸을까? 그는 언니가 물속으로 가라앉는 장면을 보았던 걸까? 물속으로 가라앉으며 언니는 그림 속의 여인처럼 미소를 지었을까? 그는 나와 언니 중 누구를 그린다고 생각했을까?

죽은 언니가 그의 눈앞에 있는 자신보다 더 강하게 그를 사로잡고 있다는 사실이 그녀는 혼란스러웠다. 그러나 다음 순간 그동안 찾은 자료들이 질서정연해졌고 흩어졌던 기억이 제자리를 찾았다.

한조는 항상 언니를 그렸고 그의 눈은 늘 언니를 좇았다. 언니는 그의 사랑을 받아들이지 않으면서도 그 상황을 은밀히 즐겼다. 언니는 부모님 몰래 그의 화실을 찾아 자신을 그리게 했을 것이다. 언니의 비밀 상자에 있던 스케치북에 그려진 누드화가 그 증거였다.

사랑하는 사람에게조차 예외가 아닌 한조의 폭력성향은 그녀 또한 직접 경험한 바 있었다. 그날 언니가 울면서 화실을 뛰쳐나간 이유는 그의 강압으로부터 도피하려 했던 게 아니었을까? 그 가정이 사실이라면 언니 몸에서 검출된 체액의 정체도 설명된다.

거짓 자백과 잘못된 판결이 진실을 뒤바꾼 것이다. 그럼에도 하워드 주택 사람들은 하나같이 진실을 외면했고 현실에서 도망쳤다. 그들은 딸의 죽음을 정면으로 바라보지 못했고 슬픈 얼굴 뒤에 숨거나 술과 우울에 빠졌다가 죽었다. 법적 절차가 종결되었으니 재수사나 재심은 불가능하고 진범을 밝혀도 의미가 없었다. 법과 제도가 해결하지 못한 단죄는 이제 해리의 몫이 되었다.

살인을 단죄하는 가장 고전적인 방법은 처형이다. 눈에는 눈이에는 이! 방법은 헤아릴 수 없이 많다. 총이나 칼, 독과 전기, 자동차와 약물…… 직접 죽일 수도, 사람을 시킬 수도 있다. 그러나 짧은 순간의 죽음은 살인자에게 너무 관대한 처분이 아닐까? 살인자는 죽는 순간에도 죄를 깨닫지 못하거나, 깨달았다

해도 너무 빨리 가책과 고통에서 해방되고 말 테니까.

해리는 언니를 죽인 살인자가 자신보다 더 오래 괴로워하고 더 많은 것을 잃기를 원했다. 자신이 견딘 것보다 더 차가운 눈총을 받고 자신이 맛본 것보다 더 짠 눈물을 삼키고 자신이 울었던 것보다 더 크게 울기를 원했다. 그녀가 자신의 몸에 그었던 상처보다 더 크고 깊은 상처를 입히고 싶었다.

살인자에게 평생을 견뎌도 모자랄 고통을 안길 복수의 방법이 필요했다. 그러나 그녀가 생각해낸 방법들은 지나치게 복잡하거나 직접적이었고 그렇지 않으면 너무 허술했다. 그러던 어느 순간 머릿속에 어떤 생각이 섬광처럼 떠올랐다. 터무니없는 듯하던 생각의 얼개는 시간이 지날수록 구체적이고 뚜렷한 모습을 드러냈다.

목표는 살인자에게서 가장 귀하고 소중한 뭔가를 박탈하는 것이다. 문제는 한조에게 빼앗을 것이 전혀 없다는 점이었다. 그가 가진 건 미래에 대한 낙담과 삶에 대한 절망뿐이었다. 삶의 욕망을 상실한 자에게 죽음은 징벌도 복수도 될 수 없으며 어울리지 않는 자비가 될 뿐이었다.

그에게서 무언가를 빼앗으려면 그가 그것을 가졌다는 전제가 필요했다. 그가 꿈꾼 적조차 없는 성공과 명성, 부와 권위, 안락한 집과 아름다운 아내와 자녀…… 마침내 그가 모든 것을 가졌다는 만족감으로 자신의 성취를 마음껏 누리며 그것이 절대 무너지지 않을 거라 확신하는 순간 그것들을 회수해야 했다.

그가 잃기를 가장 두려워하고 박탈되었을 때 가장 고통스러워할 건 무엇일까? 즉각적이고 치명적인 고통은 사랑일 것이다. 재산과 명성과 평판은 그다음이 될 것이다. 그러므로 복수는 그에 대한 사랑과 배신에서 시작되고 끝나야 했다. 길고 긴 시간의 인내와 희생, 교묘한 심리조작과 정교한 상상력이 필요한 치밀한 계획이었다.

이제 해리에겐 두 단계의 질문이 필요했다. 지금까지처럼 앞으로도 살인자를 사랑할 수 있는가? 만약 그럴 수 있다면 사랑함에도 그에 대한 증오를 유지할 수 있는가?

그녀가 이산을 떠난 건 그 질문의 답을 찾기 위해서였다. 한조를 사랑하면서 그를 의심할 수는 없었다. 그를 사랑하는 만큼이나 그를 증오해야 하는 모순된 감정을 견딜 수도 없었다. 그를 파멸로 이끌기 위해선 먼저 그를 떠나야 한다는 사실이 분명해졌다.

그녀는 떠나는 것 말고는 할 수 있는 일이 없는 자신을 한조가 이해해주길 바랐다. 그를 버리는 것이 아니라 무언가를 찾기 위해 그를 떠나야 한다는 것을, 그것을 찾는다면 가장 먼저 그에게로 돌아갈 것을. 언젠가 다시 만나기 위해서라도 지금은 그를 떠나야 한다는 것을, 다시 만나도 여전히 그를 사랑하겠지만 지금까지와 다른 방식으로 사랑하리라는 것을.

"잠깐! 움직이지 말아요! 그대로 있어요."

날카로운 목소리에 해리는 온몸이 얼어붙었다. 그녀를 둘러싼 여덟 명의 학생들은 심각한 표정으로 스케치에 몰입했다. 4B 연필과 목탄 조각이 종이를 스치는 소리가 사방에서 달려들었다. 그녀는 무릎을 감싸고 웅크린 채 아그리파와 눈을 맞추었다.

어떤 준비도 두려움도 없이 상상해본 적조차 없는 미래를 향해 이산을 떠나던 밤이 떠올랐다. 어둠 속을 달리는 서울행 열차 창밖으로 빗발이 화살촉처럼 스쳤다. 살던 도시를 떠나 다른 도시로 가는 것이 아니라 기억의 한 시점에서 다른 시점으로 이동하는 것처럼 비현실적인 감각이었다.

서울이 모질고 위험한 곳이라는 말은 귀가 닳도록 들었다. 그렇지만, 혹은 그 때문에 해리는 서울을 동경했다. 그런데도 그녀는 이산을 떠나지 못했다. 그러나 이제 그녀는 분명한 삶의 방향과 확고한 목표를 찾았다. 그를 파멸시키기 위해 그를 거짓 없이 사랑해야 한다는 이율배반적 목표를 향해 삶을 신중히 조율하고 통제해야 했다.

다음해 대학입학자격 검정고시를 통과한 해리는 한 대학 미술사학과에 합격했다. 첫 학기 등록금은 외삼촌이 관리하던 매월 지급식 통장잔액으로 해결했다. 삼촌에게 미안했지만 그녀 명의의 통장이었으니 훔친 것은 아니었다.

알량한 잔액은 대학에 등록하고 반지하 보증금을 내자 바닥을 드러냈다. 그녀는 크고 작은 화랑이나 화방, 미술 재료상의 아르바이트를 전전했다. 전시회 설치 현장에서 종일 짐을 날랐고 화구상 판매원 일도 마다하지 않았다.

친구 하나가 시간을 많이 뺏기지 않고 시급도 좋은 아르바이트 얘기를 꺼냈을 때 해리는 아무것도 묻지 않았다. 약속장소에 가서야 미대생들의 데생 실습 누드모델이란 걸 알았다. 그녀는 탈의실을 대신한 얇은 커튼 뒤에 우두커니 서 있었다.

"아직 멀었어요?"

가림막 너머에서 어떤 여학생이 재촉했다.

"네…… 다 됐어요."

해리는 결심한 듯 옷을 벗었다. 그리고 가방에서 돌돌 말린 붕대를 꺼내 팔과 허벅지에 감았다. 그때까지도 그녀는 혹시 모를 충동적 자해를 대비해 붕대와 소독약 같은 응급키트를 상비했지만 실제로 그런 일이 일어난 적은 없었다.

그녀를 처음 본 학생들은 마뜩잖은 표정이었다. 거추장스런 붕대 때문일 것이다. 그녀는 자신을 지켜보는 눈동자들 앞에 웅크리고 앉았다. 그러자 학생들은 일제히 스케치북을 펼쳤다. 붕대의 질감과 늘어진 자락의 곡선미가 천편일률적인 누드 크로키에 변화를 줄 거라고 생각한 듯했다.

무른 연필이 사각거리는 소리를 내며 종이를 스쳤다. 그녀는 누군가가 시키는 대로 앉았다가 일어서고 팔을 치켜들거나 바닥을 짚으며 포즈를 바꾸었다. 쌀쌀한 공기에 빛을 잃은 피부 곳곳에 푸르스름한 그물 모양의 얼룩이 생겼다.

마침내 커튼 뒤로 돌아가 옷을 입고 나오자 옷을 벗으라고 재촉하던 여학생이 흰 봉투를 내밀었다. 만 원짜리 석 장이 들어 있었다. 노동시간에 비해 적지 않은 보수였다. 현금으로 현장 지급되는데다 세금을 떼지 않는 점도 마음에 들었다. 상처가 돈이 된다는 사실에 그녀는 약간의 당혹감과 야릇한 승리감을 동시에 맛보았다. 여학생은 등 뒤로 손을 가져가 앞치마 끈을 풀며 말했다.

"다음주에 한 번 더 올 수 있어요?"

다음주 화요일, 해리는 누가 알려주지 않아도 커튼 뒤로 가 옷을 벗고 열두 명의 학생들이 둘러선 흰 탁자에 자리잡고 선언했다.

"자! 시작하죠."

학생들은 진지한 표정으로 연필을 움직였다. 스케치북 갈피가 넘어가는 소리, 칼날이 풀잎을 스치듯 연필심이 사각사각 종이를 스치는 소리. 웅크린 등근육이 죄고 피가 통하지 않는 팔에 쥐가 났다. 몸무게에 눌린 엉덩이는 감각을 잃어갔다.

학생들은 누구도 그녀의 이름을 묻지 않았다. 단지 그녀를 '미라', '프랑켄슈타인' 혹은 '네페르티티'로 불렀다. 그들은 그녀를 그리는 대상으로만 바라보았던 것이다. 한조는 그렇지 않왔다. 그녀가 멈추었을 때도 미세한 움직임을, 아물지 않은 상처를, 그녀 자신도 잊고 있던 기억을 그려냈다.

여름방학 무렵 그녀는 한 중견 화가의 개인전 모델 제안을 받았다. 그 화가는 출강하던 대학의 학생들에게서 그녀 얘기를 들었다고 했다. 그녀는 방학 내내 일주일에 사흘씩 그의 화실에서 일했다. 다음해 봄 전시회에서 그녀를 그린 〈불굴의 니케〉는 큰 반향을 일으켰다. 상처투성이의 그녀는 투항하지 않는 잔 다르크, 혁명군을 이끄는 마리안느를 연상케 했다.

관람객들은 그림 속 여자가 실제 인물인지 작가의 상상 속 인물인지 궁금해했다. 화가의 에이전트는 대답을 회피하며 궁금증을 키웠다. 그녀는 그 화가가 자신의 몸을 선정적으로 이용했으며 자신이 돈으로 사고파는 대상이 되었다는 생각에 화가 났다. 그러나 역설적이게도 그 일은 생각지 않은 행운을 그녀에게 가져다주었다. 그림의 강렬한 이미지가 광고사진가들의 시선을 끈 것이었다.

대형 여행사의 여름 상품 카탈로그 모델 섭외를 시작으로 몇몇 광고사와 스튜디오의 연락이 왔다. 그해가 지나기 전에 해리는 두 개의 패션 카탈로그와 프랜차이즈 레스토랑 지면 광고를 찍은 모델이 되었다.

이제 그녀는 물건을 나르거나 화구를 파는 단순 아르바이트 없이도 어느 정도 궁핍을 벗어나게 되었다. 그래도 그녀는 아르바이트를 멈추지 않았다. 자신에게 필요한 경력을 제공해줄 미술 출판사와 잡지사로 끊임없이 전화를 걸어 일거리를 찾았다. 몇몇 화가와 갤러리 담당자들이 그녀의 글솜씨를 알아보고 전시회 카탈로그 원고 초안을 청탁했다.

그녀는 그림과 관련된 일이라면 무엇이든 악착같이 해냈고 일을 통해 알게 된 사람들과 친밀한 관계를 유지했다. 다양한 인맥으로 이어진 화가들과의 작업을 통해 그녀는 거미줄처럼 복잡하게 얽힌 미술 세계의 구조와 세부관계를 파악했다.

대학 2학년 가을 무렵 미술 전문지《쿤스트》의 말미에서 한조의 이름을 발견했을 때 해리는 거의 울음을 터뜨릴 것 같았다.

이한조 개인전
옥인동 당주 갤러리 10월 16일~10월 29일

신인 작가 네 명의 전시 일정을 묶어 소개하는 짧은 기사에 명함 크기만 한 그의 그림 한 점이 실려 있었다. 해리는 그림 속 여자를 한눈에 알아보았다. 빛이 여자의 어깨에 융단처럼 흐르고 잠자리 날개처럼 투명한 몸의 실핏줄이 들여다보일 것 같았다.

전시 마지막 날 해리는 당주 갤러리를 찾았다. 어두운 밤바다의 낡은 동력선처럼 꾀죄죄한 창으로 창백한 불빛이 번져나왔다. 거리에는 세찬 바람에 찢긴 플라타너스 잎들이 널브러져 있었다.

한조는 오지 않는 손님을 기다리는 국숫집 주인처럼 굼뜬 동작으로 전시장 안을 오갔다. 꽉 다문 그의 입술에는 절망이 서려 있었다. 화랑 주인인 듯한 남자가 그의 손을 끌고 밖으로 나갔다. 소주 한 잔을 곁들인 저녁으로 기분을 풀어주려는 것 같았다.

해리가 갤러리 문을 열자 입구의 여자 안내원이 벽시계를 올려다보았다. 그녀는 쌀쌀맞은 목소리로 '마감 시간까지 18분 남았다'고 내뱉었다. 들어가든 말든 마음대로 하라는 투였다. 해리는 들은 척도 않고 텅 빈 전시장으로 들어섰다.

거기에 그녀의 과거가 있었다. 〈오필리아; 여름〉.

그 순간 주변의 모든 소리와 냄새와 색채가 사라지며 그들이 사랑하고 희롱했던 기억들이 되살아났다. 불붙인 담배를 가슴에 얹고 누웠던 그날 종일 내리던 비의 소리와 냄새, 우수관으로 쏟아지던 빗물의 공명음. 세차고 따뜻하고 사랑스런 비였다.

〈여름〉편의 기법과 요소는 다른 연작에도 공통적으로 나타났다. 〈봄〉편의 오필리아는 정원의 진흙더미를 비집고 땅 위로 나왔다. 얼굴에는 안이 비쳐 보일 듯 말 듯 얇은 베일이 감겨 있었다. 〈가을〉편에서는 물에 잠긴 응접실 한가운데에 반듯이 누워 있었다. 열린 창에서 황금색 빛줄기가 그녀의 상처투성이 몸으로 쏟아졌다. 그녀 뒤로 낡은 피아노와 책장이 보였다. 〈겨울〉편에서는 투명한 얼음장 아래에서 두 눈을 홉뜨고 물 위를 바라보는 그녀가 흐릿하게 어른거렸다. 하얀 붕대 자락이 수초처럼 물살에 일렁였다.

그림들은 그녀가 듣고 싶은 그의 생생한 목소리를 담고 있었다. 봐! 이게 너야. 내가 숭배하는 너, 날 사랑의 눈으로 바라보던 너. 그래 넌 날 떠났지. 그렇지만 이게 너야. 내가 시간 속에 잡아둔 너, 내가 사랑하는 너…….

해리는 대담하면서도 섬세한 빛으로 가득한 화면을, 절망 속에서 그가 이뤄낸 기쁨의 집약체를 바라보았다. 너무나 눈이 부셔 눈을 감을 수밖에 없었다. 그래도 그 색과 구도와 형태는 감광지에 찍힌 형상처럼 눈꺼풀 안쪽에 맺혔다. 한조가 옆에 있으면 얼마나 좋을까? 그러면 그에게 말해줄 텐데…… 이 그림들이 얼마나 놀라운지, 그가 얼마나 멋진 일을 해냈는지, 사람들이 이 그림을 얼마나 사랑하게 될지.

그녀는 어느 날 갑자기 자신이 떠난 이유를 한조가 알고 있는지 궁금했다. 아마 그는 모르리라. 그 사실이 그녀는 가슴 아팠다. 등 뒤에서 안내원의 목소리가 들려왔다.

"나가주셔야겠는데요. 문 닫을 시간이에요."

다음날 오전, 해리는 화랑으로 전화를 걸었다. 수화기 너머에서 들려오는 화랑 주인의 목소리에는 어떤 활기도 없었다. 흥정에는 최상의 조건이었다. 그녀는 네 점의 〈오필리아〉 연작 중 '봄'을 사겠다고 했다. 수화기 너머에서 침묵이 이어졌다.

"150 이하로는 어렵겠는데요."

화랑 주인은 한참 후에야 최악의 패를 든 도박꾼처럼 가늘게 신음했다. 그녀가 차분하게 말했다.

"100으로 하죠. 대신 봄 여름 가을 겨울 네 점을 한꺼번에 사는 조건으로요."

수화기 너머에서 급한 들숨이 목에 걸린 듯 밭은 기침과 말소리가 동시에 튀어나왔다.

"그럼 120으로 결정합시다!"

이틀 후 네 점의 그림이 도착했을 때 해리는 안도했다. 사실 거래의 절박함은 그녀 쪽에 있었다. 그녀가 아는 한조는 첫 전시회에서 한 점도 팔지 못한 채 미술계 언저리를 빈둥거리다 사라져서는 안 될 화가였다. 그의 그림에는 보는 사람의 눈길을 사로잡을 매력이 충분했고 소장할 만한 가치도 있었다. 그에게 필요한 건 눈 밝은 컬렉터의 눈에 띄거나 영향력 있는 후원자를 만나는 약간의 행운이었다.

해리는 기꺼이 그의 행운이 되어주고 싶었다.

졸업을 앞둔 가을, 《쿤스트》 말미에 번외로 발간하는 단행본 보조 편집자 모집 광고가 실렸다. 별 볼 일 없는 임시직 편집 보조 업무였지만 해리는 그 일이야말로 오래전부터 하고 싶었고 해야 할 일이라는 생각이 들었다. 어떤 근거도 없었지만 《쿤스트》가 한조에게 다가갈 경로라는 확신도 들었다. 눈에 띄지 않는 자투리 기사였지만 《쿤스트》는 한조의 첫 전시회를 실어준 유일한 매체이기도 했다.

면접을 위해 찾아간 《쿤스트》 사옥은 오래된 벽돌집들이 옹기종기 모인 주택가에 있었다. 편집인 겸 발행인 최인영은 짧게 자른 머리카락 때문에 나이를 가늠할 수 없었다. 쌍꺼풀 없는 긴 눈과 뚜렷한 입매는 단호한 인상을 주었다.

"왜 보조 편집자가 되려는 거죠?"

"그 일을 잘할 수 있기 때문입니다."

정확하지는 않아도 솔직한 대답이었다. 해리가 《쿤스트》에 원한 것은 돈이 아니라 영향력이었다. 작가를 가까이에서 관찰하고 자신만의 시각과 언어로 작품을 해석해 새로운 경향을 포착하는 총체적 활동과 그를 통해 변화를 추동하는 힘. 한시도 멈추지 않는 미술 세계의 거대하면서도 섬세한 흐름을 감지하며 그 세계의 유력한 구성원들에게 접근할 기회…… 인영은 더 캐묻지 않았다.

해리가 맡은 기획 칼럼 '얼굴과 표상'은 사진가이자 에세이

스트인 김준만이 화가 열두 명의 작업실을 탐방해 작품세계를 조망하는 인터뷰 시리즈였다. 1년 동안 《쿤스트》에 연재한 인터뷰 기사들은 단행본으로 묶어 출간할 계획이었다. 해리는 전통 회화에서 조각, 공예, 설치, 행위 미술까지 광범위한 분야의 작가를 섭외하고 사전 자료를 수집하고 화실 현장을 답사했다.

다음해 가을에 출간된 《얼굴과 표상》은 예술 서적으로는 드물게 재판 발행 목표를 훌쩍 넘어선 판매고를 올렸다. 각자도생에 몰린 직장인들의 불안감이 일가를 이룬 예술가들의 삶과 맞물려 거둔 뜻밖의 성과였다.

출간 작업을 마무리한 해리는 늦은 밤 사무실에 남아 짐을 쌌다. 다른 직원들이 보는 앞에서 궁상을 떨고 싶지 않았다. 책상을 정리하고 서랍을 비우느라 흘러내린 머리카락을 고무줄로 묶고 있는데 인영이 사무실로 들어왔다.

"지금 짐 싸는 거야? 이 늦은 시간에 어디 가려구?"

편잔은 아니지만 마냥 편하지도 않은 말투였다. 그런데도 그녀의 말은 왠지 다정하게 들렸다.

"계약 기간이 끝났으니 다른 일을 찾아야죠. 재미있었지만 끝났으니까요."

그들은 나란히 테라스로 나갔다. 인영은 난간에 기대어 담배를 물었다. 그녀의 입술 안쪽에서 도톰하고 매끈한 점막이 붉게 반짝였다. 리본처럼 가는 연기가 피어올랐다. 인영이 말했다.

"계약은 끝나도 일은 끝나지 않아. 아이들이 태어나는 것처럼, 지구가 자전하는 것처럼.《얼굴과 표상》후속편 작업을 맡아보는 건 어때? 세계 각국에서 작가 열두 명을 모을 거야. 엄청난 제작비는 각오해야겠지."

그녀는 말할 때 접속사를 거의 쓰지 않았다. 소중한 것들이 너무 많아 필요 없는 말에 1분 1초도 낭비하지 않겠다는 각오를 한 사람 같았다. 그 때문에 매사에 집중력을 발휘했고 주변 사람들의 생각까지 바꾸었다.

해리는 그녀가 자신의 삶을 바꾸려 한다고 생각했다. 더 나은 근무조건과 더 많은 보수, 경우에 따라선 더 밝은 미래. 그러나 그녀는 다른 누군가에 의해 변화되는 미래를 원하지 않았다.

"글쎄요. 좋은 기회지만 한 번 한 걸로 충분해요."

"그럼 어떤 일을 원하지? 회사 입구 리셉션에서 전화받는 일? 아니면 재고 분류나 창고 관리 같은 거?"

해리는 번들거리는 창유리에 비친 초라하고 기댈 곳 없는 여자를 응시했다.《얼굴과 표상》에 3kg의 몸무게와 꽤 많은 머리카락, 1년의 젊음을 빼앗긴 얼굴. 그럼에도 그 어둑한 눈은 갈망으로 달아오른 쇳조각처럼 이글거렸다. 그토록 원했던 삶의 가능성이 태동하고 있었다. 게임을 제안한 쪽은 인영이었지만 해리는 자신의 삶과 게임을 벌이고 싶었다. 그녀는 패를 뒤집는 도박꾼처럼 당당하게 말했다.

"《쿤스트》를 어떻게 할 생각이죠? 저대로 두실 건가요?"

"《쿤스트》? 《쿤스트》가 어때서?"

다분히 상대를 떠보는 어투였다. 여름이면 알록달록한 캔디 컬러 티셔츠를, 행사에는 줄무늬 정장 차림을 즐기는 인영은 입은 옷에 따라 어머니와 딸 같은 나이 차가 느껴졌다. 상대나 상황에 따라 자신을 다르게 보이는 카멜레온 같은 능력이었다.

"《쿤스트》는 공룡처럼 변화하는 환경에 적응하지 못하고 있어요. 당장은 아니겠지만 천천히 죽어가겠죠. 날렵하고 빠른 포유류들의 세상이 될 테니까요."

"그래서 《쿤스트》를 어떻게 살리겠다는 거지?"

인영이 단호하게 말 고삐를 잡아챘다. 해리가 대답했다.

"《쿤스트》는 자부심을 팔아야 해요. 《쿤스트》의 독자가 된다는 건 성공한 사람이며 예술을 사랑하는 인물이라는 인상을 주는 거죠. 복잡하고 고리타분한 미술 이론 대신 자신이 이 사회의 중심인물이라는 긍지를 부여할 언어와 이미지를 제시하는 거예요. 이를테면 세련된 옷차림과 지적인 이미지를 강조한 사진으로 작가를 유능한 IT기업 CEO처럼 보이게 하는 거죠."

해리는 자신의 태도가 가르치려는 것처럼 보이리란 걸 알면서도 멈추지 않았다. 그녀가 자신을 버릇없다고 생각해도 어쩔 수 없었다. 인영은 거래를 청하는 상인의 표정으로 말했다.

"그럼 《쿤스트》에서 나와 함께 운을 시험해보는 건 어때?"

해리는 귓가에서 폭음탄이 터진 것처럼 멍해졌다. 눈앞에서 일어나는 일이 먼 행성의 먼지폭풍처럼 비현실적으로 느껴졌다. 인영이 몇 마디 더 했지만 알아들을 수 없었다. 편집장? 수석 에디터? 그런 말을 한 것 같았다. 이 무모한 여자는 무엇을 믿고 신출내기 아르바이트 직원에게 《쿤스트》를 맡기려는 걸까?

"절 잘 알지도 못하시잖아요?"

"네가 일하는 걸 유심히 지켜봤어. 널 보내고 싶지 않아. 물론 갑작스럽겠지. 준비도 필요할 테고. 시간을 갖고 생각해봐."

인영이 자신의 말을 진지하게 받아들였다는 사실이 해리는 여전히 미덥지 않았다. 그녀는 궁금한 게 많았지만 더 묻지 않는 게 예의라는 생각이 들었다. 그래서 대답했다.

"준비는 되어 있어요. 시간을 가질 필요도 없구요. 그게 제가 원하는 거였어요. 너무나 간절히 원해서 온몸에 쥐가 날 정도로요."

해리를 바라보는 인영의 눈에는 무슨 요구든 다 들어주겠다는 의무감과 기대가 담겨 있었다. 그녀에겐 기존의 성공방식에 기댄 전문가보다 미술산업의 본질을 꿰뚫는 천둥벌거숭이가 필요했다. 규칙과 통설을 간단히 무시해버리는 단호함, 상황을 피하거나 에두르지 않고 곧장 핵심에 접근하는 직관. 어디서든 살아남을 것 같은 생명력. 나이나 경력 같은 건 필요 없었다.

인영은 부유한 미디어그룹의 딸로 태어나지 않았다. 《쿤스트》는 여성지 《우먼스 가든》을 발행하는 미디어그룹 '서울 매거진즈'에서 발행하는 6종의 잡지 중 하나였다. 다양한 잡지를 성공시켜온 남제원 사장은 일간지 창간에 엄청난 자금을 퍼부었다.

그러던 중 갑자기 터진 금융위기로 거래은행이 무조건적인 채권 회수에 나서자 그는 피를 말리며 동분서주하다 심장발작을 일으켰다. 그는 중환자실 침대에 누워 아끼던 《쿤스트》의 모든 권리를 편집장이자 가장 유능한 직원이던 그녀에게 조건 없이 양도하는 양해각서에 도장을 찍었다.

당시 《쿤스트》의 월 적자 규모는 2천만 원이 넘었다. 그녀는 거부할 수 있었고 당연히 거부해야 했다. 그러나 그녀는 하루아침에 적자투성이 잡지의 발행인이 되었다. 그녀는 광고책임자, 편집장, 취재기자는 물론 필요할 때는 사진기자와 회계담당자, 사환 역할까지 떠맡았다. 큰 키와 짧은 머리카락 때문에 그녀는 가족을 부양하기 위해 거리로 나선 소년가장의 분위기를 풍겼다.

사람들은 신대륙을 찾는 산타마리아호 선원들처럼 절망과 비관, 두려움과 실낱 같은 희망 속에서 금융위기를 견뎌냈다. 그들이 닿은 대륙은 새로운 기술이 구속 없는 삶을 견인하는 신세계였다. 새롭게 태동한 IT산업의 물결로 전에 없던 풍요가 넘쳤고 디자인과 예술이 새 시대의 화두가 되었다.

그림은 부자들의 최종투자처였다. 돈을 번 사람들은 명품 옷과 고급 차를 사고, 집과 부동산을 사다 결국 그림을 사들였다. 《쿤스트》는 스스로를 세련되고 교양 있는 지성인으로 포장하려는 그들의 과시적 욕망을 충족시키며 살아남았다.

해리가 인영의 파격적인 지원을 업고 기획 TF팀에 합류한 지 6개월 만에 《쿤스트》는 미술잡지도 디자인 잡지도 아닌 예술 경영 지침서로 변모했다. 미술과 산업의 접목, 예술 활동과 경영원리의 융합을 통해 영역을 확장한 결과였다. 편집진과 기획, 영업 부서가 모두 모인 합동 회의에서 해리는 이렇게 말했다.

"예술은 더 이상 교양인들의 고결한 담론이 아니에요. 예술은 세상을 움직이고 바꾸는 힘을 지녀야 해요. 거대한 물레방아를 돌리는 동력은 자본이죠. 예술계로 자본이 흘러들어야 해요."

묵묵히 듣고 있던 사십대 후반의 편집고문이 되물었다.

"자본을 업은 예술을 어떻게 예술이라 할 수 있나요?"

해리가 다시 물었다.

"예술이 꼭 예술이라 불려야 하나요? 만약 그래야 한다면 우린 예술이기를 포기하면 되겠죠?"

해리는 인터뷰에 나선 작가들로부터 기업주가 직원들을 독려하는 연설에나 나올 법한 언급들을 유도해냈다. '작품을 향한 열정은 단지 예술가에게 국한되지 않습니다. 우리는 사무실에서, 프레젠테이션에서 마치 작품을 만들 듯 열정을 쏟을 수 있죠. 당신이 곧 예술가입니다. 예술가처럼 일하고 예술가처럼 살아가세요.' 따위의 말들.

예술을 기업 경영에 융합시키는 전략은 성공을 거두었고《쿤스트》는 자본이라는 우군을 얻었다. 당연히 예술의 타락을 우려하는 지적이 잇따랐고 편집 방침에 동의하지 않는 몇몇 직원들이 사표를 던졌다. 해리는 아랑곳하지 않았다. 마네와 뒤샹이 그랬던 것처럼 질시와 모욕을 자양분 삼아《쿤스트》의 영역을 확장해나갔다.

등 뒤의 수군거림이 그녀를 신비한 존재로 포장했다. 그녀는 부도덕했지만 강했고 교활할지 몰라도 성공하고 있었다. 시대의 요구를 읽고 기회를 창출하는 그녀의 능력이 타고난 건지 습득된 건지 인영은 궁금했다.

편집실은 매 순간 무슨 일이 일어나는지 확인하기 위해 그 자리를 떠나선 안 될 것 같은 열기로 들떴다. 회의에서 해리는 긴 손가락을 지휘봉처럼 움직였다. 그 때문에 그녀의 말에 설득력이 더해졌고 인영은 고개를 끄덕이지 않을 수 없었다. 독단적이거나 강압적이어서가 아니라 반박할 수 없기 때문이었다.

회의가 끝난 후에도 그들의 토론은 이어졌다. 퇴근길 작은 분식집에서 그들은 라면과 김밥을 나눠 먹으며 이야기를 이어 갔다. 거리에서, 식당에서, 슈퍼마켓에서, 차 안에서 그들은 세상을 바꾸는 기발한 상상과 사람들을 놀라게 할 이야기를 끝도 없이 나누었다.

해리가 한조를 다시 찾은 건 힘의 균형이 이루어졌다는 판단 때문이었다. 그녀는 이제 그의 이웃에 사는 철부지 꼬맹이도 그의 사랑을 갈구하는 어린 연인도 아니었다. 그녀는 그를 비참한 바닥에서 새 삶으로 이끄는 인도자, 그의 작업에 길을 제시하는 조언자가 될 것이다. 그리고 그의 재능을 천재적인 것으로 포장하는 에이전트, 그의 작품을 어마어마한 가격에 파는 딜러가 되기를 마다하지 않을 것이다. 이 순간을 위해 그녀는 자신을 복수의 도구로 갈고 닦았다.

그녀는 한조 자신도 모르고 있던 그의 재능과 한계를 인터뷰 기사로 썼다. 그 기사가 사실이든 아니든 그가 기사를 믿고 그렇게 되거나 그렇게 되지 않기 위해 노력한다면 사실이 될 것이다. 그것이 그녀가 그에게 원하는 작가의 표상이었다.

가을비가 내리는 어느 저녁 그들은 젖은 거리를 조심스레 지나 그녀의 집에 당도했다. 그녀가 가방에서 꺼낸 열쇠를 짤랑짤랑 흔들며 웃었다. 현관문이 딸깍 소리를 내며 열릴 때 그는 성소 입구에 선 사제처럼 그곳에 발을 들일 자격이 있는지 자문했고 그렇다고 확신했다.

집 안은 난방이 되지 않았지만 춥지 않았다. 곧 떠나야 하는 난민캠프처럼 TV도 없고 가구라곤 쿠션이 죽은 소파와 책장이 전부였다. 올이 성긴 갈색 러그가 깔린 바닥은 물을 먹어 얼룩져 있었다. 그녀는 변변한 세트 식기 하나 없는 주방으로 가더니 포트에 물을 끓였다.

그는 젖은 머리카락을 털고 집 안을 훑어보았다. 휑뎅그렁한 벽 곳곳에 자신의 찢겨나간 과거가 걸려 있었다. 〈오필리아〉 사계. 은밀한 기호처럼 눈을 감거나 외면하거나 숨을 멈춘 여인들은 피 흘리는 성녀를 연상케 했다. 화면에 꿀처럼 흐르는 찐득한 빛은 풍요로움으로 가득했는데 그 때문에 폭압적으로 보였다.

등 뒤에서 커피 방울의 경쾌한 공명음이 울렸다. 그는 놀라움과 분노로 커진 눈으로 물었다.

"이 그림들이 왜 여기에 걸려 있지?"

해리는 커피잔을 건네며 미소지었다.

"내가 샀으니까."

한조는 이 상황이 어떻게 된 것인지 이해할 수 없었다. 네 점의 연작은 그가 팔았던 처음이자 마지막 작품이었고 그의 유일한 자산이자 다시없을 가능성이었다. 그림이 손에 잡히지 않아

입술에 술병을 기울일 때조차 익명의 구매자에 대한 믿음 하나로 캔버스로 돌아갈 수 있었다. 그런데 그 사람이 그녀였다니. 운명이 그를 패대기치고 짓밟고 찢어놓기로 작정한 것 같았다.

"왜 날 속인 거야?"

그는 슬픔과 분노를 오가는 야릇한 표정으로 소리쳤다. 그녀가 대답했다.

"말하지 않았을 뿐이야."

"너란 걸 알았으면 팔지 않았을 거야."

"그때 자긴 악마에게 영혼이라도 팔아야 할 무명 화가였어. 그리고 난 사람들이 몰라보는 작품에 투자했을 뿐이야."

"네가 던져준 푼돈에 난 터무니없는 희망으로 부풀었어."

"잘 됐네. 희망을 갖는 게 뭐가 나빠?"

"그건 희망이 아니라 바보 같은 상상일 뿐이었어. 첫 전시회에서 네 점이 팔렸으니 다음에는 마흔 점도 팔릴 거라는 헛된 기대를 했지. 그런데 그게 너였다니…….'

한조는 울었다. 자신의 가련함 때문에, 그 사실을 그녀에게 들켰다는 비참함 때문에. 바람이 창가에서 윙윙거리는 소리를 냈다. 공기는 쌀쌀했고 부쩍 짧아진 하루해가 실감났다. 그녀는 벽에 걸린 〈오필리아: 여름〉을 눈으로 쓰다듬듯 바라보며 입을 열었다.

"내가 어때서? 이 그림은 자기가 그렸지만 나를 그린 초상화야. 그러니까 내게도 가질 권리가 있어. 중요한 건 누가 샀느냐가 아니라 자기 그림이 팔렸다는 사실이잖아."

그는 그토록 섬세한 그림을 그렸다고는 믿을 수 없는 두툼한 손으로 감싸고 있던 얼굴을 들었다. 그제야 그 그림들이 다른 누구도 아닌 그녀의 것임을 이해할 수 있었다. 그러자 그 그림이 다른 사람이 아닌 그녀에게 팔렸다는 사실에 안도감이 들었다.

그가 가난하고 비참했기에 그녀는 그의 구원자가 될 수 있었다. 그에 대한 사랑이 없다면 할 수 없겠지만 그녀는 그를 사랑했다. 그 사실이 너무나 분명해서 눈이 부실 지경이었다.

결혼식 후 해리가 하워드 주택으로 돌아가고 싶다는 얘기를 꺼냈을 때 한조는 망설였다. 그 집에서 산다는 건 그 집을 그리워하는 것과 다른 문제였다. 하워드 주택은 멀리서 바라볼 때 더욱 사랑스러운 집이었다. 아버지가 하워드 주택을 망가뜨렸다는 자책감도 돌아가기를 망설이게 했다. 해리는 물러서지 않고 펜으로 도면을 그려가며 보수공사 계획을 설명했다.

"별채 벽을 없애고 들보를 보강해 자기 화실로 꾸밀 거야. 1층 바닥 일부를 철거해 지하실과 합치면 천장이 4m가 넘을 테니 대작도 그릴 수 있어. 천장이 남아 있는 지하실 일부는 그림 보관실과 자료실로 꾸미고……."

공사 기간 내내 그들은 현장에 머물며 화실의 규모와 기능을 숙고했고 빛의 기울기를 가늠해 창의 크기와 위치를 의논했다. 그들은 인부를 쓰는 대신 직접 페인트를 칠하고 낡은 소파에 새 천을 씌웠다. 그녀의 눈썹과 머리카락과 뺨에 눈송이처럼 시멘트와 페인트가 튀었다.

그러나 삶은 불꽃놀이가 아니며 밤하늘을 밝히는 불꽃은 눈깜빡할 순간에 스러지는 법이다. 한조는 매일 화실로 가 붓을 들었지만 그림을 그리지 못했다. 새 기법을 시도하고 집중력을 발휘하던 재능은 사라지고 색 위에 색을 칠하고 그 위에 또 다른 색을 덧칠할 뿐이었다. 나무랄 데 없는 새 화실이 오히려 그의 상상력을 흔적 없이 앗아간 것 같았다.

어느 늦은 밤 해리가 찾은 작업실은 마구 어질러져 있었다. 한조의 입에서 쌉쓸한 술냄새가 났다. 화실 어딘가에 술병을 숨겨두었으리라. 하워드 주택 주방의 식기장 안쪽에 소주병을 숨겨두었던 자기 어머니처럼.

"뭐야? 숙제 검사하러 온 거야? 마음껏 봐. 지난 일주일 동안 한 숙제라곤 저게 전부니까…… 칠하고 칠하고 칠했지만 그림이 되지는 못했지."

어두컴컴한 캔버스를 손가락질하는 한조는 울음을 터뜨릴 것 같았다. 덧칠을 거듭하는 동안 캔버스에는 두툼한 물감층이 형성되었고 예닐곱 겹 무채색이 덧입혀진 표층은 검은색에 가까웠다. 치열한 목적의식과 놀라운 집중력의 결과처럼 보이는 색들은 그러나 아귀가 맞지 않는 모자이크처럼 조악했다.

"이 작품…… 나쁘지 않아. 여기엔 뭔가 있어. 그림 속에 자기가 보여. 자기의 고독, 자기의 과거, 자기의 기쁨, 자기의 고통 말이야."

그녀의 표현은 완곡했지만 한조는 좌절감을 떨칠 수 없었다. 그는 작업대 아래 화구선반에서 위스키병을 꺼내 병째 들이켰다.

"거기에 내가 있다면 그건 나의 무능, 나의 가식, 나의 수치일 뿐이야."

한조가 힘없이 대꾸했다. 그가 결코 소리내어 말하지 않았던 사실, 두려워 쳐다보지 못했던 진실. 그는 마치 스스로를 무너뜨리려고 작정한 듯 보였다.

해리는 '좀 쉬면 그릴 수 있을 것'이라든가 '누구든 슬럼프를 겪는다'는 뻔한 소리를 하지 않았다. 대신 공산품 제조 라인에서 0.1%의 불량품을 골라내는 검수원처럼 날카로운 눈빛으로 말했다.

"고객은 매번 새로운 걸 보여달라고 안달난 어린애들 같아. 한번 들려준 얘기를 다시 들려주면 싫증을 내지. 〈오필리아〉의 속성과 기법을 심화시키거나 그걸 능가할 새 기법과 주제를 제시해야 해."

해리는 응석받이 아들을 달래는 젊은 엄마처럼 한조를 바라보았다. 그녀가 자신의 초라함과 결함을 빠짐없이 기억하는 유일한 사람이라는 사실을 한조는 견딜 수 없었다. 그녀의 격려와 다독임조차 숨기고 싶은 자신의 약점과 열등감을 뚜렷이 드러낼 뿐이었다.

"자기 일이 아니라고 맘대로 말하지 마. 당신 같은 장사꾼이 내 그림에 대해 아는 척하는 거…… 지겨워."

만약 그녀를 사랑하지 않았다면 그는 좀 더 완곡하고 덜 무례한 표현을 찾았을 것이다. 그러나 한조는 그녀를 사랑했다. 해리는 모멸감을 느껴야 했을까? 그렇지 않았다. 그렇다고 감정이 상하지 않은 건 아니었다.

해리는 벌떡 일어나 작업실을 성큼성큼 가로질렀다. 한조는 어쩔 줄 몰라 하며 그녀의 다음 행동을 주시했다. 그녀는 작업대 앞에 우뚝 멈추더니 반쯤 남은 술병을 들어 캔버스에 끼얹었다. 날카로운 알코올 기운이 훅 끼쳤다.

그는 화를 내야 할지, 그녀를 말려야 할지 갈피를 잡지 못했다. 그러지 말라고 애원하고 싶었지만 체념했다. 그에게는 체념이 다른 어떤 선택보다 쉬웠다.

"그래. 그건 그림이 아니야. 쓰레기야. 그러니까 보이지 않는 곳으로 치워."

취한 그가 낄낄대며 말했다. 해리는 듣지 않았다. 어차피 내일 아침 술이 깨면 그는 자기가 한 말을 기억하지 못할 테니까.

자신의 재능에 대한 끊임없는 의구심은 그의 오랜 입버릇이었다. 해리는 바보 같은 그의 넋두리에 동의한 적이 없었다. 그에겐 재능이 있었다. 그것을 허비하는 것이 범죄행위라고 확신할 정도로 분명했다. 그녀는 그의 자신감을 회복시켜야 했다. 그의 무능은 그녀의 좌절과 다름없고 그의 추락은 그녀의 실패가 될 테니까.

해리는 병에 남은 위스키 한 모금을 삼켰다. 뜨거운 액체가 목구멍을 태우고 몸이 뜨거워졌다. 그녀는 캔버스를 마주 보고 작업대에 놓인 커터칼을 치켜들었다. 날카로운 칼날이 섬광처럼 번득였다. 뭘 하려는 거지? 그는 그렇게 생각하며 소파에 몸을 말고 드러누웠다. 웅크린 그의 등은 왜소했고 비스듬한 등뼈는 초췌해 보였다.

해리는 캔버스를 들어 작업대 위에 탕 소리가 나게 내려놓았다. 그 충격으로 프레임 한쪽이 부러졌다. 그녀는 상관하지 않고 칼날로 캔버스를 그었다. 두껍게 덧칠한 물감이 날카로운 칼날을 받아들였다. 칼날에 긁힌 붉은 물감층 아래 청록색과 흰색 물감의 단면이 드러났다.

어린 시절 몸을 파고들던 칼날의 예리하고도 중독적인 통증이 느껴졌다. 그녀는 그가 혐오하는 캔버스를 갈기갈기 찢어놓을 기세로 난도질을 계속했다. 칼날은 더욱 빠른 속도로 물감들을 베고 찍고 긁어냈다.

해리는 밤이 깊어가는 것을 알지 못했다. 다만 드러난 것과 감춰진 것, 보이는 것과 숨어 있는 것, 말할 수 있는 것과 말할 수 없는 것, 그리고 말하지 못한 것들 사이에서 길을 잃었다.

다음날 아침 한조가 잠을 깬 건 10시 반이 넘은 시간이었다. 밤새 머릿속에 가시덤불이 자란 것 같았다. 그는 헝클어지고 뻐친 머리로 난장판이 된 화실을 둘러보았다.

그의 과오와 무능과 수치가 넝마 조각처럼 널브러져 있었다. 찢기거나 베어졌고 곳곳에 날카로운 칼자국과 홈집이 난 캔버스. 그는 얼이 빠진 채 잔해가 된 그림을 바라보았다. 누군가가 자신의 그림을 망쳐놓으려고 작정한 것 같았다.

칼날의 움직임과 방향에 따라 꾸덕한 무채색 표층 아래로 갖가지 원색들이 드러나 있었다. 다채로운 색과 복잡한 칼자국이 충돌하며 예상치 못한 역동성이 태동했다. 쐐기 모양으로 도려낸 색들이 강렬한 존재감을 발했다.

밤사이에 무슨 일이 일어났을까? 아내와 심하게 다툰 것은 기억났다. 이후의 다른 일은 기억나지 않았다.

창으로 아침 햇살이 쏟아졌다. 찬 오렌지주스 잔을 들고 화실로 들어서는 아내는 헐렁하고 목이 늘어난 그의 티셔츠를 걸치고 있었다.

"이게 다 무슨 일이야? 저 그림…… 당신이 저렇게 한 거야?"

해리는 동그란 눈으로 그와 누더기가 된 그림을 번갈아 보며 물었다. 그가 그녀에게 물어보고 싶은 말이었다. 한조는 술이 깨지 않은 멍한 눈으로 되물었다.

"내가?"

그는 전혀 기억이 없었다. 해리가 다시 물었다.

"또 필름이 끊긴 거야? 어디까지 기억나? 위스키를 마신 것? 나랑 다툰 것? 그림을 버리라고 소리친 것?"

거기까지는 기억났다. 그런 다음에 무슨 일이 있었지?

"당신이 그림에 위스키를 부었나? 아니, 내가 그랬나? 어떻게 된 거지?"

그가 미심쩍은 표정으로 물었다. 해리가 대답했다.

"어떻게 되긴 뭐가 어떻게 돼? 취한 것 같길래 재우고 본채로 가려는데 난리를 피웠잖아."

"난리? 무슨 난리?"

"소파에 널브러졌길래 담요를 덮어주려는데 벌떡 일어나 캔버스로 달려갔잖아. 그림을 몽땅 망가뜨릴 것처럼 말이야."

어렴풋이 기억이 떠올랐다. 작업대에서 주워든 커터칼의 은빛 날, 우뚝 서서 노려보던 캔버스의 표면, 날카롭게 부러뜨린 커터날, 물감을 파고들던 칼날의 느낌, 그어진 틈 사이로 번지던 현란한 색들.

"당신은 칼로 오리고 긁어내고 망가뜨림으로써 그 그림의 본
질을 구현했어. 누구라도 알 수 있었지. 당신이 그 그림을 수치
스러워하면서도 사랑하고 있다는 걸 말이야."

아내가 말했다. 그는 눈 앞에 펼쳐진 무질서하면서도 눈부신
색의 잔해를 바라보았다. 무채색 표층을 비집고 드러난 원색들
은 평온한 일상의 밑바닥에 감춰진 심연을 연상하게 했다. 어느
날 문득 의식의 껍질을 찢고 벼락처럼 떠오르는 기억들. 찢고
도려내고 베고 긁어내야 드러나는 색처럼 상처입을 용기가 없
으면 바라볼 수 없는 삶의 진실들.

새로운 세상이 그의 앞에서 깨어났다. 이제 무엇을 그려야 하
고 어떻게 그려야 할지 알 것 같았다. 그는 캔버스를 칠하는 대
신 우드 패널을 도려내고 긁고 파고 갈아내어 색들을 드러낼 것
이다. 그리고 자신의 내부에 쌓인 시간의 켜 사이에서 빛나는
기억에 의미를 부여할 것이다.

자신의 내부에 그토록 찬란한 색들이 존재한다는 사실을 그
는 이제 믿을 수 있었다. 그걸 모르고 지내온 시간이 억울하기
까지 했다.

*내가 그를 사랑하지 않는 것이 아니라 다른 사람을 더 사랑한다는
것을 알았을 때 나는 그를 떠나기로 마음먹었다.*

처음 글을 쓰던 날 해리는 그 한 문장을 쓰고 펜을 놓았다. 다음 문장을 써내려갈 자신이 없었다. 그가 누구인지, 자신이 누구인지 생각하고 싶지 않았다. 그에 대한 생각을 멈춘 후에야 그녀는 그에 대해, 죽음에 대해, 사랑에 대해, 폭력에 대해, 파멸에 대해 쓸 수 있었다.

문득 아이가 하나 있었으면 하는 생각이 들었다. 어쩌면 둘쯤. 그녀에겐 좋은 엄마의 자질이 있었고 좋은 엄마가 되고 싶기도 했다. 그녀가 아이를 갖지 않은 것은 그 때문이었다. 아이를 사랑하게 될까봐, 아이가 아프면 안달복달하고 아이에게 더 많은 시간을 들이게 될까봐, 아이가 자신을 따르고 사랑하고 존경할까봐.

부모의 비극으로 인한 트라우마 때문에 그런 건 아니었다. 아빠와 엄마의 삶이 실망스럽긴 했지만 좋은 기억도 없진 않았다. 그들은 존경받는 사람들이었고 너그럽고 교양도 있었다. 그럼에도 해리는 한조로 족했다.

그녀는 그를 아들처럼 돌보았다. 그가 해야 할 일을 하게 만들었고 그가 원하는 일이 일어나게 했다. 그를 슬럼프에서 건졌고 화가로, 또 부자로 만들었다. 그는 그녀가 쏟은 노력과 헌신의 눈부신 결과물이었다.

만약 아이가 있었다면 그녀의 모든 결정에 영향을 미쳤을 것이다. 목표를 향한 단호함은 우유부단함으로 바뀌었을 것이고 그를 추락시키거나 파멸시키지는 못할 것이다.

그럼 해리가 잃어버린 유일한 아이, 한조가 내내 그리워했던 그 아이는?

해리는 아이를 잃지 않았고 임신한 적조차 없었다. 그녀의 피임은 스스로 생각하기에도 냉혹할 정도로 철저했다. 그녀는 있지도 않은 아이를 잃은 비탄에 빠진 그에게 연민을 느끼면서도 아무도 모르게 그를 처벌했다는 은밀한 승리감에 도취됐다. 자신이 낳은 이아손의 두 아들을 찌른 메데이아가 떠올랐다. 사랑의 증거인 아이를 살해함으로써 부도덕한 남편에게 가한 비정한 징벌. 자신을 파괴함으로써 실현한 치명적 복수.

해리는 펜을 쥔 손으로 허벅지를 더듬었다. 크고 작은 흉터의 깔쭉깔쭉한 감촉이 손끝에 느껴졌다. 날카롭고 생생한 통증의 기억이 되살아나 그녀의 과거가 꿈이 아니었다는 사실을 분명히 말해주었다.

물에 젖은 언니의 하얀 교복 깃, 핏발이 선 아빠의 두 눈, 그녀를 보며 말을 멈추고 혀를 차던 사람들, 혼자 잠들던 밤, 학교에서 쫓겨나던 날, 한없이 넓은 교정을 터벅터벅 걸어나올 때 등 뒤에서 들리던 웃음소리, 옷가지 몇 벌을 챙겨 서울행 열차를 타던 오후, 모르는 도시의 낯선 거리, 불빛들과 목소리 들…….

해리는 흉터 하나하나의 비애와 슬픔, 분노와 적의를 끌어내어 글로 썼다. 그건 과거를 그럴듯하게 포장하거나 잔잔하게 돌이켜보는 회고록이 아니었다. 묻힌 진실을 캐고 잃어버린 과거를 복원하는 르포였고 숨은 죄인을 고발하는 소장이었다.

그녀의 글은 폭탄이 될 것이다. 하워드 주택 한가운데에 매설된 폭탄은 소리 없이 째깍거릴 것이다. 그녀가 평생 사랑한 남자의 삶을 산산조각내기 위해.

마침내 뇌관이 작동하고 다급한 경보음이 울리고,

쾅!

4장

◊

　정원의 라일락 그늘이 벤치에 나란히 앉은 그들의 몸에 얼룩
을 드리웠다. 은빛 광채를 머금은 비행운이 하늘을 가로질렀다.
날카로운 비애가 한조의 가슴을 칼날처럼 긋고 지나갔다.

　"당…… 당신의 글은 거짓투성이야. 날 미성년자를 꼬드긴
파렴치한으로 만들었어. 날 만났을 때 당신은 대학생이었는데
어떻게 열여덟 살일 수 있지?"

　한조의 항변에 해리가 차갑게 대꾸했다.

　"난 거짓말한 적 없어. 고등학생이 아니라고 했을 뿐 대학생
이라고 말한 적이 없으니까. 열여덟 살의 고교 자퇴생을 대학생
으로 착각한 건 당신이었어."

　짙은 선글라스를 쓴 해리는 예전에 함께 본 어느 영화의 주인
공을 떠오르게 했다. 한조는 고개를 가로저으며 말을 더듬었다.

"내…… 내가 아는 당신은 이런 사람이 아냐."

"그럼 내가 어떤 사람인 것 같아?"

그녀가 물었다. 한조는 답을 생각했다. 그녀가 어떤 사람인지…… 아무것도 떠오르지 않았다. 한때는 누구보다 그녀를 잘 안다고 생각했는데 지금은 생판 모르는 사람 같았다.

"모…… 모르겠어. 예전엔 당신의 모든 걸 알 것 같았는데 이젠 아무것도 모르겠어. 다만 내가 아는 당신은 어떤 일을 없던 것처럼 감출 수는 있어도 있지도 않은 일을 대놓고 꾸미지는 못할 사람이야."

해리는 대꾸하지 않았다. 할 말이 없어서가 아니라 어디서부터 이야기를 시작해야 할지 망설이는 것 같았다. 이윽고 그녀가 말했다.

"꾸민 건 없어. 그 글은 내가 보고 들은 이야기야. 당신이 보고 들었던 이야기이기도 하고. 그런데 우리가 같은 것을 보고 들었다고 해서 그것이 같은 이야기라고 할 수 있을까? 당신에게 당신의 이야기가 있듯이 내겐 나의 이야기가 있어."

"말해봐. 내 얘기가 뭐고 당신 이야기가 뭔지. 그 두 얘기가 어떻게 다른지."

"당신 이야기는 늘 빛이 나. 놀라운 재능, 눈부신 성공, 고결한 인격과 사람들의 찬사…… 그건 우리 이야기가 아니고 내 이야기는 더더욱 아냐. 내 이야기는 어둡고 고통스러워. 한 사람을 화가로 만드는 일로 시작하고 끝났지. 그걸 위해 당신을 사랑하는 데 모든 걸 쏟아부어야 했어."

"내가 왜 그걸 모르겠어. 당신이 없었으면 난 지금 아무것도 아닌 인간일 거야. 아니면 완전히 실패한 인간이거나. 그래. 우린 지금까지 잘해왔어. 그래서 원한 것을 이룰 수 있었고……."

"당신이 원했지 내가 원한 건 아니었어."

"누가 원했든 같은 거잖아? 원하는 걸 다 이루었는데 이게 도대체 뭐야?"

한동안 한조를 바라보던 해리는 짧고 차분하게 대답했다.

"당신을 파괴하려는 거야."

한조는 해리의 대답을 이해할 수 없었다. 단지 그녀를 멍하니 바라보며 독백할 뿐이었다.

"안 돼. 제발 그러지 마. 당신이 왜 이러는지 정말 모르겠어."

"난 당신의 재능, 당신의 부, 명성, 사랑을 모두 망가뜨리고 싶었어. 그런데 당신은 그중 아무것도 가진 게 없었지. 유일하게 지닌 재능마저 빛을 못 볼 가능성이 컸어. 그러니 당신에게서 뭔가를 빼앗으려면 그걸 가지게 할밖에."

자신의 유일한 재능이 자신을 파괴하는 치명적인 무기가 되었다는 생각에 한조는 치가 떨렸다. 오래된 냉장고처럼 분노가 징징거리는 소리를 내며 그의 몸을 뜨겁게 달구었다. 그는 굳은 입술을 억지로 움직여 소리를 냈다.

"날 파괴하는 건 내 그림을 파괴하는 거야. 정말 그러길 원해?"

"그게 어떻게 당신 그림이야? 당신 눈에는 그림 속의 흉터가 보이지 않아? 칼에 베이고 사포에 갈리고 끌에 찍힌 흉터는 어두운 내 골방에서, 비 오는 강가의 화장실에서 내가 그은 나의 삶이야. 아름답거나 대단하진 않아도 난 그걸 버리지 않았고 추하고 고통스럽지만 여기까지 질질 끌고 왔어. 그게 나의 삶이기 때문이야. 그게 내 유일한 것이고 그걸 버리면 모든 걸 버리는 거니까. 그런데 그게 어떻게 당신 거야?"

"당신 말이 옳아. 나의 성취는 처음부터 끝까지 당신의 창조물이었어. 내가 죽어라고 한 일은 당신을 보고 그린 것뿐이었고 당신 재능을 부분적으로 훔치기만 했지."

"그런데도 당신은 그 그림을 당신 거라고 했어. 당신은 날 가졌다고, 내 인생조차 자기 거라고 착각했으니까. 사람들도 당연히 그렇게 생각했지. 그런데 알아? 당신에겐 누굴 가지거나 말거나 할 권리가 없어. 그런 권리를 가진 사람은 누구도 없어."

"하지만 우린 부부야. 난 당신 남편이고 당신은 내 아내란 말이야…… 아직까지는……."

"그래. 당신은 날 바라볼 수 있어. 내 얘기를 들을 수도 있고 내게 당신 이야기를 들려줄 수도 있어. 날 만질 수도 사랑할 수도 그릴 수도 있어. 하지만 날 가질 수는 없어. 내 인생을 당신

걸로 만들 수도 없어. 이제 알겠어? 왜 그 그림이 당신 것이 아니라 내 것인지?"

해리의 목소리가 깊은 물속처럼 한조의 귓가에 웅웅 울렸다. 온몸의 솜털이 가시처럼 빳빳하게 일어섰다. 한조는 애원하는 눈으로 물었다.

"날 사랑했잖아? 그런데 나한테 왜 이러는 거야?"

"당신은 나와 우리 가족의 삶을 망가뜨렸어."

그녀의 표정이 너무 공허해 보여 한조는 자신이 그녀를 학대하거나 버리는 듯한 가책을 느꼈다. 그러나 버려지는 쪽은 그녀가 아니라 그였다. 한조는 자신을 파괴하려는 여자 앞에 무방비로 노출되었으며 그녀의 복수에 이유가 있다는 두려움에 사로잡혔다. 그는 말을 더듬지 않기 위해 안간힘을 썼다.

"당신…… 언니 죽음에 대해 오해를 하고 있어. 미심쩍은 부분이 없진 않지만……."

그녀는 잠시 고개를 숙이고 생각을 정리한 후 말했다.

"어렸을 때 언니의 죽음에 대해 물었을 때 외삼촌은 몰라도 된다며, 아니 모르는 게 낫다며 대답을 피했어. 나중에야 무능한 경찰과 허세 가득한 언론과 성마른 여론이 합세해 짜맞춘 거짓말이라는 걸 알았지. 모두가 모두를 속였고 모두가 모두에게 속아 넘어간 거야."

해리는 헤어밴드처럼 선글라스로 앞머리를 쓸어넘겼다. 그녀의 몸에서 마른 먼지 냄새가 났다.

"아…… 아버지가 아니면…… 형이라고 생각하는 거야?"

빛을 뿜는 반듯한 형의 얼굴을 떠올리며 한조는 그 질문을 한 자신에게 놀랐다. 서쪽 하늘에 낮게 걸린 태양이 주황색과 회색이 섞인 노을을 뿜었다. 운동장에서 여학생들의 웃음소리와 야구 하는 남학생들의 고함이 들렸다. 그녀가 대답했다.

"당신 형은 사람을 죽이기에 너무 영리해. 정 많고 순박한 당신 아버지와 정반대였지. 기록을 열람하고 증인을 만나며 난 당신의 거짓말을 알게 되었어."

"거짓말? 내가?"

"언니가 죽어가던 시간에 당신은 형과 함께 있지 않았어. 당신은 위증을 한 거야. 멍청했는지 교활했는지 몰라도 경찰은 당신 말을 그대로 믿었고."

한조는 입이 딱 벌어졌다. 그는 그녀의 어깨를 움켜쥐고 애원하듯 말했다.

"그때 난 두려움에 질려 있었어. 형에게 다른 목적이 있었더라도 그 알리바이를 뿌리칠 수 없었어. 어떤 방식으로든 형이 사건에 관련되었다면 내가 보호해야 했어. 형이 내게 그랬던 것처럼……."

"그때 당신이 그 말을 하지 않았으면 많은 게 달라졌을 거야. 수사 결론도 우리 삶도 지금과 다르겠지. 그렇지만 당신은 그 말을 했어. 거, 짓, 말."

차게 식은 해리의 몸에서 냉기가 번졌다. 한조는 안간힘을 다해 입안에 말들을 끌어모았다.

"서, 설마 나라고 생각해? 내, 내가 지, 지수를 주, 죽였다고?"

그 순간 그녀와 함께했던 모든 순간이, 모든 대화가, 모든 행동이 이전과 전혀 다른 의미를 띠기 시작했다. 그녀가 대답했다.

"그해 여름방학 동안 언니는 별채 화실에서 누드모델을 했어. 자의였는지 강제였는지는 몰라도 그날 밤 당신은 언니에게 끔찍한 짓을 했거나 하려 했어. 하워드 주택에서 내게 저지른 그 일 말이야."

그녀는 차분한 눈빛으로 그를 바라보았다. 마치 그의 내부에 숨은 살인자를 노려보기라도 하는 듯. 강한 전류가 그의 온몸을 빠르게 훑고 지나갔다. 한조는 현기증을 느꼈다.

"오해야. 지수는 옷을 벗은 적이 없어. 네가 생각하는 그 일도 절대 일어나지 않았어."

"또 거짓말! 언니 누드가 그려진 당신 스케치북을 똑똑히 봤어."

그녀가 소리쳤다. 발치에 엎드려 꾸벅꾸벅 졸던 로스코가 번쩍 눈을 뜨고 주위를 두리번거렸다. 한조가 말했다.

"그래. 지수의 누드를 그린 건 사실이야. 하지만 그 그림은 나의 상상일 뿐이었어. 떳떳한 일이 아니었다는 건 알아. 하지만 지수에 대한 나의 사랑은 짝사랑일 뿐이었고 난 그렇게라도 그녀를 그리워할 수밖에 없었어."

미세한 손가락 끝의 떨림이 해리의 온몸으로 번졌다. 그의 말을 납득했는지 거부했는지는 알 수 없었다. 그녀는 차분함을 유지하기 위해 안간힘을 쓰며 말했다.

"그날 밤 난 울며 도망치는 언니를 쫓아 언덕을 넘어가는 당신을 봤어. 하워드 주택으로 돌아온 후 당신은 내 의사와 상관없이 날 폭행하고 죄책감조차 느끼지 않았어. 아무리 당신을 사랑해도 증오가 머릿속에 달라붙어 떨어지지 않아."

한조는 그녀가 자신을 사랑했다는 사실이 믿어지지 않았다. 서로 사랑하고 도우며 살아온 세월. 서로를 바라보던 시선, 그녀에게 속삭였던 다정한 말들, 자신의 얼굴을 쓰다듬던 그녀의 손길, 함께 웃고 즐거워하던 시간들…….

이건 운명이 아니었다. 인과응보이고 형벌이었다. 그토록 사랑하는 사람에게 평생의 증오를 심어주었으며 그녀가 자신을 사랑할수록 그 증오 때문에 고통받았다는 사실, 과오를 깨닫기는커녕 상상조차 못했다는 자책으로 한조는 온몸이 뻣뻣하게 굳었다. 이제야 그녀가 왜 자신과 결혼했는지 알 것 같았다.

그는 벤치에서 벌떡 일어섰다. 어디로 가겠다는 생각은 없었다. 단지 그 자리를 벗어나고 싶었다. 그는 정원을 가로질러 달렸다. 야윈 새처럼 휘적휘적 그의 넓은 등이, 목덜미의 곱슬머

리가, 긴 팔과 오른쪽으로 약간 기운 어깨가 그녀에게서 멀어졌
다. 그와 나눈 말들, 사랑을 나누던 은밀한 소리, 아침에 서로의
같은 꿈을 말하며 신기해하던 웃음도. 로스코가 풀죽은 눈으로
그가 사라진 곳을 멍하니 바라보았다.

　그는 포사격을 피하려 참호에 뛰어든 병사처럼 화실에 웅크
리고 앉았다. 호흡이 가쁘고 귓속에서 윙윙거리는 소리가 났다.
잠시 후 그녀의 자동차에 시동 걸리는 소리가 났다. 뒤이어 타
이어가 급하게 작은 돌을 으깨는 소리가, 바퀴가 바닥에 미끄러
지는 날카로운 소음이 차례로 멀어졌다.

　한조가 윤산을 찾아간 곳은 시내에서 30분쯤 떨어진 교외의
한 요양병원이었다. 윤산은 160병상 규모의 그곳 경비원으로
일했다. 자세한 경위를 시시콜콜 얘기하지는 않았는데 경찰에
서는 9년 전 퇴직했다고 했다. 그 후 보안회사 중간관리자, 청과
물 도매업, 아파트 관리소장을 거치며 잇따른 투자 실패로 평생
모은 돈을 날렸다.

　급기야 3년 전에는 다니던 경비회사에서 쫓겨나 술로 세월
을 보내다 뇌출혈을 일으켰다. 죽음 직전에 겨우 살아났지만 몸
의 오른쪽이 완전히 마비된 그는 이 요양병원에 입원해 2년간의
재활치료를 거쳤다. 겨우 몸을 추스렸을 때 그의 끈기와 의지를
눈여겨본 원장이 경비원 일자리를 제안했다.

"자네 아버지가 살아계셨으면 좋았을 거야. 대단한 화가가 된 자넬 보면 얼마나 기뻐했을지⋯⋯."

깃이 낡은 와이셔츠에 후줄근한 점퍼를 걸친 윤산은 앉은 채 손을 내밀며 말했다. 그는 한조가 알던 뚝심 좋은 형사가 아니라 사람 좋은 동네 밥집 주인 같은 인상이었다. 스포츠형 머리카락은 서리를 맞은 듯 희뿌옜고 짧은 머리카락 사이로 드러난 두피에 수술 자국이 보였다. 입가 주름은 깊어졌다. 옆구리가 두두룩해졌는데도 전체적인 체형은 예전보다 왜소해 보였다.

"아버지는 저보다 형을 자랑스러워하셨어요."

"그랬었지. 그랬기 때문에 자네가 잘된 걸 더 기뻐했을 거야."

윤산은 한조를 카페 형식으로 운영되는 병원 1층의 면회실로 데려갔다. 자리에 웅크리고 앉은 윤산의 두툼한 등은 둥글게 굽어 있었다. 그는 현장을 떠난 형사의 몰락과 물 건너간 노후의 안락함과 가시권에 들어온 죽음에 관해 얘기를 늘어놓았다. 그러더니 일자로 다문 입술을 꿈틀거리며 물었다.

"그때 일 때문에 찾아온 거지? 그 일 말고 자네가 날 찾을 일은 없을 테니까."

그는 가끔 TV에서 한조를 볼 때마다 오늘 같은 날이 오리라 생각했다고 덧붙였다. 마치 한조가 듣고 싶어 하는 이야기를 한조 자신보다 더 정확하고 분명히 아는 듯했다.

"그 일이 기억나세요?"

"그 일을 생각하면 지금도 답답해. 수사는 교착상황을 벗어나지 못했고 위에서는 쪼아대고…… 광범위한 수색과 주변 탐문에도 성과라곤 없었지. 동종수법 전과자와 우범자 심문도 특이점이 없었고 원한관계나 선거 상대 후보 조사도 허탕이었어."

윤산은 당시의 수사상황을 스크린에 비친 화면처럼 생생하게 기억해냈다.

일곱 번째 상황점검 회의에서 반장 강일호는 지수의 몸에 물리적 폭력의 흔적이 없는 점으로 미루어 면식범일 거라는 가설을 세웠다.

"우격다짐이나 소동도 없었고 구타로 인한 상처도 없어. 다른 곳에서 살해해 옮긴 흔적도 없고. 피살자는 자발적으로 현장에 간 거야. 아무 의심없이 혼자 만날 수 있을 정도로 가까운 놈을 찾아야 돼. 피해자와 잘 알거나 친한 사람들 중에 떠오르는 놈 없나?"

반장이 말을 마치자 최태곤이 먼저 나섰다.

"맬컴 주택 남자들이 피해자와 친했습니다. 거리상으로도 가장 가까웠고요. 그 집 큰아들이 자주 유수지 쪽으로 산책을 했다는 증언도 나왔습니다."

반원들이 고개를 주억거렸다. 듣고 있던 윤산이 대꾸했다.

"그 아이들은 사건 당일 저녁 별채 화실에 함께 있었어요. 세부 증언이 일치하는 걸 보면 거짓말 같지는 않습니다."

최태곤이 윤산을 노려보며 말했다.

"이진만이란 자를 알아봤는데 폭력 전과가 있어. 눈여겨보면 알리바이에도 공백이 있어. 공백이라기보다 불완전한 부분이겠지."

최태곤은 능글능글한 미소를 흘리며 말을 이었다.

"사건 당일 오후 6시경 관로작업을 끝낸 이진만은 걸어서 10여 분 거리의 건재상에 들렀어. 여기까지는 좋아. 건재상에서 나온 6시 40분에서 10시까지가 문제야. 걸어서 집에 돌아왔다는 진술을 증명할 사람이 없거든. 그의 아내는 하워드 주택 일을 마치고 돌아온 10시경에 욕실에서 나오는 남편을 보았다고 진술했어. 초저녁에 먼지와 땀범벅으로 돌아온 사람이 10시에야 몸을 씻는 게 말이 돼? 그것도 찌는 듯한 여름 날씨에? 그 말을 믿는다 쳐도 아내가 돌아올 때까지는 집에 혼자 있었다는 얘기잖아?"

윤산은 수첩 갈피를 들추며 이진만의 알리바이를 확인했다.

"그는 9시 저녁 뉴스 내용을 기억하고 있었어요. 평화은행의 대규모 구조조정과 해고자 가족들의 인터뷰 내용도 얘기했어요."

"금융위기, 구조조정, 대량해고 같은 건 요즘 뻔한 뉴스야. 해고 은행원, 신병 비관 자살, 극빈자 일가족 동반자살……."

최태곤이 받아쳤다. 윤산이 목소리를 높였다.

"알리바이가 아니라 사람을 봐요. 손가락 말고 달을 보자고요. 알리바이에 구멍이 있다고 살인범은 아니에요. 그 사람은 약해 빠졌어요. 사람을 죽일 뻴이 없다고요."

"사람을 죽일 놈이 정해져 있는 건 아냐."

강일호가 회의 탁자를 노크하듯 두드려 상황을 정리한 후 말을 이었다.

"진술의 신빙성과 진술자의 진실성을 총체적으로 따져봐도 구멍은 구멍이야. 그 시간에 여자애가 죽었어. 그 시간이 우리가 추정하는 피살자의 사망 시간대라고."

말을 마친 윤산은 반백이 된 스포츠머리를 손바닥으로 쓸었다. 눈가의 주름 때문에 나이 들어 보였지만 그에겐 늙은 사람 특유의 온화한 구석이 있었다. 그 얼굴은 모든 인간이 너그럽고 정직하며 믿을 만하다는 착각을 심어주었다. 그가 말을 이었다.

"수사반은 6시 40분에서 10시까지 이진만의 행적을 집요하게 추궁했어. 그는 집에 있었다는 대답을 되풀이했고…… 그때 결정적인 증거가 확보되었어. 지수의 몸에서 검출된 체액검사 결과였지. 극소량인데다 시간이 지나 정확한 분석은 불가능했지만 혈액형 표지자 분석결과는 이진만과 일치했어. 당시 감식기술로는 법정증거로 채택될 만큼 유의미한 결과를 얻지 못했는데도 그는 범행을 자백했어."

"자백의 진실성에 대해 한 번이라도 의심해보았나요?"

"그의 자백이 거짓이라는 증거는 어디에도 없었어. 혼자 집에 있었다는 주장을 반박할 증거는 없었고 면식범의 범행이란 추정은 이진만이 댐에서 찍은 지수 사진으로 증명됐지. 수사반이 확보한 증거와 증언들도 그의 자백을 입증하기에 충분했어."

"지금도 아버지가 지수를 죽였다고 믿으세요?"

한조가 물었다. 윤산은 퇴직 후 알츠하이머로 요양원에 있는 강 반장과 6년 전 암으로 죽은 최태곤을 생각했다. 그들 중 누군가가 대신 나서서 대답해주었으면 하는 마음이 들었다.

"관건은 알리바이 자체가 아니라 알리바이를 믿느냐 믿지 않느냐였어. 그의 자백은 대체로 진실되게 들렸고 살인을 저질렀다는 의심을 뒷받침할 정황증거도 충분했어. 그런데도 왠지 모를 꺼림칙함이 남긴 했어."

"아버지가 아닐 가능성이 있었나요?"

"그런 셈이지. 그는 치밀하지도 용의주도하지도 계획적이지도 못했거든. 한마디로 사람을 죽일 만한 인물이 아니었다고."

"그럼 누구죠? 누가 지수를 죽였죠?"

"글쎄…… 지금 와서 그걸 아는 게 의미가 있을까?"

"무책임하군요. 난 지금이라도 알아야겠어요."

한조가 다그쳤다. 윤산은 당시 수사상황을 최대한 자세히 기억해내기 위해 눈살을 찌푸려가며 말을 이었다. 특정한 인물을 지목하지는 않았어도 수사과정에서 확보한 증거와 증언들을 기억나는 대로 이야기했다. 그중에는 사건 무렵 수인이 댐 주변에서 자주 목격되었다는 내용도 있었다.

"무슨 의도로 지금 형 얘기를 하는 거죠?"

한조는 버럭 화를 냈다. 윤산은 용서를 구하는 듯 고개를 끄덕였다.

"오해는 하지 마. 단지 그때 상황을 알아야 할 것 같아서 해본 얘기니까. 사실 난 지수의 죽음이 자살이라는 심증을 버리지 못했어. 하지만 자살 가능성은 무시되거나 묵살당했지. 과도한 언론 취재와 상부 독촉에 떠밀린데다 다른 압박도 있었어."

"그게 뭐였죠?"

"피살자 가족…… 정확히 피살자의 아버지였지. 장희재 사장은 딸의 자살 사실을 받아들이지 않았을뿐더러 수사팀에도 절대 자살이 아니라고 주장했어. 딸의 비극적 죽음을 거부하는 부모 마음을 모르지 않았지만 그것 때문만은 아니었어. 그는 피해자 가족이었지만 다음해 지방선거의 당선 유력자이기도 했으니까. 딸의 죽음이 자살로 처리되면 선거에 악재가 될 수밖에 없었지. 사람들이 어떤지 알잖아? 나랏일을 하려는 사람이 집안 관리를 어떻게 한 거냐? 제 딸조차 제대로 건사하지 못하면서 무슨 정치냐? 등등…… 수사 방향이 흔들리고 있을 때 네 아버지가 자백을 한 거야."

"모두가 합의할 수 있는 거짓이었군요."

"내 이야기의 요점은 그게 아냐."

"그럼 뭐죠?"

"그 일 이후 10년 가까이 지났을 무렵인가…… 남보라 경사에게 하워드 주택 막내딸 얘길 들었어. 경찰서로 찾아와 언니 사건을 묻기에 알아듣도록 설명하고 돌려보냈는데 마음에 걸리는 게 있다고 했어. 무슨 말을 하거나 들어서가 아니라 하지 못했기 때문이라고 하더군. 언니의 죽음이 자살일 수도 있다는 말을 아이에게 해주지 못했던 거야."

"아이에게 더 큰 혼란을 주고 짐을 지우기 싫어서였겠죠."

"그보다는 죽은 장 사장이 딸의 자살 가능성을 일축했다는 말을 차마 그 아이에게 할 수 없었을 거야. 자기 아버지가 언니의 죽음을 감추고 엉뚱한 사람을 살인자로 몰았을지 모른다는 말을 어떻게 할 수 있었겠어?"

윤산의 목소리가 떨렸다.

어둠이 붉은 구름 뒤에서 포복하듯 은밀하게 다가왔다. 작업실 창 너머로 낮은 나무 울타리의 가늘고 검은 선이 이어졌다. 단풍나무 가지들이 어둠의 뼈처럼 희게 번득였다. 화실로 들어선 수인이 불 꺼진 화실의 전기 스위치를 켜며 소리쳤다.

"피자라도 시켜 먹자. 배고프다."

소파에 묻히듯 널브러진 한조는 숙취에 시달리는 주정뱅이 몰골이었다. 며칠 동안 감지 않은 머리카락은 부스스했고 입술은 바짝 말라 있었다. 그는 어기적거리며 냉장고로 다가가 자석으로 붙여놓은 피자집에 주문을 했다. 그리고 여섯 캔짜리 맥주 꾸러미를 꺼내 와 수인에게 건넸다. 수인이 말했다.

"벌써 취한 것 같네?"

"형이 오길 기다리며 한잔했을 뿐이야."

수인은 맥주를 들이켜고 소매로 입술을 닦았다. 한조의 눈에 핏발이 서려 있었다. 자신이 도착하기 전에 혼자 울었던 것일까? 거리 한복판에서 길을 잃고도 울지 않았던 동생이, 한 시간을 넘도록 자신을 기다렸던 한조가. 창밖에서 달콤한 꽃향기를 머금은 부드러운 바람이 불어왔다. 한조가 물었다.

"이제 우린 어떻게 될까?"

어른이 되어도 수인은 여전히 대답할 수 없었다. 한조는 남은 맥주를 들이켜고 빈 캔을 구겨 휴지통에 던졌다. 캔은 벽에 맞고 튕겨나왔다.

"술이나 마시자."

아버지가 잡혀가던 밤 수인은 한조에게 억지로 소주를 따라주며 그렇게 말했다. 동생을 안심시키고 싶어서. 그것 말고는 할 수 있는 일이 없어서. 동생의 취한 모습을 보고 있자니 그날 밤 술을 권한 자신의 탓이라는 가책이 몰려왔다. 그때 술을 먹이지 않았으면 동생은 지금까지도 술 같은 건 모른 채 살았을까?

그 밤 딱딱한 식탁 의자에 웅크린 동생의 얼굴이 뇌리를 떠나지 않았다. 낡은 셔츠의 해진 목 솔기와 작고 올록볼록한 경추의 뼈들. 그때 이미 자신보다 키가 컸는데도 동생은 영원히 어른이 되지 못할 것 같았다.

"언젠가 형이 말했지? 내가 알코올 중독으로 인생을 망칠 거라고. 그래. 나 엄마처럼 되고 말았나봐. 하지만 술이 아니더라도 내 인생은 망가졌겠지. 안 그래 형?"

한조는 술기운이 도는 듯 횡설수설했다.

"정신 차려. 네 인생은 아직 망가지지 않았어."

"형. 이런 생각 해본 적 있어? 아버지가 왜 살인을 자백했을까 하는 생각 말이야. 어렸을 땐 막연히 우릴 위해서라고 생각했는데 언제부턴가 정말 궁금해졌어. 아버지가 그렇게 된 게 날 위해서였는지 형을 위해서였는지 말이야. 하지만 알고 싶지는 않았어. 내가 사랑받지 못한 아들임을 확인하게 될까봐."

수인은 연민을 담은 눈으로 후줄근한 남방셔츠가 어울리는 커다란 동생을 바라보며 대꾸했다.

"아버지가 해리 얘기를 한 적이 있어. 그날 밤 해리가 별채 화실 근처에서 뭘 봤다고 했어. 지수가 울면서 화실을 뛰쳐나갔고

누군가가 그 뒤를 따라 언덕을 넘어갔다는 거야. 얼굴을 보진
못했대."

한조는 수인의 생각을 알아차렸다. 지금까지 한 번도 해본 적
없는 생각이었다.

"나라고 생각하는 거야?"

"몰라. 알고 싶지도 않고. 난 다만 그날 지수가 왜 울면서 화
실을 뛰쳐나왔는지 궁금할 뿐이야. 네가 지수에게 무슨 짓을 했
는지 말이야."

어물쩍 넘어가려는 수인의 태도는 평소의 그답지 않았다. 한
조는 들고 있는 술잔을 응시하며 말했다.

"내가 지수에게 어떤 말을 했어."

"무슨 말?"

"좋아한다고 고백했어. 모델이 되어달라는 부탁을 받아들였
을 때 지수가 날 좋아한다고 생각했거든. 그렇지만 곧 깨달았
지. 지수는 날 형에게 다가가는 징검다리 정도밖에 생각하지 않
았어. 그렇지만 상관없었어. 지수를 바라보고 그리는 것만으로
도 좋았으니까."

"그렇게 잘 지냈는데 굳이 지수에게 좋아한다는 말을 한 이유
가 뭐야?"

"기억나? 우리 함께 피크닉을 다녀왔잖아. 형이랑 나랑 지수
랑 해리랑…… 그 후 지수 태도가 조금씩 변했던 것 같아. 여름

방학이 끝날 무렵 지수는 내 그림이나 모델 일에 흥미를 잃었어. 형에게 건너갔으니 징검다리가 필요 없어졌겠지."

"그날 일에 대해 말해봐. 그날 무슨 일이 있었는지."

"그날 지수는 더는 화실에 오지 않을 거라고 말했어. 처음부터 자기가 사랑한 사람은 내가 아니라 형이라면서 형도 자기를 사랑한다고……. 난 너무 화가 나서 어쩔 줄을 몰랐어. 지수를 붙잡고 싶은 마음에 해선 안 될 바보 같은 말을 했어. 내게 상처를 준 지수에게 똑같은 상처를 주고 싶어서. 그녀의 생각이 틀렸다는 걸 알려주고 싶어서……."

"무슨 말을 했는데?"

"형은 다른 여자를 사랑한다고, 형이 그 여자 때문에 고통스러워한다고, 넌 그 여자의 대용품일 뿐이라고. 그러면…… 지수가 형을 포기할 거라 생각했어. 그런데 지수는 믿지 못했어. 아니, 믿지 않았지. 난 당장 별장으로 가보라고 말했어. 거기에 형이 그 여자와 함께 있을 거라고."

"미쳤어? 네가 뭔데 지수에게 그런 얘길 해?"

수인이 두 눈을 휘둥그레 뜨며 소리쳤다. 한조는 조용히 말을 이었다.

"그래, 내가 바보 같은 짓을 한 거야. 울면서 뛰쳐나가는 지수를 보고서야 정신이 번쩍 들었어. 뒤따라 나갔더니 지수는 자전거를 타고 언덕을 넘어가고 있었어. 난 지수를 따라 강변 산책로를 달렸어. 주위는 어두웠고 사람들은 보이지 않았어. 어떻게 해야 할지 모르겠더라고. 난 강변에 앉아 내가 지껄인 미친 소리를 후회하며 지수를 기다렸어. 그 애를 만나면 다 거짓말이었다고 사과하고 함께 집으로 돌아가고 싶었어. 지수는 끝내 돌아오지 않았어. 밤이 깊은 후에야 나는 혼자 집으로 돌아갔어."

수인은 아직 이야기가 끝나지 않았음을 깨달았다. 듣지 않았던 일처럼 처음으로 되돌아갈 수 없다는 것도. 문득 자신이 동생의 삶을 망가뜨렸다는 생각이 들었다. 그는 비난 같기도 하고 변명 같기도 한 질문을 던졌다.

"왜 내가 다른 여자를 좋아한다고 생각했지?"

수인의 질문은 섬뜩한 진실을 품고 있었다. 그는 '왜 그런 거짓말을 한 거지?'라고 물었어야 했다. 한조는 집게손가락으로 위스키병의 둥근 모서리를 쓰다듬으며 심문받는 포로처럼 천천히 대답했다.

"우연히 형의 일기장을 봤어. 아니, 우연이 아니었을 거야. 그전에도 종종 훔쳐본 적이 있었거든. 알아. 멍청한 짓이었어. 나쁜 짓이기도 하고…… 그치만 나 원래 멍청하잖아. 그냥…… 형을 알고 싶었어. 형에게도 약점이 있고 수치스러운 부분이 있다는 걸 말이야. 아니, 그게 아니야. 형이 아니라 지수에 대해 알고 싶었을 거야."

"그게 뭐든 네가 원하는 걸 찾긴 했어?"

"그즈음 형의 일기장은 사랑을 받아주지 않는 어떤 여자를 향한 애타는 구애와 열망으로 도배되어 있었어. 지수는 아니었어."

"그게 다야?"

"여름방학이 끝날 무렵 형은 기분이 좋아졌어. 일기장에는 이틀 후에 그녀를 만날 거라는 설레임이 가득 적혀 있었어. 자세한 시간과 장소가 적혀 있지 않아도 이전에 가끔 언급된 내용으로 미루어 짐작할 수 있었지. 노을이 질 무렵 유수지 별장. 그때까지만 해도 정말 그럴 거라는 확신은 없었어."

"그런데 어떻게 그걸 확신하고 지수에게 얘기했지?"

"거실 수납장을 확인했어. 아버지가 관리하던 하워드 주택과 별채, 그리고 별장 보조 열쇠를 보관하던 서랍 있잖아. 그런데 별장 열쇠가 없었어. 아버지는 종일 학교 배수관 교체작업에 정신없었는데 말이야."

삶에서 지울 수 없는 얼룩으로 남은 여름, 자신의 사랑이 지수의 죽음의 시발점이 되었다는 깨달음이 한조의 가슴을 고통스럽게 조였다. 그는 억양 없는 목소리로 물었다.

"형이…… 지수를 죽였어?"

"그게 아니란 걸 너도 알잖아."

"그건 대답이 아냐. 형이 지수를 죽였어?"

꼿꼿이 앉은 수인의 시선은 먼 과거를 바라보고 있었다. 한조

는 고해를 기다리는 신부처럼 끈기 있게 기다렸다. 그토록 알고
싶었던 진실을 마주하기가 두려웠다. 수인은 결심한 듯 손아귀
로 맥주캔을 구겼다.

"그때 나는 별장에 없었어. 지수와 함께 있지도 않았고……
지수가 오기 전에 그곳을 떠났어."

앞마당의 라일락 잎이 불빛에 환하게 빛났다. 한조는 더 미룰
수 없는 질문을 수인에게 던졌다.

"그럼 형은 어디에 있었어?"

"차 안에 있었어."

"무슨 차?"

"지수네 차."

"그 차가 어디에 있었는데?"

"낡은 헛간과 민가가 멀리 보이는 강 하류였어. 우린 길가에
차를 세우고 흘러가는 강물을 바라보았어. 아무 말도 하지 않았
고 강을 바라보기만 했어."

"우리라고 했어? 지수와 같이 있지 않았다며?"

"그래. 지수가 아니었어."

"그럼 누구랑 있었던 거야?"

"지수 엄마."

수인은 뺨을 후려 맞은 아이처럼 울음을 터뜨릴 것 같았다.
후회와 죄책감이 아니라 그리움과 사랑 때문에.

수인

수인은 거기에 있었다. 금속처럼 번들거리며 견고하게 흐르는 강을 바라보며, 아무 말도 하지 않고, 그녀와 함께. 부드럽게 흰 강을 따라 물살이 조용히 그들을 스쳐갔다.

그녀는 커다란 고사리류 식물의 잎들이 프린트된 푸른 원피스 차림이었다. 강물에 반사된 색색의 불빛들이 그녀의 얼굴에 흐릿하게 맺혔다. 가무잡잡하게 그을린 그녀의 오른쪽 어깨에 희미한 예방접종 흉터가 보였다. 수인은 그 주사를 맞을 무렵의 그녀를 생각했다. 앞니가 빠진 단발머리의 꼬마였을 그녀를. 그때 그녀를 만났어도 그녀를 사랑했을까?

하워드 주택 주방의 마룻장을 갈아야겠다는 어머니의 말을 수인이 들은 것은 일주일 전이었다. 오래되어 터진 싱크대의 플

라스틱 배수관에서 설거지물이 새어 마룻바닥이 썩어간다는 것
이었다. 그런데 마땅히 작업을 할 만한 사람이 없었다. 아버지
는 개학 전에 배관공사를 마무리하느라 정신이 없었고 한조는
화실에 처박혀 얼굴도 보이지 않았다.

다음날 오전, 그는 할 수 없이 갈아끼울 마룻널 판재와 연장
통을 챙겨 하워드 주택으로 향했다. 지수 어머니가 현관문을 열
어주었다. 당연히 어머니가 문을 열 거라고 기대했던 수인은 당
황했다.

"어머니는 시장 보러 가셨어. 저녁식사에 손님들을 초대했거
든."

그녀가 물이 뚝뚝 떨어지는 손을 닦으며 말했다. 집 안은 물
밑처럼 조용했고 달콤한 향기가 감돌았다. 잠자린지 매미인지
모를 커다란 날벌레가 유리에 부딪치는 소리가 났다.

수인은 흘러내린 설거지물에 젖었다 마르기를 반복하며 갈라
진 마루를 세심하게 살폈다. 아버지가 작업할 때 눈여겨보아둔
터라 교체작업 방법은 알고 있었다. 갈라진 마룻장을 뜯어내고
사포로 문질러 정리한 다음 교체할 마룻장을 정확히 재단해 접
합부 돌기에 끼우고 표면에 광택제를 바르는 수인을 그녀는 흥
미롭게 지켜보았다. 작업에 몰두한 수인에게 그녀는 콜라를 건
넸고 사포질하느라 엄지손가락에 박힌 가시를 빼고 소독한 뒤
밴드를 붙여주었다.

광택제가 마르기를 기다리는 동안 수인은 식탁의자에 앉아 문고본《태양은 다시 떠오른다》를 읽었다. 그녀는 자신도 학창시절에 읽었는데 내용이 가물가물하다고 말했다.

"이름은 기억나지 않는데 그 투우 축제 장면은 대단했어. 직접 본 것처럼 아직 눈앞에 생생하네."

"산 페르민 축제요." 수인은 그녀에게 책을 건네며 말했다.

"다시 읽어보세요. 전 나중에 읽을게요."

그녀는 괜찮다고 말하면서도 책을 받아들었다. 귀퉁이를 접어둔 페이지가 너무 많아 위쪽 모서리가 불룩했다. 수인이 그녀에게 준 것은 한 권의 책이 아니었다. 그건 전할 길 없는 갈망, 고통으로 가득한 연서였다. 그가 그어둔 밑줄들, 절절히 공감하며 접어둔 갈피들, 북받쳐 오르는 감정을 억누르지 못하고 써둔 여백의 메모들.

그녀에겐 고통을 보는 눈이 있고 사랑을 읽는 감각이 있었다. 참을 수 없는 침묵의 의미를, 들키지 않게 자신을 기웃거리는 눈빛을 감지하는 시선도 있었다. 수인은 그녀가 아름답고도 나쁜 자신의 욕망을 알아보리라고 확신했다.

그러나 그녀가 그의 헛된 고백을 알아본다고 달라질 것이 무엇인가? 그녀는 여전히 한 사람의 아내이자 두 아이의 엄마이고 그는 가사도우미의 아들에 불과한데. 어쩌면 그녀는 그에게 연민을 느낄 수도 있을 것이다. 아니면 장난으로 받아들일지도 모른다. 그러나 만에 하나라도 그녀가 자신의 마음을 받아준다면…….

그 후 그녀에게서는 어떤 소식도 없었다. 수인은 하워드 주택에 가기가 두려웠다. 그녀와 다시 눈을 마주치고 대화를 나눌 자신이 없었다. 그녀가 그 잘난 척하고 권위적인 남편에게 모든 사실을 털어놓았을지도 모른다. 수인은 순간적인 충동을 못 이기고 그녀에게 책을 건네준 자신을 책망했다. 자신의 경솔함 때문에 그녀를 잃을 거라는 낭패감이 몰려왔다.

1학기 내내 수인은 하워드 주택 응접실에서 한조와 지수에게 수학을 가르쳐왔다. 여름방학이 시작된 후에는 공부 장소를 별채 화실로 옮겼다. 방학 동안 확실히 성적을 올려주면 대학 등록금을 지원해주겠다는 희재의 당부 때문이었다. 한조는 별채 화실에서 공부 대신 그림에 몰두했다. 지수는 한조의 작업을 방해하고 싶지 않다며 공부 장소를 별장으로 옮기겠다고 고집했다. 떨떠름해하는 한조에게는 방학 동안 화실에서 모델을 해주겠다고 제안했다.

"대신 우리 셋만 아는 비밀로 해야 해. 엄마 아빠가 아시면 꼼짝없이 우리 응접실에 갇혀 감시를 받아야 할 테니까. 그럼 공부고 그림이고 모두 날아가는 거야."

별장으로 간 수인과 지수는 책상 위에 각자의 책을 펴고 오래된 연인들처럼 말이 없었다. 그러다 자신들을 둘러싼 침묵을 견디지 못하고 서로에게로 다가갔다. 서로의 숨결로 서로의 불안을 달래려는 듯이.

"엄마가 이 책 돌려주래. 지난번에 주방 수리하던 날 두고 갔다고……."

집으로 돌아가려던 지수가 가방에서 손바닥만 한 문고본을 꺼내 건넸다.《태양은 다시 떠오른다》.

집으로 돌아가는 길에는 8월의 저녁 공기가 푸른 벨벳처럼 드리워졌다. 수인은 구름 위를 미끄러지는 듯 부드럽게 페달을 밟았다. 그는 하류의 산책로 가에 자전거를 세우고 벤치에 앉아 책을 펼쳤다.

116페이지 아래쪽 모서리가 삼각형으로 접혀 있었다. 그가 접은 자국은 아니었다. 책을 읽다 페이지를 표시할 때 그는 습관적으로 위쪽 모서리를 접었다. 아래쪽을 접으면 책갈피를 넘기기 불편하기 때문이었다.

펼쳐진 페이지에는 그가 쓰는 검은색 볼펜이 아닌 푸른 잉크로 밑줄이 그어져 있었다. 주인공이 여행에서 돌아온 친구와 센강에 있는 생 루이섬으로 가는 장면이었다.

"어디로 갈까?"

"섬에 가면 어때?"

"그거 좋지."

아래쪽이 접힌 페이지는 182페이지에 이어졌다. 푸른 잉크 밑줄이 보였다.

"산허리를 둘러 자라는 나무 몇 그루 아래 흰 집 한 채가 보였다."

강 건너 섬에 있는 나무 아래 흰 집. 그건 누가 뭐라 해도 강변 별장이었다. 댐이 만수위가 되면 별장이 있는 숲은 물에 둘러싸인 섬이 된다. 수인은 다급하게 페이지를 넘겼다. 195페이지의 푸른 밑줄.

"오늘이 무슨 요일인가요?" 내가 해리스에게 물었다.
"수요일 같은데요. 예. 그래요. 수요일입니다."

접힌 갈피와 푸른 밑줄은 198페이지로 이어졌다.

"언제 또 같이 낚시를 합시다. 이 약속을 잊지 마시오. 해리스."

마지막 접힌 페이지는 355페이지였다. 푸른 밑줄은 찾아볼 필요도 없었다. 단어들이 줄지어 기어나와 그의 눈 속으로 파고들었다.

날이 저물기 시작할 무렵에야 비로소 나는 항구를 돌아서 산책길을 따라 걸어나갔다가 결국 저녁을 먹으러 호텔로 돌아왔다.

푸른 밑줄의 의미는 다음과 같았다. 강변 별장, 수요일, 저물 무렵, 약속을 잊지 말 것.

꿈에 그리던 일인데도 그는 두려움에 질식할 것 같았다. 그녀가 자신을 만나려는 이유가 궁금했다. 두 가지 가능성이 있었다. 그녀가 자신의 고백을 받아들였을 가능성과 철없는 허황함을 질책할 가능성이었다. 후자일 확률이 99%였다.

물론 그녀는 그를 윽박지르거나 나무라지 않을 것이다. 대신 차분하고 조심스럽게 그의 망상, 혹은 헛된 욕망을 단념시키려 할 것이다. 누구도 둘 사이에 그런 일이 있었다는 사실을 모르 겠지만 수인은 그날 이후 영원히 그녀 앞에 나설 수 없게 될 것이다. 그 사실을 알면서도 그날이 기다려졌다.

수인은 오늘이 무슨 요일인지 생각했다. 월요일이었다. 수요일이 되려면 화요일을 지나야 했다.

오늘이 화요일이라면…… 수요일 오후 5시라면…… 그러면 얼마나 좋을까?

아니, 오늘이 목요일이라면…….

수요일 오후 3시에 집을 나선 수인은 좌안 산책로를 따라 페달을 밟았다. 숲길을 빠져나와 별장 뜰에 도착하니 오후 4시가 가까웠다. 아버지의 열쇠 보관 서랍에서 들고 온 현관 열쇠가 있는데도 그는 포치의 나무의자에 앉아 기다리기로 했다. 지수는 별채 화실에서 한조와 작업을 하고 있을 테니 이곳에 올 사람은 없었다.

그는 금빛 기둥처럼 숲 사이로 비치는 햇빛과 도둑고양이처럼 다가오는 황혼을 오후 내내 지켜보았다. 한껏 부푼 기대감이 머릿속의 모든 것을 밀쳐냈다. 그는 자신이 무엇을 그토록 간절히 바라는지 곰곰이 생각했다. 알 수 없었다. 그것을 알 수 없기에 더 간절히 원하는지 모른다고 그는 생각했다.

노을이 구름을 물들일 무렵 숲 너머에서 부드러운 엔진 소리가 들렸다. 희고 네모난 자동차가 숲길을 빠져나와 별장 진입로로 들어섰다. 수인은 천천히 일어나 계단을 내려섰다. 차는 조용히 앞뜰의 자갈을 쓸며 멈추었다. 차창이 스르륵 내려가고 어둑한 차 안에서 하얀 손가락이 손수건처럼 흔들렸다.

"들어가서 이야기할까?"

그녀는 보일 듯 말 듯 미소짓고 핸드백에서 열쇠를 꺼내 현관문을 열었다. 지금부터 일어날 일들에 대한 섬뜩한 두려움과 날카로운 쾌감이 수인의 몸을 가르고 지나갔다.

그들은 별장의 홀 중앙에 놓인 소파에 마주 앉았다. 오래된 가구의 냄새가 밴 집 안은 어둠 속을 떠도는 작은 우주선처럼 적

막했다. 수인의 환상 속에 어김없이 떠오르던 장면이었다. 물도 공기도 없는 막막한 공간에 단둘만 남겨진 안락한 고립감.

그녀에 대한 수인의 환상은 지극히 은유적이고 순수한 이미지들로 채워졌다. 자신의 영혼이 연기처럼 그녀의 몸속으로 스며들거나 그녀의 하얀 발등에서 뿌리내린 아름드리나무의 가지에 올라앉던 꿈, 그녀의 아들이 되어 팔을 베고 눕거나 그녀를 안고 단단한 돌이 되는 생생한 이미지들이 그를 사로잡았다.

그녀는 창밖을 바라보며 골똘히 생각에 빠졌다. 무슨 말을 어떻게 해야 할지 생각하는 듯했다. 그러나 그녀가 무슨 말을 해도 수인은 듣고 싶지 않았다. 단지 자신이 그녀에게 이토록 강렬한 존재가 되었다는 사실만이 중요했다. 그녀가 말했다.

"어렸을 때 난 어떤 사람이 될지 생각해본 적이 없었어. 그냥 막연히 선생님이 되고 싶다가 시인이 되고 싶다가 화가가 되고 싶기도 했지. 결국엔 아무것도 되지 못했어. 꿈꾸던 사람이 되지 못했다고 실망하거나 후회한 적은 없어. 그렇지만 한 번쯤은 구체적이고 분명한 미래를 꿈꾸어야 했다는 생각이 들어. 모호하고 두루뭉술한 미래는 미래가 아니니까."

탁자에 놓인 찬 콜라잔 표면에서 기포가 터졌다. 그녀는 미래를 빌려와 그의 현재를 무너뜨리려 하고 있었다. 수인은 설득당하고 싶지 않았다.

"왜 미래에 대해 말하는 거죠? 난 지금에 대해 말하고 싶어요. 제가 아줌마를 어떻게 생각하고 아줌마가 날 어떻게 생각하는지 말이에요. 그건 희미하지도 두루뭉술하지도 않고 구체적이고 분명하잖아요."

삭은 씽크대의 배수관에서 물방울이 똑똑 떨어졌다. 그녀가 자세를 고쳐앉자 아련한 향수 냄새가 밀려왔다.

"네가 얼마나 큰 가능성을 지녔는지 아니? 난 그렇지 못했어. 머리가 좋지도 않았고 잘하는 것도 없었지. 다만 운이 좋았을 뿐이야. 그렇지만 넌 뛰어난 아이야. 꿈꾸는 대로 될 수 있고 그렇게 되어야 해. 그러니까 넌 지금이 아니라 미래를 생각해야 해."

수인은 그녀의 말이 진심이 아니라고 생각했다. 고작 그런 말을 하려고 이곳까지 부르지는 않았을 것이다. 그는 그녀가 누구의 아내인지, 누구의 엄마인지 생각하고 싶지 않았다. 자신이 왜 지금 이곳에 있는지 알고 싶지도 않았다. 단지 시간이 멈추어버렸으면 하는 갈망에 가슴이 찢어졌다.

"난 대통령도 법관도 되고 싶지 않아요. 아무것도 되고 싶지 않아요. 제게 미래가 있다면 아줌마뿐이에요."

그녀는 깊은 한숨을 내쉬었다. 그 순간 그녀가 이 자리에 나온 목적이 분명해졌다. 그녀는 수인을 단념시키려는 것이었다. 책임 있는 어른으로서 철없는 소년의 서툰 호기심을 달래는 것이었다.

이 짧은 만남에서 수인이 그녀를 설득하기란 불가능했다. 이제 그가 기대할 수 있는 최선의 상황은 원래의 호의적인 관계로 돌아가는 것이었다. 그녀가 자신이 쳐둔 밑줄과 접어둔 갈피와 적어둔 메모의 의미를 알아보지 못했고 이 외딴 별장에서 만나는 일이 일어나지 않은 일상적인 상황.

비록 사랑을 받아들이지는 않더라도 그녀가 그들의 관계를 파탄으로 치닫게 하지는 않을 것이다. 그것이 손상되지 않은 그의 마지막 기회였다. 그 기회를 잡을 수 있다면 자신만의 방식으로 그녀를 계속 사랑할 수 있을 것이다. 혼자 먼발치에서 그녀의 흰 발목을 훔쳐보며 부푸는 욕망을 감추거나 그녀의 남편을 부러워하거나 증오하며 불의의 사고로 죽기를 기다리거나. 나머지는 시간을 두고 해결하면 될 것이다.

수인은 더 많은 말을 해야 한다는 조급함에 빠졌다. 그는 무언가에 쫓기듯 말을 이어나갔다. 이전의 관계를 회복할 수 있는 말들. 이웃집 아주머니와 소년이 나눔 직한 말들, 일상적이고 평범한 얘기들, 시시한 우스개 들⋯⋯.

한편 그녀는 자신이 소년의 미래를 망칠지 모른다는 조바심에 사로잡혔다. 분별없는 열정에 사로잡힌 영리한 소년을 본연의 모습으로 돌려놓아야 했다. 아무 일도 없었던 것처럼 일상으로 돌아가 소년에게 약속된 장래와 희망을 지켜주어야 했다. 그들은 마치 자신들이 살해한 시체를 묻을 구덩이를 파느라 안간힘을 쓰는 공범들 같았다.

어둠이 낯선 짐승처럼 다가와 집 안을 물끄러미 들여다보았다. 열린 창으로 솔잎과 이끼의 냄새를 품은 바람이 불어왔다. 그녀가 손을 뻗어 수인의 볼을 가볍게 어루만졌다. 그녀의 손은 놀라울 정도로 서늘했다.

"수인아, 넌 네가 얼마나 소중하고 귀한 존재인지 몰라, 너에게선 빛이 나. 넌 모두의 사랑을 받고 모두의 빛이 될 거야."

수인은 그녀의 입술을 뚫어지게 바라보았다. 그녀의 손끝이 닿았던 볼이 불에 덴 듯 고통스러웠다.

"그때 어떤 소릴 들었던 것 같아."

수인은 미지근해진 캔을 들어 한입에 들이켰다. 한조는 거리감이 느껴지는 섬뜩한 시선으로 되물었다.

"무슨 소리?"

"어두운 창밖에서 부스럭거리는 소리……."

수인은 새 맥주 캔을 따며 말했다.

"창 너머엔 아무도 없었어. 그런데도 누군가가 어둠 속에서 우릴 지켜보고 있다는 생각이 들었어. 밤에 외딴 별장에 있으니 무섭기도 했고 그녀와 단둘이 있는 모습을 남들에게 들키지 않을까 불안하기도 했겠지. 아니면 그녀의 조용한 설득에 제정신이 돌아왔는지도 모르고……."

수인은 말을 이어갈까 말까 망설이며 한참 침묵했다. 어쩌면 이야기를 시작하지 말았어야 했는지도 모른다. 그는 침묵이 그대로 영원히 이어지기를 원했다. 마침내 한조가 비명처럼 외마디를 외쳤다.

"형!"

그것은 추궁이고 애원인 동시에 비난이기도 했다. 수인은 입을 열었다.

"우린 그녀의 차를 타고 강변을 따라 내려갔어. 집으로 가려면 왼쪽으로 차를 꺾어 다리를 건너야 했지만 난 잠시만 더 달리고 싶다고 말했어. 그녀는 대답하지 않았어. 우리가 탄 차는 시가지를 벗어나 하류에 다다랐어. 그녀는 멀리 낡은 헛간과 민가가 보이는 강변에 차를 세웠어. 우리는 아무 말도 하지 않고 그냥 차창 너머 검은 강을 바라보기만 했어. 30분쯤 그러고 있다가 그녀는 차에 시동을 걸었고 강변을 거슬러 올라와 다리 어귀에서 나를 내려주었어. 한동안 거기서 서성이다 언덕을 넘어 집에 도착하니 얼마 안 있어 전화벨이 울렸어. 수화기를 내려놓은 아버지가 하워드 주택에 가봐야겠다고 말했어. 지수가 돌아오지 않았다고……."

한조는 믿을 수 없었다. 믿지 않을 근거도 있었다. 한 번 거짓말을 한 사람은 두 번도 할 수 있는 법이니까.

"결국 형 말을 증명할 사람은 없는 거네. 그들은 모두 이 세상

사람이 아니니까."

"증명할 사람이 없다고 진실이 사라지는 건 아냐."

한조는 듣지 말았어야 한다는 후회가 자꾸 들었다. 그는 테라스로 나가 난간 기둥에 머리를 기댔다. 며칠 전까지 아내와 생일파티를 즐기던 잔디 사이로 잡풀들이 자라 있었다. 갑자기 집이 한없이 넓어 보였다. 이 멋진 뜰과 잘 가꾸어진 정원이, 지금껏 그려온 그림들이 신기루 같았다.

"이런 생각이 들어. 형. 그때 우리가 거짓에 둘러싸여 진실을 이야기했다는 생각 말이야."

"그때 우리가 어떤 말을 했든 달라지는 건 없어."

"정말 그때 창밖에 아무도 없었을까?"

한조의 목소리는 얼음장 같았다. 수인은 대답하지 않았다. 한조가 다시 말했다.

"어쩌면 형이 그때 어둠 속에서 보았다는 누군가는 지수가 아니었을까? 화실에서 뛰쳐나와 자전거를 타고 곧장 달려갔다면 말이야."

수인은 지금까지 왜 그런 이야기를 한마디도 하지 않았는지 알 수 없었다. 생각을 하지 않은 건 아니었다. 삶의 매 순간 그 생각이 떠올랐다. 그때마다 그는 애써 외면하거나 안간힘을 다해 떨쳐냈다. 그들이 그토록 오래 침묵을 지켰던 이유는 서로 상처주고 싶지 않기 때문이었다. 그러나 오래 덮어둔 침묵의 내부에서 자라난 거짓이 그들을 파멸시키려 들고 있었다.

"그럼 내가 지수를 죽인 거야. 형. 정말 그런 거야?"

한조의 눈은 붉게 충혈되어 있었다. 언덕 아래 드문드문 켜진 가로등과 울긋불긋한 간판 불빛이 해면처럼 부드러운 밤공기에 스며들었다. 수인이 말했다.

"자책하지 마."

"내가 홧김에 그 말을 안 했으면 지수는 거기에 가지 않았을 테고 형과 아줌마를 보지도 못했을 거야. 그럼 아버지가 살인자가 되는 일도, 지수 부모님이 죽는 일도 없었을 거잖아."

한조의 내부에서 무언가 터지는 폭발음과 윙윙거리는 소리가 울렸다. 합선이 일어난 회로기판처럼 귓속에서 지직대는 소리가 났고 연기 냄새도 났다. 끔찍한 운명으로부터 도망치려 안간힘을 써도 그는 여전히 열여덟 소년이었다. 외롭고 연약하고 보호와 사랑을 필요로 하는…… 수인이 말했다.

"그럴지도 몰라. 네가 지수에게 그 말을 하지 않았더라면, 내가 그 시간에 거기 없었더라면, 그녀가 밑줄 그은 책을 읽지 않았더라면, 우리가 했던 모든 일을 하지 않았더라면, 우리가 하지 않은 일들을 했더라면…… 그랬다면 그 일은 일어나지 않았겠지."

"하지만 우린 그 일을 했어. 난 지수에게 그 말을 했고 형은 그 시간에 거기에 있었고 그녀는 형이 그어둔 밑줄을 읽었어.

그래서 그 일들이 일어난 거야."

수인은 아버지가 잡혀간 후의 어느 밤을 떠올렸다. 어두운 부엌의 나무탁자에 한조와 마주 앉은 그의 취한 머릿속으로 수많은 질문이 떠올랐다. 아버지는 내가 별장에 있었다는 걸 알았을까? 그래서 그토록 그럴듯한 자백을 한 걸까?

생각을 멈추라는 경고음이 머릿속에 울린 건 그때였다. 그 순간 수인의 기억은 봉인되었고 다시는 그 문을 열지 않았다. 생각하지 않는다면 아무 일도 없는 것처럼 살 수 있다고 믿었으니까. 소파에 기댄 한조는 깊은 신음 같은 한숨을 내쉬었다.

"자는 거니?"

한조는 눈을 감은 채 대답하지 않았다. 수인은 아홉 살 때인가 동생이 침대에서 떨어졌던 밤을 떠올렸다. 어두운 바닥에서 훌쩍거리는 소리에 잠을 깬 그는 침대에서 내려가 한조 옆에 나란히 누웠다. 그리고 동생이 잠들 때까지 이야기를 들려주었다. 어느새 잠든 한조는 몸을 움찔하며 미간을 찡그렸다. 좋지 않은 꿈을 꾸는 것 같았다.

다음날 아침 그는 동생에게 어떤 꿈을 꾸었는지 물었다. 한조는 꿈을 기억하지 못했다. 그는 동생이 좋은 꿈을 꾸었기를 바랐다.

"난 잠들지 않을 거야. 그러니까 가지 마. 형. 아무 데도 가지 말고 여기 있어."

한조가 취한 눈을 게슴츠레하게 뜨고 중얼거렸다. 그러나 수인은 그럴 수 없었다. 그에겐 기다리는 가족이 있었다. 수인은 동생을 소파에 길게 눕히고 담요를 덮어주었다.

"그래. 좀 자둬. 푹 자고 나면 내일 아침엔 기분이 좋아질 거야."

어둑한 물에 열여덟 살 지수의 얼굴이 어린다. 그날 이후 나이를 먹지 않은 모습이다. 지금도 그녀의 머리카락에서 나던 향기와 하얀 교복의 상큼한 풀 냄새를 느낄 수 있다. 언덕 너머로 비틀거리며 자전거 페달을 밟던 뒷모습을 생생하게 떠올릴 수도 있다. 그때 화실을 뛰쳐나가는 그녀의 손목을 잡았더라면…….

지수는 노를 젓는 것처럼 페달을 밟는다. 자전거는 어두운 산책로를 따라 바람 속으로 나아간다. 고통으로 찢어진 가슴은 해진 깃발처럼 나부낀다. 등이 땀에 젖고 겨드랑이에 밴 땀이 미끈거린다. 얼굴은 불에 지진 듯 달아오른다. 누구일까? 수인이 사랑한다는 여자가 누구일까?

자전거는 제방길을 건너 좁은 숲길로 접어든다. 숲은 잠든 것처럼 고요하고 꿈속처럼 아늑하다. 길 양쪽에 늘어선 키 큰 침엽수의 늘어진 가지들이 어둑한 터널을 이루고 있다. 바람이 지날 때 나무들은 쉭쉭 소리를 내며 흔들린다.어둠이 짙어지고 숲의 공기는 서늘하다.

순식간에 땀이 식고 싸늘해진 등에 소름이 끼친다. 그녀는 그 서늘함이 두려움 때문인지 증오 때문인지 알 수 없다. 문득 집으로 돌아가고 싶다는 충동이 밀려온다. 지금이라도 늦지 않았어. 집으로 돌아가 해리에게 책을 읽어줘!

그때 가지 사이로 어둠에 싸인 별장의 하얀 처마가 보인다. 그녀는 자전거에서 내려 길옆 관목 덤불에 몸을 숨긴다. 정면 포치 모서리에 매달린 알전구 외등이 동그란 빛의 웅덩이를 만들고 거실 창에서 빛이 새어나온다. 불빛은 노랗고 따뜻하며 말을 거는 듯하다.

그녀는 자전거를 거기 눕혀두고 어둠을 헤치며 나아간다. 달빛은 너무나 희미하고 숲은 어둡다. 어깨까지 자란 나뭇가지들이 얼굴을 회초리처럼 후려친다. 뾰족한 침엽수 잎이 종아리를 찔러댄다. 돌가시나무에 팔뚝이 긁히고 찔레 가지에 찔린 목덜미가 따끔거린다.

그녀는 불빛을 향해 한 걸음씩 다가간다. 가지가 휘는 소리와 옷자락이 부석거리는 소리, 썩은 가지가 발에 밟혀 부러지는 소리…… 그녀는 흠칫흠칫 놀란다. 자신이 날개를 파닥이며 불 속으로 날아드는 나방 같다.

별장의 창은 반쯤 열려 있다. 그리고 불빛 속의 두 사람이 보이고…….

그녀의 얼굴에 물그림자가 어린다. 자세히 보니 그녀가 수면을 내려보는 게 아니라 수면이 그녀 위에 있다. 그녀는 호기심 가득한 소녀처럼 두 눈을 크게 뜨고 입술을 오므린다. 낫처럼 굽은 달이 수면에 물무늬를 그린다.

그녀는 천천히 가라앉는다. 달빛이 멀어지고 어둠이 그녀를 지운다. 그녀의 연약한 등이 무른 진흙에 닿는다. 그 부드러운 소리가 세상이 무너지는 굉음처럼 들린다.

한조는 눈을 번쩍 뜬다. 시간을 알 수 없다. 그는 작업실에 시계를 두지 않는다. 집중을 방해하기 때문이다. 그는 아내가 옆에 있지 않을까 하여 주위를 돌아본다. 아내는 보이지 않는다. 그는 그녀가 왜 이곳에 없는지 이해할 수 없다.

빈 위스키병과 소주병과 구겨진 맥주캔이 널려 있다. 그는 부모를 여읜 것처럼 울고 싶다. 두 손으로 머리카락을 쥐어뜯으며 울고 싶다. 이 모든 일이 오래전부터 예정되어 있었다는 생각이 든다.

아내는 지금 잠들어 있을까? 잠들었을 때 그녀는 씨근씨근 거친 숨소리를 낸다. 가끔은 한밤중에 혼자 꿈을 꾸며 흐느끼기도 한다. 낮에는 좀처럼 눈물을 보이지 않지만 꿈에서 그녀는 현실보다 생생하게 운다. 그러다 그녀는 다시 잠속으로 빠져든다. 가만히 지켜보면 태아의 발길질처럼 꿈들이 그녀의 눈꺼풀을

톡톡 건드린다.

그는 마른 입가를 손으로 문지른다. 잠든 사이에 자란 수염이 버석거린다. 그는 남은 위스키를 잔에 따른다. 위스키는 꿀처럼 끈적하게 출렁거린다. 목을 타고 내려간 술이 불을 지른 듯 속이 화끈거린다. 그는 자신의 우울과 음주벽이 어머니에게서 물려받은 것인지, 아니면 그 여름밤의 일 때문인지 생각한다.

고통을 잊는 방법은 여러 가지다. 바흐의 평균율 클라비어를 반복해 듣거나 지칠 때까지 강변을 달릴 수도 있다. 달콤한 음식을 질리도록 먹을 수도, 새로운 사랑을 찾아나설 수도 있다. 그러나 어머니는 술과 수면제로 음악과 달리기, 단 음식과 사랑을 대신했다.

창밖은 어둡다. 한조는 독약을 삼키듯 남은 위스키를 넘긴다. 그는 등 뒤에서 문소리가 나고 누군가가 민첩하게 다가오기를 간절히 기다린다. 촉촉하고 차가운 입술과 매끄럽고 재빠른 혀의 움직임이 그립다. 그러나 아내는 돌아오지 않으리라. 모든 것이 무너졌다는 공포에 그는 망연자실해진다. 하나씩 무너지는 것은 무너지는 것이 아니다. 몰락은 한순간에 오는 것이다.

그는 이제라도 진실을 알릴 수 있다. 아버지가 지수를 죽이지 않은 것처럼 형도, 그도 그녀를 죽이지 않았다. 지수를 죽인 건 순진하고도 멍청한 거짓말들이었다. 그것이 진실이다. 그러나 모두에게 고통을 주는 진실이 무슨 의미가 있을까?

한조는 지수에게 상처를 주고자 자신이 했던 악의적 폭로의 결과를 돌이켜본다. 지수보다 먼저 해리의 얼굴이 떠오른다. 그 말이 불러온 고통을 온몸으로 감당해야 했던 그녀의 삶이 그림처럼 지나간다. 그의 삶을 무너뜨리기 위해 그녀는 자기 삶을 송두리째 쏟아부었다.

아내가 복수의 대상을 잘못 택한 건 분명하다. 그렇다고 그에게 복수를 피할 자격은 없다. 그는 악의적 폭로로 지수의 죽음을 촉발시켰고 거짓 증언으로 그녀의 죽음을 왜곡시켰다. 그리고 많은 사람의 인생을, 누구보다도 해리의 삶을 망가뜨렸다. 그러니 그녀가 그를 징벌할 이유는 넘치고도 넘친다.

한조는 이제 해리의 사랑을, 그리고 그녀의 복수를 이해한다. 그녀는 목표를 달성한 셈이다. 인생의 나락으로 곤두박질치는 순간조차 자신을 파멸시킨 그녀를 떠올릴 정도로 그를 사로잡았으니까. 고단했을 복수의 여정을 생각하자 아내에 대한 뒤늦은 연민으로 그의 가슴이 미어진다.

그는 어떤 변명도 없이 합당한 벌을 받을 것이다. 하워드 주택 곳곳에 깃든 자신의 흔적과 기억을 지워 오염되기 전의 상태로 돌려놓을 것이다. 스스로 아내의 복수를 실행함으로써 자신의 과오를 씻고 그녀와의 사랑을 완성할 것이다.

그들의 사랑과 복수는 착각과 오해로 시작되었고 지탱되었다. 처음부터 진실은 없었어도 거기에는 삶의 열정과 서로에 대한 믿음이 있었다. 만약 그를 진실로 사랑하지 않았다면 그녀는 복수를 생각하지 않았을 것이다. 그러니 다른 것이 다 헛것이라도 그 순간을 채운 기쁨만은 진실이었으리라.

한조는 느린 걸음으로 겹겹이 쌓아둔 그림들로 다가간다. 밧줄에 묶여 끌려가는 지치고 쇠약한 전쟁포로처럼. 마른 물감의 냄새가 난다. 〈오필리아〉. 그때 그녀는 지금보다 야위었다. 피부를 뚫고 나올 것처럼 날카롭던 쇄골과 어깨뼈와 발목뼈. 별자리처럼 온몸에 흩어진 길고, 뭉툭한 흉터.

커튼 틈으로 비친 달빛에 물감 자국이 어둑하게 번들거린다. 한조는 캔버스의 거친 표면을 손으로 쓸어본다. 꼬인 밧줄처럼 울퉁불퉁하고 희끗희끗한 흉터를 손가락 끝으로 지각한다. 그녀의 상처를 정면으로 마주 보기 힘들지만 그는 눈을 돌리지 않는다. 그래선 안 된다는 생각이 든다.

실내에는 빛이 거의 없다. 문득 그림 속 여인이 낯설게 보인다. 자신이 누구를 그렸는지 알 수 없다. 밝아오는 새벽처럼 느리지만 거스를 수 없는 깨달음이 다가온다. 오래 잊었던 얼굴이 떠오른다.

그제야 날카로운 자각이 그의 몸을 관통한다. 아내는 그림을 처음 본 순간부터 그가 그린 오필리아가 지수라는 사실을 알았을 것이다. 그는 〈오필리아〉를, 아내를, 지수를 끌어안고 운다. 시간이 뒤로 물러나고 실내는 텅텅 빈다.

그는 레일에서 캔버스와 패널들을 끌어내 바닥에 쌓는다. 겨울 들판 같은 무채색 표층 아래 들끓는 색들. 조용한 시간 아래에 소용돌이치는 기억들. 재를 개어 바른 듯 어둑한 표층 아래 번들거리는 황금빛과 붉은색 속살들.

켜켜이 쌓인 캔버스들은 커다란 무덤 같다. 그림들은 검은 시신들처럼 고요히 눕는다. 그는 주머니에서 라이터를 꺼내 모서리에 불을 붙인다. 불꽃을 머금은 캔버스에 동그란 구멍이 나고 가장자리가 검붉게 번져나간다. 그는 반대편 모서리에도 불을 붙인다. 벽과 천장에 붉은빛이 일렁인다. 불 냄새를 맡은 로스코가 정원의 어둠 속을 달려와 유리를 발톱으로 긁으며 낑낑댄다.

한조는 계단참에 기대어 불꽃을 바라본다. 그의 삶이, 사랑이, 기억이 어둠을 밝힌다. 봄비에 젖어 녹색으로 빛나는 정원, 발바닥에 닿는 잔디의 까슬한 감촉, 열기를 뿜는 늦은 오후의 흙과 풀향기, 경중거리며 뛰어다니던 로스코, 장밋빛으로 달아오른 아내의 얼굴, 뺨에 닿던 입술의 촉촉함. 그들의 삶을 이루었던 작고 조용하고 오래된 친밀함과 다정함…….

그림 속 지수의 검은 눈동자가 그를 노려본다. 소리들이 거대한 음향이 되어 뒤섞인다. 불꽃이 날아오르는 소리, 나무들이 타닥타닥 타는 소리, 물감이 지글지글 끓는 소리, 캔버스 천이 바지직 타는 소리.

불꽃이 지수의 뺨을, 목을, 어깨를 핥는다. 날름거리는 불꽃은 찢어진 깃발처럼 붉게 흔들린다. 연기가 천장을 휘감아 오르고 열기가 실내를 채운다. 귓속이 윙윙 울린다. 속이 메슥거리고 현기증이 난다. 이제 곧 불꽃은 스러지고 그림은 재가 되고 기억은 사라지리라.

그는 눈을 감는다. 눈꺼풀 안쪽에 불꽃이 발갛게 어린다. 오래전 풍경이 떠오른다. 딱정벌레처럼 달각거리며 언덕을 넘는 희고 네모난 차. 흰 새떼 같은 가족들, 밤의 어두운 강, 수면에 번들거리며 부서지던 달빛……. ■

부서진 여름

초판 1쇄 발행 2021년 5월 5일
초판 3쇄 발행 2021년 9월 17일

지은이 · 이정명
펴낸이 · 주연선
책임편집 · 백다흠

(주)은행나무
04035 서울특별시 마포구 양화로11길 54
전화 · 02)3143-0651~3 | 팩스 · 02)3143-0654
신고번호 · 제 1997—000168호.(1997. 12. 12)
www.ehbook.co.kr
ehbook@ehbook.co.kr

ISBN 979-11-91071-57-3 (03810)